全国经济专业技术资格考试专用教材

工商管理专业知识与实务

（中级）高效应试版

全国经济专业技术资格考试专家指导组　**编著**
全国经济专业技术资格考试指导中心　**监制**

主　编：何禹霆

编写人员（按姓氏笔画排名）：

王兴运	曲赜胜
任　靓	何禹霆
邸树彦	沈　平
张秋秋	陈本昌
景晓东	董运来

电子工业出版社
Publishing House of Electronics Industry
北京·BEIJING

内 容 简 介

本书以我国人力资源和社会保障部人事考试中心颁布的《工商管理专业知识与实务》（中级）考试大纲为依据，在多年研究该考试命题特点及解题规律的基础上编写而成。全书共分三大部分，第一部分为"专用教材及典型例题解析"，第二部分为"2011 年题库版过关练习及答案解析"，第三部分为"2010 年考试真题及答案解析"。其中第一部分内容共分 8 章，每章内容根据考试大纲的要求，从近三年考点考频分析入手，介绍基本内容结构，归纳重要考点，解析重要公式及例题，然后给出每章的典型例题并对其进行分析，最后提供每章的测试题，供考生自测练习使用。第二、三部分内容分别为题库版过关练习及 2010 年考试真题，其中题库版过关练习是在深入研究考试大纲和考试环境的基础上，总结提炼出考试的重点及命题方式，为考生提供全面的应试训练，而 2010 年考试真题可使考生真切感受应考氛围，了解考试命题难易程度。

本书配套的网络视频课程（www.oeoe.com）涵盖每章的重难点及典型例题和真题的讲解，供考生复习时参考。

本书适合报考全国经济专业技术资格考试工商管理（中级）科目的考生及相关在职工作人员使用，也可作为大中专院校相关专业的教学辅导书或各类相关培训班的教材。

图书在版编目（CIP）数据

工商管理专业知识与实务（中级）高效应试版 / 全国经济专业技术资格考试专家指导组编著. —北京：电子工业出版社，2011.6

全国经济专业技术资格考试专用教材

ISBN 978-7-121-13727-3

Ⅰ. ①工… Ⅱ. ①全… Ⅲ. ①工商行政管理 – 资格考试 – 习题集 Ⅳ. ①F203.9-44

中国版本图书馆 CIP 数据核字（2011）第 101772 号

责任编辑：胡辛征
特约编辑：赵树刚
印　　刷：丹东印刷有限责任公司
装　　订：
出版发行：电子工业出版社
　　　　　北京市海淀区万寿路 173 信箱　邮编：100036
开　　本：787×1092　1/16　　　印张：14.75　　　字数：384 千字
印　　次：2011 年 6 月第 1 次印刷
定　　价：45.00 元

凡所购买电子工业出版社图书有缺损问题，请向购买书店调换。若书店售缺，请与本社发行部联系，联系及邮购电话：(010) 88254888。

质量投诉请发邮件至 zlts@phei.com.cn，盗版侵权举报请发邮件至 dbqq@phei.com.cn。

服务热线：(010) 88258888。

前　言

　　全国经济专业技术资格考试，一般又称为经济师考试，是我国为更好地评价经济专业技术人员的能力和水平，促进经济专业技术人员不断提高业务知识和能力而设立的职称考试。根据原人事部颁布的《经济专业技术资格考试暂行规定》及其《实施办法》（人职发[1993]1号），决定在经济专业技术人员中实行初、中级专业技术资格考试制度。经济师考试由我国人力资源和社会保障部人事考试中心统一组织、统一制订大纲、统一命题、统一制订评分标准，参加考试后成绩合格者，获得相应级别的专业技术资格，由人力资源和社会保障部统一发放合格证书。考试每年举行一次，时间一般安排在11月初，每位应试人员必须通过经济基础知识和专业知识与实务两门科目的考核。

　　为更好地服务于广大应试人员，帮助广大应试人员正确、深入地理解考试大纲，掌握考试的基本内容和要求，在学习过程中提高自己的专业知识及业务能力，我们组织专家以考试大纲为基础编写了全国经济专业技术资格考试标准教材，供广大应试人员及有关人员复习参考。

　　本书紧紧围绕考试大纲，结合当前经济形势对大纲所要求掌握的知识点精准定位、精确讲述。本书主体分为三大部分：标准教材及典型例题解析；2011年题库版过关练习及答案解析；2010年考试真题及答案解析。在标准教材及典型例题解析部分，对每章的考情及考点总结详细、准确，本部分基本内容结构清晰易懂，重要考点归纳全面、翔实而又重点突出，经典例题讲解通俗易懂；单元测试题围绕书中知识点及重要考点，具有很强的针对性和实战性；2011年题库版过关练习及答案解析参照实际考试难易程度，有针对性地命题，帮助应试人员熟悉考试题型、把握考试方向、提高对全书重点内容的理解和把握能力；2010年考试真题及答案解析，对增强应试人员的实战能力、真切把握考试难易度有很大帮助。

我们精心编制本书，但书中难免存在疏漏和不足之处，希望广大读者批评指正。

祝广大应试人员顺利通过考试！

全国经济专业技术资格考试专家指导组　编著

全国经济专业技术资格考试指导中心　监制

2011 年 6 月

目　录

第二部分　2011 年题库版过关练习及答案解析

第三部分　2010 年考试真题及答案解析

第 一 部 分

第一章 企业战略与经营决策

一、近三年本章考点考频分析

年 份	单选题	多选题	考点分布
2008 年	8 道题 8 分	2 道题 4 分	行业环境分析；企业战略管理概述；企业内部环境分析；企业战略选择；战略实施
2009 年	7 道题 7 分	2 道题 4 分	企业战略管理概述；企业战略的制定；实施与控制；企业经营决策过程
2010 年	7 道题 7 分	2 道题 2 分	企业经营决策过程；企业战略选择；战略控制；企业经营决策方法

二、本章基本内容结构

企业战略与经营决策

1. 企业战略环境分析
   - 企业战略管理概述
   - 宏观环境分析
   - 行业环境分析
   - 企业内部环境分析

2. 企业战略选择
   - 基本竞争战略
   - 企业总体战略
   - 战略选择

3. 企业战略的制定、实施与控制
   - 企业战略的制定
   - 企业战略的实施
   - 企业战略的控制

4. 企业经营决策过程
   - 企业经营决策概述
   - 企业经营决策过程
   - 企业经营决策影响因素

5. 企业经营决策方法
   - 定性决策方法
   - 定量决策方法

三、本章重要考点及例题

(一) 重要概念归纳

1. 企业战略的定义

企业战略是指企业在市场经济竞争激烈的环境中，在总结历史经验、调查现状、预测未来的基础上，为谋求生存和发展而做出的长远性、全局性的谋划或方案。

2. 企业战略的特征

要理解企业战略的含义，必须与其 4 个特征相结合。

（1）长期性：着眼于未来长远利益，时间跨度长。

（2）全局性：是最根本的特征，战略的控制对象是企业总体发展，追求的是整体效果，属于总体决策。

（3）风险性：与长期性相对应，未来充满不确定性，所以具有风险。

（4）灵活性：能根据企业外部环境和自身条件的变化，随机应变地指导企业的总体行为。

3. 企业战略的三个层次

（1）企业总体战略（公司层战略）：是企业总体的、最高层次战略，主要确定企业的目的和目标。比如，企业经营范围的确定。

（2）企业业务战略（竞争战略）：是经营某一特定业务所制订的战略计划，主要解决的问题是在选定的每一业务领域内如何进行竞争，所以也称为竞争战略。对于单一经营业务的企业，业务层与公司层战略就是一回事。

（3）企业职能战略：是针对企业各职能部门或专项工作所制定的具体实施战略，如营销战略、生产战略、财务、人事、研发战略等。

4. 企业战略管理的定义

企业战略管理是指管理者制定企业战略和实施企业战略的动态管理过程。

5. 企业战略管理的任务

战略管理的任务包括基本任务和最高任务。基本任务是实现特定阶段的战略目标，最高任务是实现企业的使命（企业在社会经济活动中所扮演的角色、从事的业务）。

6. 企业战略管理的对象

企业战略管理的对象包括战略要素、战略管理模式和管理过程中的各环节。

7. 企业战略环境分析的内涵

战略环境分析是企业战略管理的基础，其任务是根据企业目前的市场"位置"和发展机会来确定未来应该达到的市场"位置"。企业战略环境分析包括宏观环境分析、行业环境分析和企业内部条件分析。

8. 宏观环境分析

宏观环境是指在国家或地区范围内，对一切产业部门和企业都将产生影响的各种因素或力量。

（1）政治环境分析。

（2）法律环境分析。

（3）社会文化环境分析（人口环境、文化因素）。

（4）经济环境分析。

（5）科学技术环境分析。

9. 行业经济特征分析

行业生命周期包括4个阶段：形成期、成长期、成熟期及衰退期（注意：各时期的关键职能各是什么）。

在一个行业中，普遍存在着5种基本竞争力量：行业内现有企业、新进入者、替代品生产者、供应者和购买者。

战略群体指一个产业内执行同样或相似战略并具有战略特征或地位的一组企业。包括战略群体内的竞争和战略群体间的竞争。

10. SWOT 分析法

		内部条件	
		优势 (S)	劣势 (W)
外部环境	机会 (O)	SO 组合 (最佳) 增长型战略	WO 组合 (弥补不足) 扭转型战略
	威胁 (T)	ST 组合 (降低威胁) 多元化、一体化战略	WT 组合 (避免) 紧缩或防御型战略

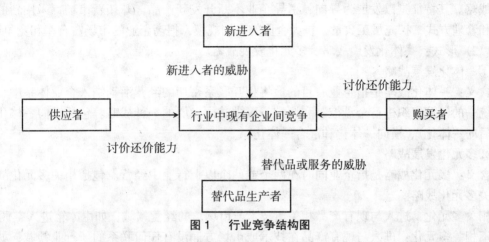

图 1   行业竞争结构图

11. 基本竞争战略

竞争战略即业务层战略，主要解决的问题是在一个特定产业领域内，企业如何参与市场竞争，以超越竞争对手。波特提出了 3 种一般竞争战略（这部分应重点掌握：3 种战略的适用范围和实施途径）：

第一，成本领先战略

(1) 含义：成本领先战略是指企业全部成本低于对手，甚至是行业中最低的。

(2) 途径：追求规模经济、技术创新、资源整合、经营地点选择优势、与价值链的联系、跨业务关系（多元化经营）。

(3) 适用范围：大批量生产（规模）、较高的市场占有率（市场）、有能力使用先进的生产设备（设备）、能够严格控制费用（费用）。

第二，差异化战略

(1) 含义：差异化战略是指企业寻求在产业中提供与众不同的产品或服务，满足顾客特殊需求，从而形成一种独特优势。比如，追求产品的高质量、卓越的性能、周到的服务、创新的设计或独特的品牌形象。

(2) 途径：（通过产品各个方面的不同）质量、可靠性、创新、特性、名称、服务。

(3) 适用范围：很强的研发能力（研发）、很高的知名度（声望）、很强的市场营销能力（营销）。

第三，集中战略

(1) 含义：集中战略也称专一化战略，是指企业将资源集中于某一特定的购买者群、产品线的某一部分或某一地区市场上的战略。集中化战略实际上是前两种战略类型的一种具体的、特殊的表现形式，所不同的只是所追求的市场范围大小的不同，前两者寻求在整个行业市场范围内的成本领先或差异化，而集中化战略则是在较狭窄的某一特定目标市场范围内开展活动。

(2) 途径：产品选择、细分市场、重点地区选择、优势发挥。

(3) 适用范围：有特殊需求的顾客、没有其他竞争对手、企业经营实力较弱。

12. 公司总体战略

第一，发展战略

(1) 含义：发展战略是通过新建、并购或战略联盟等方式扩大产销规模，提高市场地位的战略。其特征是以发展为导向，引导企业不断开发新产品，开拓新市场，采用新的生产方式和管理方式，扩充员工数量，扩大企业的产销规模，提高企业的市场占有率和竞争地位。

(2) 形式：一体化发展战略、多元化发展战略。

①一体化发展战略

含义：一体化战略是指企业有目的地将相互联系密切的经营活动纳入企业体系中，组成一个统一的经济组织进行全盘控制和调配，以求共同发展的一种战略。包括纵向一体化（前向、后向一体化）、横向一体化和混合一体化。

②多元化发展战略

含义：多元化战略是指企业同时在两个或两个以上行业中经营。包括相关多元化战略和不相关多元化战略。

相关多元化：进入与现有产品相关（技术或市场）的经营领域，如由冰箱进入空调业。

不相关多元化：进入与现有产品在技术或市场方面没有任何联系的新行业领域，如电脑企业进入服装生产行业。

第二，稳定战略

(1) 含义：稳定战略是指企业所期望达到的经营状态基本保持在战略起点水平的战略。

(2) 理解：不是不发展，而是稳定发展。

(3) 包括：无变化战略（注意两个条件）、维持利润战略、暂停战略（降低发展速度）和谨慎实施战略（降低实施进度）。

第三，紧缩战略

含义：紧缩战略是指通过收缩或撤退缩减企业经营规模的战略。具体有以下 3 种形式：

(1) 转向战略：指减少某一经营领域内的投资，并把节约下来的资金投入到其他更需要资金的领域中的战略。

(2) 放弃战略：出售企业的某个业务部门，可能是一个子公司、一个事业部或一条生产线。比如，摩托罗拉为了竞争手机业务，就放弃了半导体业务。

(3) 清算战略：卖掉资产或停止整个企业的运行或终止一个企业的存在。

13. 战略选择

第一，战略选择标准：适用性（对内外部环境）、可行性（公司资源可承受）、可接受性（满足利益相关者的期望）。

第二，战略选择方法

(1) 战略逻辑理性评估：将特定的战略方案与企业的市场情况及它的核心竞争力或相对战略能力相匹配，从而评估该战略方案是否会提高公司的竞争优势及其提高的程度。主要有组合分析法（掌握波士顿矩阵法）、生命周期法、价值系统分析法。

(2) 财务指标分析：投资收益分析、资金流分析。

(3) 风险分析：敏感性分析、决策矩阵。

波士顿矩阵法：

波士顿矩阵根据市场增长率和市场份额两项指标，将企业分为"明星"、"金牛"、"瘦狗"和"幼童"。

市场占有率越高（市场份额），意味着可以带来较多的利润。

市场增长率越高，表明行业的资金投入要越大才行。

"金牛"区是整个企业的主要基础。

"明星"区对资金需求大，代表着最优的利润增长率和最佳的投资机会，可进行必要投资。

"幼童"区现金流入较少，对资金需求却很大，可转变一些为明星业务，转变不了的可采取放弃战略。

"瘦狗"区既不能产生现金也无须追加投入，实行清算、转向或放弃战略。

14. 企业战略的制定——战略管理的核心部分

第一，含义

企业战略的制定是战略管理过程中的核心部分，也是一个复杂系统分析过程。一个战略的制定过程实际上就是战略的决策过程。

第二，流程

制定企业战略的流程如下。

（1）识别和鉴定现行的战略（必要性）：识别当前是否存在相似战略，再鉴定其是否与当前的企业目标及环境相适应，是否存在缺陷，决定是否必须制定新战略。

（2）分析外部环境，评估自身能力（条件）：常用 SWOT 分析法，分析企业外部环境存在的机会和威胁，内部环境优势和问题。

（3）确定企业使命与目标（目标）：目标是企业使命的更具体化表现，有盈利目标、服务目标、员工目标和社会责任目标。目标起到引导激励作用，应具有可实现性，还应符合社会道德标准。（历年考题主要考多选题）

（4）准备战略方案（方案）：在分析企业外部和内部环境并确定了企业战略目标之后，企业管理者将与企业战略专家等人员一起进行企业战略方案的规划，即实现目标的详细行动计划。

（5）评价和确定战略方案（优选）：目的是确定方案的有效性，即从多个方案中选出较优方案，遵循 3 个原则：择优原则、民主协调原则和综合平衡原则。

15. 企业战略的实施——战略管理的关键环节

第一，战略实施的含义

战略实施是动员企业全体员工充分利用并协调企业内外一切可利用资源，沿着企业战略的方向和途径，自觉贯彻战略，以期更好地达到企业目标的过程。

第二，战略实施原则

企业战略实施的 3 个基本原则如下。

（1）合理性原则：是否基本达到了战略预定的目标。

（2）统一指挥原则：应当在企业高层领导人的统一领导、统一指挥下去实施。

（3）权变原则：识别战略实施中的关键变量，并对其做出灵敏度分析，准备相应的替代方案，以使企业具备应变能力。

第三，战略实施模式

（1）指挥型：战略制定者向企业高层领导提交企业战略方案，企业高层领导确定战略方案，强制下层执行。特点是企业管理者考虑的是如何制定一个最佳战略的问题。

（2）转化型：重视运用组织结构、激励手段和控制系统来促进战略实施，适合于环境确定性较大的企业。

（3）合作型：协调高层管理人员是工作重点。适合于复杂而又缺少稳定性环境的企业。

（4）文化型：管理者起到指导作用，力图全员参加，参与成分扩大到较低层次，通过灌输企业文化使战略得以实施。

（5）增长型：企业战略从基层单位自下而上产生，对管理者的要求很高。

第四，战略实施流程

（1）战略变化分析：企业在实施战略时，要清楚地认识到自己要发生怎样的变化才能成功地实施战略。

（2）战略方案分解与实施：从时间与空间两方面进行分解成几个战略阶段，每个战略实施阶段都要有分段的目标、相应的措施。

（3）组织结构调整：实施战略，必须对原有的组织结构进行调整。

（4）战略实施的考核与激励：考核是检验企业战略的重要标准。通过利用关键绩效指标法和平衡记分卡等方法进行。考核结束后，进行合理的奖惩。

16. 企业战略的控制

第一，企业战略控制的含义

企业战略控制是指企业战略管理者及参与战略实施者根据战略目标和行动方案，对战略的实施状况进行全面的评审，及时发现偏差并纠正偏差的活动。

第二，战略控制分类

战略控制按照不同的标准可以划分为多种类型。

（1）集中控制与分散控制：按照战略控制权的归属分类。集中控制的战略控制权在企业最高层；分散控制的局部战略控制权分散到各个事业部。

（2）反馈控制、实时控制和前馈控制：按照控制阶段划分进行的分类。控制阶段可以分为事先、事中、事后。事先控制是前馈控制；事中控制是实时控制。事后控制是反馈控制。

（3）回避控制与直接控制：按照控制方式（工作方式）进行分类。

第三，战略控制流程

（1）制定绩效标准：没有规矩不成方圆，没有标准难以进行控制。战略决策的重点是选择哪些标准以及怎样控制。

（2）衡量实际绩效：制定了标准之后，开始具体的衡量过程，即将实际绩效与绩效标准进行对比，看看是否符合标准。

（3）审查结果：找出实际绩效与标准之间的差距，并找出原因。例如，销售型公司 A 年底没有完成 1000 万的标准，经过分析后发现是由于某一个关键销售员离职而造成的，进而发现关于销售员的管理制度上出了问题。

（4）采取纠正措施：测评的结果主要有两种，一是符合标准，二是不符合标准，出现偏差。出现了偏差，需要提出纠偏措施。

第四，战略控制方法

一是战略控制方法包括哪些方法；二是前馈控制的具体方法包括哪些方法；三是财务审计具体方法；四是经济效益审计具体包括哪些方法；五是审计方法分类。

17. 企业经营决策概述

第一，含义（了解）

第二，类型

（1）从决策影响时间分类：长期决策（全局性、整体性）和短期决策（短期的行动方案）。

（2）从决策的重要性分类：战略决策（最高领导）、战术决策（中层）和业务决策（执行层）。

（3）从决策的起点分类：初始决策（零起点）和追踪决策（非零点）。初始决策是基础，追踪决策是为适应环境的变化而进行的决策的调整和完善，是初始决策的必然发展形势。

（4）从环境因素的可控程度分类：确定性决策、风险性决策和不确定性决策。

第三，要素

（1）决策者：决策主体，是决策的最基本要素。

（2）决策目标：决策所要达到的目的。

（3）决策备选方案：备选方案的存在是决策的前提。

（4）决策条件（决策环境）：决策过程中面临的时空状态。

（5）决策结果：决策实施后所产生的效果和影响，是决策的基本要素。

18. 企业经营决策过程

第一，企业经营决策方法

企业经营决策方法分为定性决策方法和定量决策方法。定性方法和定量方法在很多方面都应用到，如信息分析方法、社会研究方法等都分为定性和定量。

定性决策方法就是主观决策方法，即直接应用人们的知识、智慧和经验，根据已掌握的资料进行决策。

定量决策方法就是利用数学模型进行优选决策方案的决策方法。

其中，定性决策法包括以下几点。

（1）头脑风暴法：畅所欲言，相互启发。

（2）德尔菲法：匿名征求专家意见直到意见趋于一致。

（3）名义小组法：独立思考、公布方案、集体投票。

（4）淘汰法：按照标准淘汰达不到要求的方案。

定量决策方法包括：

确定型决策方法。确定型决策方法是在可控条件下，只要满足数学模型的条件，就可得出特定结果。

①线性规划：在条件约束下合理利用有限资源，取得最好效益。

②盈亏平衡分析法：是依据总成本与总收入的变动关系，确定不亏损、无利润的（盈亏平衡）临界点，以制定获得最大利润的定价方法。

第二，风险型决策方法

风险型决策方法是指已知决策方案所需的条件，但每种方案的执行都有可能出现不同后果，各种后果的出现又具有一定的概率，即存在着"风险"。

（1）决策收益表法

决策的标准是损益期望值 $=\sum$（各种可能状态下的损益值 $\times$ 概率）

（2）风险型决策方法

风险型决策方法是指已知决策方案所需的条件，但每种方案的执行都有可能出现不同后果，各种后果的出现又具有一定的概率，即存在着"风险"。

①决策收益表法。

决策的标准是损益期望值 = $\sum$（各种可能状态下的损益值×概率）

注：损益值有正负之分，盈利为正值，亏损为负值。当盈利为正时，应选取期望值最大的方案；当盈利为负时，应选取期望值最小的方案。

②决策树分析法。

决策树分析法是指将构成决策方案的有关因素，以树状图形的方式表现出来，并据以分析和选择方案的一种分析法。

计算步骤：

a. 从左向右绘制决策树图形。

b. 计算每个结点的期望值 = $\sum$（损益值×概率）×经营年限

c. 计算各方案净效果，进行剪枝，即选优。

方案净效果 = 该方案状态结点的期望值 - 该方案投资额

d. 选取净效果最大的方案。

第三，不确定型决策方法

不确定型决策方法是指在决策所面临的自然状态难以确定而且各种自然状态发生的概率也无法预测的条件下所做出的决策。

这类决策常遵循以下几种思考原则。

（1）乐观原则：即好中取好，大中取大。指愿承担风险的决策者在方案取舍时以各方案在各种状态下的最大损益值为标准，在各方案的最大损益值中取最大者对应的方案。

步骤：

①在各方案的损益中找出最大者。

②在各方案的最大损益中再找出最大的。

（2）悲观原则：指决策者在方案取舍时以各方案在各种状态下的最小值为标准，在各方案的最小值中取最大者对应的方案。

（3）折中原则：介于上述两个极端之间寻找决策方案。

步骤：

①找出各方案在所有状态下的最小值和最大值。

②决策者根据自己的风险偏好程度给定最大值系数 M，最小值的系数随之被确定为 1-M。

③用上述数据计算各方案的加权平均值。

④选取加权平均值最大的方案。

（4）后悔值原则（大中取小法）：以后悔值标准选择方案。后悔值是指在某种状态下因选择某方案而未选取该状态下的最佳方案而少得的收益。

步骤：

①计算后悔值矩阵，即用各状态下的最大损益值分别减去该状态下所有方案的损益值，从而得到对应的后悔值。

②从各方案中选取最大后悔值。

③在已选出的最大后悔值中选取最小值对应的方案（即让后悔最小）。

（5）等概率原则：指当无法确定某种自然状态发生的可能性大小顺序时，可假定每一自然状态具有相等概率，并以此计算各方案期望值进行选择。

（二）重要公式解析

1.盈亏平衡分析法

盈亏平衡分析法：是依据总成本与总收入的变动关系，确定不亏损、无利润的（盈亏平衡）临界点，以制定获得最大利润的定价方法。

基本公式是：利润 = 单价 × 产量 – 单位变动成本 × 产量 – 固定成本 =0

2.临界点问题

所谓临界点就是使总收入（单价 × 产量）等于总成本（单位变动成本 × 产量 + 固定成本）的点，即利润为零的点，与这点相对应的产（销）量称为临界点产（销）量，相对应的价格称为临界点价格。4 个因素中，只要给定其中 3 个，必然可推出另一个。所以，由上述基本公式可推导出：

临界点产（销）量 = 固定成本 / （单价 – 单位变动成本）

临界点价格 = （固定成本 + 单位变动成本 × 产（销）量）/ 产（销）量

临界点单位变动成本 = （单价 × 产（销）量 – 固定成本）/ 产（销）量

临界点固定成本 = 单价 × 产量 – 单位变动成本 × 产量

所谓边际贡献就是指产品销售额超过变动成本之后对补偿固定费用和利润所做的贡献。

贡献 = 销售额 – 变动成本。

重要公式

3.决策收益表法

决策的标准是损益期望值 = Σ（各种可能状态下的损益值 × 概率）

（三）典型例题解析

【单选题】

1.从行业生命周期各阶段的特点来看，行业的产品逐渐完善，规模不断扩大，市场迅速扩张，行业内企业的销售额和利润迅速增长，则该行业处于（　）。**【2007年，2008年真题】**

A.形成期　　　　B.成长期　　　　C.成熟期　　　　D.衰退期

【答案】 B

【解析】 行业生命周期分为形成期、成长期、成熟期、衰退期。其中，进入行业的成长期时，行业产业比较完善，顾客对产品已有认识，市场迅速扩大，企业的销售额和利润增速明显。

2.按照战略控制权的归属，战略控制可分为（　）。**【2007年真题】**

A.反馈控制、实时控制、前馈控制　　　B.回避控制、直接控制

C.集中控制、分散控制　　　　　　　　D.跟踪控制、基准控制

【答案】 C

【解析】 战略控制是按一定标准进行分类的。A 选项是按照控制阶段划分的；B 选项是按照控制方式划分的；C 选择是按照控制权归属划分的。这类的考题需要记住分类标准，关键词是控制权。

3.企业在战略实施过程中，深入宣传发动，使所有人员都参与并且支持企业的目标和战略，这是（　）战略实施模式。**【2007年真题】**

A.指挥型　　　　B.转化型　　　　C.合作型　　　　D.文化型

【答案】 D

【解析】 类似的考题主要考核的是考生对含义的掌握程度。这里一定要注意关键词。五种战略实施模式都有一些关键词，如指挥型是自上而下，即高层领导确定，下层执行；转化型是组织体系和结构；合作型是高层管理集体；文化型是全体职员；增长型是自下而上，参与者是管理人员。

4. 从环境因素的可控程度看，经营决策可分为（　　）。 **【2007年真题】**

A. 长期决策、短期决策　　　　　　　　B. 战略决策、战术决策、业务决策

C. 初始决策、追踪决策　　　　　　　　D. 确定型决策、风险型决策、不确定型决策

【答案】 D

【解析】 经营决策按照不同决策方法，可划分为不同类型。具体包括：①从决策影响的时间进行分类，可分为长期决策和短期决策；②从决策的起点分类，可分为初始决策和追踪决策；③从决策的重要性分类，可分为战略决策、战术决策、业务决策；④从环境因素的可控程度分类，可分为确定型决策、风险型决策、不确定型决策。

5. 在分析潜在进入者对产业内现有企业的威胁时，应重点分析（　　）。

A. 产业进入壁垒　　　　　　　　　　　B. 产业内现有企业数量

C. 产业生命周期　　　　　　　　　　　D. 买方及卖方集中度

【答案】 A

【解析】 在分析潜在进入者对产业内现有企业的威胁时，应重点分析产业进入壁垒。

6. 在制定企业战略的过程中，企业内部环境分析的核心内容是（　　）。

A. 核心能力　　　B. 资金状况　　　C. 核心产品　　　D. 设备状况

【答案】 A

【解析】 在制定企业战略的过程中，企业内部环境分析的核心内容是核心能力。

7. 企业战略是指企业在市场经济竞争激烈的环境中，在总结历史、调查现状、预测未来的基础上，为谋求生存和发展而做出的（　　）的谋划或方案。

A. 长远性、竞争性　　B. 长远性、风险性　　C. 长远性、全局性　　D. 全局性、灵活性

【答案】 C

【解析】 企业战略是指企业在市场经济竞争激烈的环境中，在总结历史、调查现状、预测未来的基础上，为谋求生存和发展而做出的长远性、全局性的谋划或方案。

8. 在紧缩战略中，（　　）是指企业在现有经营领域不能完成原油产销规模和市场规模，不得不将其缩小；或者企业有了新的发展机会，压缩原有领域的投资，控制成本支出以改善现金流为其他业务领域提供资金的战略方案。

A. 发展战略　　　B. 转向战略　　　C. 放弃战略　　　D. 清算战略

【答案】 B

【解析】 在紧缩战略中，转向战略是指企业在现有经营领域不能完成原油产销规模和市场规模，不得不将其缩小；或者企业有了新的发展机会，压缩原有领域的投资，控制成本支出以改善现金流为其他业务领域提供资金的战略方案。

9. 根据企业内部资源条件和外部环境，确定企业的经营范围是（　　）要解决的主要问题。

A. 竞争战略　　　B. 公司层战略　　　C. 业务层战略　　　D. 职能层战略

【答案】 B

【解析】 根据企业内部资源条件和外部环境，确定企业的经营范围是公司层战略要解决的主要问题。

10. 企业战略管理是指管理者制定和实施企业战略的（　　）管理过程。

A. 静态　　　　　　B. 动态　　　　　　C. 战略　　　　　　D. 总体

【答案】B

【解析】企业战略管理是指管理者制定和实施企业战略的动态管理过程。

11. 企业战略管理的对象不包括（　　）。

A. 职能部门　　　　　　　　　　　B. 战略要素

C. 战略管理模式　　　　　　　　　D. 管理过程中的各环节

【答案】A

【解析】企业战略管理的对象包括战略要素；战略管理模式和管理过程中的各环节。

12. 对企业外部环境的分析可以分为（　　）。

A. 宏观环境分析和微观环境分析　　B. 宏观环境分析和产业环境分析

C. 人文社会环境分析和自然环境分析　D. 政治法律环境分析和自然环境分析

【答案】B

【解析】对企业外部环境的分析可以分为宏观环境分析和产业环境分析。

13. 在企业战略实施中，十分重视运用组织结构、激励手段和控制系统来促进战略实施的战略实施模式是（　　）。

A. 指挥型模式　　　B. 转化型模式　　　C. 合作型模式　　　D. 增长型模式

【答案】B

【解析】在企业战略实施中，十分重视运用组织结构、激励手段和控制系统来促进战略实施的战略实施模式是转化型模式。

14. 为了提高原材料质量和降低原材料采购成本，某中成药生产企业投资开发了一个属于自己的中药材种植基地。这种战略属于（　　）。

A. 后向一体化战略　B. 前向一体化战略　C. 专业化发展战略　　D. 集中化发展战略

【答案】A

【解析】为了提高原材料质量和降低原材料采购成本，某中成药生产企业投资开发了一个属于自己的中药材种植基地。这种战略属于后向一体化战略。

15. 某企业过去长期生产经营计算机，今年投入巨资进入保健品行业。该企业实施的新战略属于（　　）。

A. 关联多元化战略　B. 前向一体化战略　C. 无关联多元化战略　D. 后向一体化战略

【答案】C

【解析】某企业过去长期生产经营计算机，今年投入巨资进入保健品行业。该企业实施的新战略属于无关联多元化战略。

【多选题】

1. 在企业经营战略体系中，企业战略一般可以分为（　　）。

A. 业务战略　　　B. 总体战略　　　C. 营销战略　　　D. 职能战略

E. 发展战略

【答案】ABD

【解析】在企业经营战略体系中，企业战略一般可以分为业务战略、总体战略、职能战略。

2. 进行产业竞争性分析时除了要考虑产业内现有企业间的竞争程度外，还要考虑（　　）。

　　A. 潜在进入者的威胁　　　　　　　　　　B. 替代品的威胁

　　C. 市场价格水平　　　　　　　　　　　　D. 供方讨价还价能力

　　E. 买方讨价还价能力

【答案】ABDE

【解析】进行产业竞争性分析时除了要考虑产业内现有企业间的竞争程度外，还要考虑潜在进入者的威胁；替代品的威胁；供方讨价还价能力；买方讨价还价能力。

　　3. 实施差异化竞争战略应具备的条件有（　　　）。

　　A. 较强的研究与开发能力　　　　　　　　B. 产品质量好或技术领先的声望

　　C. 强大的市场营销能力　　　　　　　　　D. 大规模生产制造系统

　　E. 全面的成本控制体系

【答案】ABC

【解析】实施差异化竞争战略应具备的条件有较强的研究与开发能力；产品质量好或技术领先的声望；强大的市场营销能力。

　　4. 评价和确定企业战略方案时，需遵循的基本原则有（　　　）。

　　A. 择优原则　　　　B. 民主协调原则　　　C. 综合平衡原则　　　D. 统一指挥原则

　　E. 权变原则

【答案】ABC

【解析】评价和确定企业战略方案时，需遵循的基本原则有择优原则、民主协调原则、综合平衡原则。

　　5. 企业审计按技术手段可分为（　　　）。

　　A. 顺查法　　　　B. 审阅法　　　　C. 盘存法　　　　D. 分析法

　　E. 逆查法

【答案】BCD

【解析】企业审计按技术手段可分为审阅法、盘存法、分析法。

（四）经典案例分析

　　1. 某跨国汽车公司1997年进入中国市场，业务范围不断扩大，不仅在汽车制造领域站稳脚跟，而且通过并购、联合等多种方式，使业务遍及家电、医药、建筑等多个领域。在汽车制造领域，该公司业绩表现尤为突出，不断针对不同类型人群，推出具有独特功能和款式的新型号汽车，占领不同领域消费市场，市场占有率大幅提升。2008年该公司拟推出一款新功能车型，备选车型共有A、B、C三种。未来市场状况存在畅销、一般和滞销三种可能，但各种情况发生的概率难以测算。在市场调查的基础上，公司对三种型号汽车的损益状况进行了预测，在不同市场状态下的损益值如表4—2所示。【2008年真题】

某公司A、B、C三型汽车经营损益表

单位：万元

车型　　损益值　市场状况	畅销	一般	滞销
A 型	600	400	100
B 型	700	600	0
C 型	800	500	−200

(1) 该公司所实施的经营战略为 (   )

A. 成本领先战略　　B. 差异化战略　　　　C. 集中战略　　　　D. 多元化战略

【答案】BD

【解析】该汽车公司不断针对不同车型人群,推出具有独特功能和款式的新型号车,这采取的是差异化战略,而且同时又在家电、医药、建筑等多个领域进行经营,所以又采取了多元化战略。

(2) 该公司实施战略控制时可选择的方法是 (   )。

A. 生产进度控制　　B. 统计分析控制　　C. 预算控制　　　　D. 财务控制

【答案】BCD

【解析】战略控制方法有预算控制、审计控制、财务控制、统计分析控制。

(3) 若采用折中原则计算(最大值系数为0.7),生产C型汽车能使公司获得的经济效益为 (   ) 元。

A. 450　　　　　　B. 490　　　　　　C. 500　　　　　　D. 550

【答案】C

【解析】采取折中原则计算,C型汽车可以获得的经济效益为:$800 \times 0.7 + (-200) \times (1-0.7) = 500$(万元)。

(4) 若采用后悔值原则计算,使公司获得最大经济效益的车型为 (   )。

A. A型汽车　　　　B. B型汽车　　　　C. C型汽车　　　　D. D型汽车

【答案】B

【解析】后悔值的法进行方案选择的步骤为:

第一,计算损益值的后悔值。用各情况下的最大值损益分别减去该状态下所有方案的损益值,从而得到对应的后悔值,具体如下表:

某公司 A、B、C 三型汽车经营损益表

单位:万元

损益值　　　市场状况　　车型	畅销	一般	滞销	Max
A 型	200	200	0	200
B 型	100	0	100	100
C 型	0	100	300	300

第二,由上表可知,各方案的最大后悔值为{200,100,300},其中的最小值为100,故选B。

(5) 该公司实施战略控制时可选择的方法是 (   )。

A. 生产进度控制　　B. 统计分析控制　　C. 预算控制　　　　D. 财务控制

【答案】BCD

【解析】战略控制的方法主要有预算控制、审计监控、财务控制和统计分析控制。所以B、C、D选项为正确答案。

2. 某牙膏厂几十年来一直只生产牙膏,产品质量卓越,顾客群体稳定。目前为扩大经营规模,企业增加牙刷生产,需要确定牙刷的产量。根据预测估计,这种牙刷市场状况的概率是:畅销为0.3,一般为0.4,滞销为0.3。牙刷产品生产采取大、中、小三种批量的生产方

案，有关数据如下表所示。

	畅销	一般	滞销
大批量 I	35	30	20
中批量 II	30	28	24
小批量 III	25	25	25

根据以上资料，回答下列问题：

（1）该企业原来一直实施的战略属于（　　）。

A. 集中型战略　　　B. 稳定型战略　　　C. 多元化战略　　　D. 一体化战略

【答案】B

【解析】该企业原来一直只生产牙膏，产品质量卓越，顾客群体稳定，实施的战略属于稳定型战略。

（2）目前该企业实施的战略属于（　　）。

A. 不相关多元化　　B. 一体化　　　C. 集团多元化　　　D. 相关多元化

【答案】D

【解析】牙刷产品生产采取大、中、小三种批量的，目前该企业实施的战略属于相关多元化。

（3）此项经营决策属于（　　）。

A. 确定型决策　　　B. 风险型决策　　　C. 不确定型决策　　　D. 无风险决策

【答案】B

【解析】本题中大、中、小三种批量的牙刷都有一定的概率出现不同后果，属于风险性决策。

（4）使该厂取得最大经济效益的决策方案为（　　）。

A. 大批量　　　　　B. 中批量　　　　C. 小批量　　　　D. 不增加牙刷生产

【答案】A

【解析】大批量生产期望值 $=35×0.3+30×0.4+20×0.3=28.5$；中批量生产期望值 $=30×0.3+28×0.4+24×0.3=27.4$；小批量生产期望值 $=25×0.3+25×0.4+25×0.3=25$。故选A。

（5）该公司实施战略控制时可选择的方法是（　　）。

A. 生产进度控制　　B. 统计分析控制　　C. 预算控制　　　D. 财务控制

【答案】BCD

【解析】战略控制的方法主要有预算控制、审计监控、财务控制和统计分析控制。所以B、C、D选项为正确答案。

3. 国内某知名制造企业在战略制定和实施过程中，总经理总是鼓励中下层管理者制定与实施自己的战略。今年在充分市场调查的基础上决定进军医药领域。准备修建大厂的投资费用为 400 万，修建中等规模工厂的投资费用为 250 万，修建小厂的投资为 170 万。该医药产品的市场寿命为 10 年。10 年内销售状况为：产品畅销的可能性为 55%，销售一般的可能性为 25%，滞销的可能性为 20%。

方案一：修建大工厂，产品畅销每年获利 150 万元，销售一般每年获利 60 万元，滞销每年获利 40 万。

方案二：修建中等规模工厂，产品畅销每年获利 80 万，销售一般每年获利 50 万元，滞销每年获利 20 万元。

方案三：修建小工厂，产品畅销每年获利 40 万元，销售一般每年获利 30 万元，滞销每年获利 15 万元。

根据上述资料，回答下列问题：

(1) 该企业目前实施的战略属于 (   )。

A. 紧缩战略　　　　B. 多元化战略　　　　C. 发展战略　　　　D. 差异化战略

【答案】BC

【解析】该企业决定进军医药领域并准备修建大、中、小厂，该企业目前实施的战略属于多元化战略；发展战略。

(2) 在战略实施过程中，该企业制定与实施自己战略的模式是 (   )。

A. 指挥型　　　　B. 文化型　　　　C. 合作型　　　　D. 增长型

【答案】D

【解析】在战略实施过程中，该企业制定与实施自己战略的模式是增长型。

(3) 修建小工厂的期望收益值为 (   )。

A. −289 万元　　　　B. 260 万元　　　　C. 300 万元　　　　D. 155 万元

【答案】D

【解析】修建小工厂的期望收益值 $=(40\times0.55+30\times0.25+15\times0.2)\times10-170=155$ 万元。

(4) 该企业取得最大经济效益的决策方案为 (   )。

A. 方案一　　　　B. 方案二　　　　C. 方案三　　　　D. 三者均可

【答案】A

【解析】修建大工厂取得最大经济效益 $=150\times0.55+60\times0.25+40\times0.2=105.5$；修建中等规模工厂取得最大经济效益 $=80\times0.55+50\times0.25+20\times0.2=60.5$；修建小工厂取得最大经济效益 $=40\times0.55+30\times0.25+15\times0.2=32.5$。故选 A。

(5) 该企业进行的决策属于 (   )。

A. 风险型决策　　　　B. 确定型决策　　　　C. 不确定型决策　　　　D. 淘汰法

【答案】A

【解析】本题中大、中、小三个工厂都有一定的概率出现不同后果，属于风险性决策。

四、本章测试题

(一) 单选题

1. 在决策小组中，小组成员互不通气，也不在一起讨论，各自独立思考，并写出自己的意见并陈述，然后小组成员对提出的备选方案进行投票，这种方法是 (   )。

A. 头脑风暴法　　　　B. 德尔菲法　　　　C. 名义小组法　　　　D. 淘汰法

2. 在行业生命周期的投入期，为刺激需求，抢占市场，防止潜在进入者的进入，企业应采用 (   )。

A. 成本领先战略　　　　B. 无差异战略　　　　C. 集中战略　　　　D. 差异化战略

3. 企业战略的最根本特征为 (   )。

A. 风险性　　　　B. 长期性　　　　C. 灵活性　　　　D. 全局性

4. 根据"BCG 矩阵法"，对企业"金牛"类业务应采取的经营战略是 (   )。

　　A.稳定战略　　　　B.紧缩战略　　　　C.发展战略　　　　D.成本领先战略

5.在企业战略实施中，将战略决策范围扩大到企业高层管理集体中，调动高层管理人员的积极性和创造性的战略实施模式是（　　）模式。

　　A.指挥型　　　　　B.转化型　　　　　C.合作型　　　　　D.增长型

6.将成本分为固定成本和可变成本，然后与总收益进行对比，以确定盈亏平衡时的产量或某一盈利水平的产量的分析方法是（　　）。

　　A.线性规划法　　　B.回归分析法　　　C.盈亏平衡点法　　D.决策收益表法

7.既分析企业面对的优势，又分析企业的机会与威胁的方法是（　　）。

　　A.SPACE图解法　　B.波士顿矩阵法　　C.SWOT矩阵法　　D.战略方案汇总表法

8.行业形成期阶段的重要职能是（　　）。

　　A.研发产品　　　　B.市场营销　　　　C.生产管理　　　　D.降低成本

9.（　　）用以改进一个业务单位在它所从事的行业中，或某一特定的细分市场中所提供的产品和服务的竞争地位为工作重点的企业战略层次。

　　A.企业总体战略　　B.企业职能战略　　C.企业业务战略　　D.企业竞争战略

10.将企业资源集中于狭小细分市场上，寻求成本领先优势或差异化优势的战略是（　　）。

　　A.成本领先战略　　B.集中战略　　　　C.差异化战略　　　D.标新立异战略

11.2003年底，摩托罗拉的战略做出重大调整，该公司宣布，为了集中资源与诺基亚手机竞争，它将剥离半导体业务，该战略属于（　　）。

　　A.放弃战略　　　　B.暂停战略　　　　C.转向战略　　　　D.一体化发展战略

12.管理人员采用适当手段使有碍于战略目标实现的行为不能发生，从而达到控制的目的，这是（　　）。

　　A.反馈控制　　　　B.集中控制　　　　C.回避控制　　　　D.直接控制

13.（　　）是风险决策最常用的方法之一，特别适用于分析比较复杂的问题。

　　A.线性规划　　　　B.盈亏平衡点法　　C.决策收益表法　　D.决策树分析法

14.通过提供与众不同的产品或服务，满足顾客的特殊需求，从而形成一种独特的优势战略是（　　）。

　　A.成本领先战略　　B.差异化战略　　　C.集中战略　　　　D.专一化战略

15.某石油公司对自己开采的原油进行炼化，生产各种石化产品，并自行组织这些产品的销售。该公司实施的是（　　）。

　　A.集中战略　　　　B.前向一体化战略　C.调整性战略　　　D.后向一体化战略

16.（　　）是一种在现有战略基础上，向更高目标发展的总体战略。

　　A.稳定战略　　　　B.发展战略　　　　C.紧缩战略　　　　D.放弃战略

17.战略选择标准不包括（　　）。

　　A.适用性　　　　　B.可发展性　　　　C.可行性　　　　　D.可接受性

18.实施成本领先战略的前提是（　　）。

　　A.行业结构基本稳定或波动较小的企业　B.具有较强的研究与开发能力

　　C.要成为产业中的低成本生产商的企业　D.行业处于生命周期阶段

19.差异化战略的核心是取得某种对顾客有价值的（　　）。

　　A.差异性　　　　　B.使用性　　　　　C.信誉性　　　　　D.独特性

20. 没有战略的战略称为（　　）。

　　A. 维持利润战略　　B. 暂停战略　　　　C. 无变化战略　　　　D. 谨慎实施战略

（二）多选题

1. 下列各项属于备选决策方案的特点的是（　　）。

　　A. 整体性　　　　　B. 排斥性　　　　　C. 标准性　　　　　　D. 可行性
　　E. 排列性

2. 从关键战略要素出发，战略管理的对象包括（　　）。

　　A. 业务组合　　　　B. 环境分析　　　　C. 资源配置　　　　　D. 发展战略
　　E. 财务战略

3. 多元化发展战略的类型主要有（　　）。

　　A. 转向战略　　　　B. 放弃战略　　　　C. 调整性战略　　　　D. 不相关多元化战略
　　E. 相关多元化战略

4. 集中战略的适用范围（　　）。

　　A. 在行业中有特殊需求的顾客存在，或在某一地区有特殊需求的顾客存在
　　B. 没有其他竞争对手试图在上述目标细分市场上采取集中战略
　　C. 有较高市场占有率，严格控制产品定价和初始亏损，从而形成较高的市场份额
　　D. 企业经营实力较弱，不足以追求广泛的市场目标
　　E. 适用于大批量生产，产量要达到经济规模的企业

5. 一般来说，一个企业的内部环境包括（　　）。

　　A. 企业结构　　　　B. 企业战略规划　　C. 企业资源　　　　　D. 企业发展条件
　　E. 企业文化

6. 宏观环境分析包括（　　）。

　　A. 政治因素　　　　B. 法律因素　　　　C. 经济因素　　　　　D. 人文因素
　　E. 社会文化因素

7. 宏观环境中的社会文化因素主要包括（　　）。

　　A. 人口统计因素　　B. 文化方面的因素　C. 社会科技力量　　　D. 社会科技水平
　　E. 国家立法政策

8. 按控制的阶段性，可将战略控制划分为（　　）。

　　A. 反馈控制　　　　B. 分散控制　　　　C. 集中控制　　　　　D. 实时控制
　　E. 前馈控制

9. 企业在实施相关多元化战略时应符合的条件是（　　）。

　　A. 企业可以将技术、生产能力从一种业务转移到另一种业务
　　B. 企业具有进入新产业所需的资金和人才
　　C. 企业在新的业务中可以借用公司的品牌的信誉
　　D. 企业能够创建有价值的竞争能力的协作方式实施相关的价值链活动
　　E. 企业可以将不同业务的相关活动合并

10. 战略选择方法中的财务指标分析法主要包括（　　）。

　　A. 投资收益分析法　　　　　　　　　B. 资金流分析法
　　C. 组合分析法　　　　　　　　　　　D. 生命周期分析法
　　E. 值系统分析法

【本章测试题答案及解析】

单选题

1.【答案】C

【解析】在决策小组中，小组成员互不通气，也不在一起讨论，各自独立思考，并写出自己的意见并陈述，然后小组成员对提出的备选方案进行投票，这种方法是名义小组法。

2.【答案】A

【解析】在行业生命周期的投入期，为刺激需求，抢占市场，防止潜在进入者的进入，企业应采用成本领先战略。

3.【答案】D

【解析】企业战略的最根本特征为全局性。

4.【答案】A

【解析】根据"BCG矩阵法"，对企业"金牛"类业务应采取的经营战略是稳定战略。

5.【答案】C

【解析】在企业战略实施中，将战略决策范围扩大到企业高层管理集体中，调动高层管理人员的积极性和创造性的战略实施模式是合作型模式。

6.【答案】C

【解析】将成本分为固定成本和可变成本，然后与总收益进行对比，以确定盈亏平衡时的产量或某一盈利水平的产量的分析方法是盈亏平衡点法。

7.【答案】C

【解析】既分析企业面对的优势，又分析企业的机会与威胁的方法是SWOT矩阵法。

8.【答案】A

【解析】行业形成期阶段的重要职能是研发产品。

9.【答案】C

【解析】企业业务战略用以改进一个业务单位在它所从事的行业中，或某一特定的细分市场中所提供的产品和服务的竞争地位为工作重点的企业战略层次。

10.【答案】B

【解析】将企业资源集中于狭小细分市场上，寻求成本领先优势或差异化优势的战略是集中战略。

11.【答案】A

【解析】2003年底，摩托罗拉的战略做出重大调整，该公司宣布，为了集中资源与诺基亚手机竞争，它将剥离半导体业务，该战略属于放弃战略。

12.【答案】C

【解析】管理人员采用适当手段使有碍于战略目标实现的行为不能发生，从而达到控制的目的，这是回避控制。

13.【答案】D

【解析】决策树分析法是风险决策最常用的方法之一，特别适用于分析比较复杂的问题。

14.【答案】B

【解析】通过提供与众不同的产品或服务，满足顾客的特殊需求，从而形成一种独特的优势战略是差异化战略。

15.【答案】B

【解析】某石油公司对自己开采的原油进行炼化，生产各种石化产品，并自行组织这些产品的销售。该公司实施的是前向一体化战略。

16.【答案】B

【解析】发展战略是一种在现有战略基础上，向更高目标发展的总体战略。

17.【答案】B

【解析】战略选择标准包括适用性、可行性、可接受性。

18.【答案】C

【解析】实施成本领先战略的前提是要成为产业中的低成本生产商的企业。

19.【答案】D

【解析】差异化战略的核心是取得某种对顾客有价值的独特性。

20.【答案】C

【解析】没有战略的战略称为无变化战略。

多选题

1.【答案】ABD

【解析】备选决策方案的特点的是整体性、排斥性、可行性。

2.【答案】ACD

【解析】从关键战略要素出发，战略管理的对象包括业务组合、资源配置、发展战略。

3.【答案】DE

【解析】多元化发展战略的类型主要有不相关多元化战略、相关多元化战略。

4.【答案】ABD

【解析】集中战略的适用范围包括在行业中有特殊需求的顾客存在，或在某一地区有特殊需求的顾客存在；没有其他竞争对手试图在上述目标细分市场上采取集中战略；企业经营实力较弱，不足以追求广泛的市场目标。

5.【答案】ABE

【解析】一般来说，一个企业的内部环境包括企业结构、企业战略规划、企业文化。

6.【答案】ABCE

【解析】宏观环境分析包括政治因素、法律因素、经济因素、社会文化因素。

7.【答案】AB

【解析】宏观环境中的社会文化因素主要包括人口统计因素、文化方面的因素。

8.【答案】ACE

【解析】按控制的阶段性，可将战略控制划分为反馈控制、集中控制、前馈控制。

9.【答案】ACDE

【解析】企业在实施相关多元化战略时应符合的条件是企业可以将技术、生产能力从一种业务转移到另一种业务；企业在新的业务中可以借用公司品牌的信誉；企业能够创建有价值的竞争能力的协作方式实施相关的价值链活动；企业可以将不同业务的相关活动合并。

10.【答案】AB

【解析】战略选择方法中的财务指标分析法主要包括投资收益分析法、资金流分析法。

第二章 公司法人治理结构

一、近三年本章考点考频分析

年　份	单选题	多选题	考点分布
2008 年	9 道题 9 分	3 道题 6 分	股东机构、公司所有者与经营者、董事会制度、经理机构
2009 年	8 道题 8 分	4 道题 8 分	董事会、经理机构、监督机构、董事会制度、国有独资公司的经理机构
2010 年	5 道题 5 分	4 道题 8 分	企业领导体制及其发展、国有独资公司的董事会、董事会、经理机构、监督机构

二、本章基本内容结构

公司法人治理结构

1. 企业领导体制及其发展
   - 企业领导体制的内涵
   - 现代企业领导体制的基本构成
   - 企业领导体制的发展
   - 我国企业领导体制的改革

2. 企业所有者与经营者
   - 公司所有者
   - 公司经营者
   - 所有者与经营者的关系

3. 股东机构
   - 股东概述
   - 有限责任公司的股东会
   - 股份有限公司的股东大会
   - 国有独资公司的权利机构

4. 董事会
   - 董事会制度
   - 有限责任公司的董事会
   - 股份有限公司的董事会
   - 国有独资公司的董事会

5. 经理机构
   - 经理机构的地位
   - 有限责任公司与股份有限公司的经理机构
   - 国有独资公司的经理机构

6. 监督机构
   - 监事会制度
   - 有限责任公司的监督机构
   - 股份有限公司的监督机构
   - 国有独资公司的监督机构

三、本章重要考点及例题

(一) 重要概念归纳

1. 企业领导体制的内涵与作用

内涵：

企业领导体制是企业自主建立的、通过企业领导权限划分而形成的组织结构和规章制度的总和。企业领导体制的内涵主要体现在以下 3 个方面：第一，领导体制建立在企业领导权力划分的基础之上；第二，领导体制通过建立企业领导组织机构加以实现；第三，企业领导体制的核心是制度规范。

作用：

企业是一种自主经营、自负盈亏、自我发展、自我约束的经济组织。具体而言，现代企业领导体制的作用主要表现在以下 3 个方面：

（1）科学的领导体制是企业领导活动有效开展的组织保证。

（2）科学的领导体制是提高企业整体领导效能的重要因素。

（3）科学的领导体制是规范企业领导行为的根本机制。

2. 现代企业领导体制的基本构成

第一，决策系统。决策系统是企业领导系统的核心。第二，参谋系统。参谋系统是为战略决策系统服务的，是领导系统的参谋部。第三，执行系统。企业执行系统的任务是履行并落实战略决策和行动方案。第四，监控系统。监控系统根据各种信息随时对企业决策的执行进行分析，对企业领导活动的各个环节进行必要的指导和协助。第五，信息系统。有效的信息系统是现代企业领导体制现代化的必要前提。

3. 企业领导体制的发展

发展阶段：

"家长制"领导——"经理制"领导——职业"软专家"领导——专家集团领导

改革：

（1）行政一长负责制；（2）党委领导下的厂长负责制；（3）"革命委员会"制；（4）党委领导下的厂长负责制的恢复和改革；（5）厂长负责制的试点和全面推行；（6）以股份制为核心的现代企业制度建设。

4. 公司所有者

一般而言，所有者是指企业财产所有权（或产权）的拥有者，而所有权或产权是指经济主体对稀缺性资源所拥有的一组权利的集合，包括占有、使用、收益和处置等权利。

公司的产权制度具有明晰的产权关系，它以公司的法人财产为基础，以出资者原始所有权、公司法人产权与公司经营权相互分离为特征，并以股东会、董事会、监事会、执行机构作为法人治理机构来确立所有者、公司法人、经营者及员工之间的权利、责任和利益关系。

（1）公司的原始所有权

原始所有权是出资人（股东）对投入资本的终极所有权，其表现为股权。

股权的主要权限有：①对股票或其他股份凭证的所有权和处分权，包括馈赠、转让、抵押等；②对公司决策的参与权，即股东可以出席股东会议并对有关决议进行表决，可以通过选举董事会间接参与公司管理；③对公司收益参与分配的权利，包括获得股息和红利的权利，以及在公司清算后分得剩余财产的权利等。

（2）公司的法人财产权

公司法人财产，是由在公司设立时出资者依法向公司注入的资本金及其增值和公司在经营期间负债所形成的财产构成。法人财产是公司产权制度的基础，它具有以下 3 个特点：①公司法人财产从归属意义上讲，是属于出资者（股东）的。②公司的法人财产和出资者的其他财产之间有明确的界限。公司以其法人财产承担民事责任。一旦公司破产或解散进行清算时，公司债权人只能对公司法人财产提出要求，而与出资者的其他个人财产无关。③一旦资金注入公司形成法人财产后，出资者不能再直接支配这一部分财产，也不得从企业中抽回，只能依法转让其所持的股份。

(3) 公司财产权能的两次分离

公司财产权能的分离是以公司法人为中介的所有权与经营权的两次分离。第一次分离是具有法律意义的出资人与公司法人的分离，即原始所有权与法人产权相分离；第二次分离是具有经济意义的法人产权与经营权的分离，这种分离形式是企业所有权与经营权分离的最高形式。

原始所有权 · 第一次分离（具有法律意义）· 法人产权	①这是公司所有权本身的分离。 ②法人产权是指公司作为法人对公司的排他性占有权、使用权、收益权和处分转让权。这是一种派生所有权，是所有权的经济行为。 ③二者分离后，股东作为原始所有者保留对资产的价值形态——股票占有的权利；法人享有对实物资产的占有权利。 ④两者的客体是同一财产，反映的却是不同的经济法律关系。原始所有权体现这一财产最终归谁所有；法人产权则体现这一财产由谁占有、使用和处分。
法人产权 · 第二次分离（具有经济意义）· 经营权	①公司法人产权集中于董事会，而经营权集中在经理手中。 ②经营权是对公司财产占有、使用和依法处分的权利，是相对于所有权而言的。与法人产权相比，经营权的内涵较小。经营权不包括收益权，而法人产权却包含收益权，即公司法人可以对外投资获取收益。

5. 公司经营者

定义：

一般而言，公司经营者是指在一个所有权和经营权分离的企业中承担法人财产的保值增值责任，对法人财产拥有绝对经营权和管理权，全面负责企业日常经营管理，由企业在经理人市场中聘任，以年薪、股权和期权等为获得报酬主要方式的经营人员。

特征：

(1) 经营者的岗位职业化趋势，已经形成企业家群体和企业家市场；(2) 经营者具有比较高深的企业经营管理素养，能够引领企业获得良好的业绩；(3) 经营者必须具备较强的协调沟通能力，能够协调好所有者、属下和员工及客户等的关系；(4) 公司中经营者的产生基于有偿雇佣，是公司的"高级雇员"，即受股东委托的企业经营代理人；(5) 经营者的权力受董事会委托范围的限制，凡是超越该范围的决策和公司章程规定的董事会职权所辖事宜，都须报董事会决定。

作用：

（1）经营者人力资本有利于企业获得关键性资源，包括信息、资金、技术、人才等。

（2）经营者人力资本有利于企业技术创新能力的增强。

（3）经营者良好的人力资本有利于企业团队合作能力的培养。

（4）经营者良好的人力资本有利于完善公司管理制度。

素质要求：

（1）精湛的业务能力。尤其以决策能力、创造能力和应变能力最为重要。

（2）优秀的个性品质：理智感、道德观。

（3）健康的职业心态：自知和自信、意志和胆识、宽容和忍耐。

选择方式：科学的经营者选择方式应该是市场招聘和内部提拔并举。内部提拔、市场招聘。

激励与约束机制：

第一，报酬激励。主要有年薪制、薪金与奖金相结合，股票奖励、股票期权等，尽可能使企业家收入与企业绩效挂钩。

第二，声誉激励。

第三，市场竞争机制。市场竞争机制是企业家激励约束机制的重要组成部分，它包括企业家市场、资本市场和产品市场的竞争。市场对企业家的约束和激励可归纳为两个方面：第一，市场竞争机制具有信息显示功能。第二，市场竞争的优胜劣汰机制对企业家位置形成直接的威胁。

6. 所有者与经营者的关系

在现代企业中，所有者与经营者的关系主要表现在两个方面：

第一，所有者与经营者之间的委托代理关系。

（1）经营者作为意定代理人，其权力受到董事会委托范围的限制。

（2）公司对经营人员是一种有偿委任的雇佣。

第二，股东大会、董事会、监事会和经营人员之间的相互制衡关系。

（1）股东作为所有者掌握着最终的控制权，他们可以决定董事会的人选，并有推选或不推选直至起诉某位董事的权力。

（2）董事会作为公司最主要的代表人全权负责公司经营，拥有支配法人财产的权力和任命、指挥经营人员的全权，但董事会必须对股东负责。

（3）经营人员受聘于董事会，作为公司的意定代表人统管企业日常经营事务，在董事会授权范围之内，经营人员有权决策，他人不能随意干涉。

7. 股东概述

含义：

股东是指持有公司资本的一定份额并享有法定权利的人。

股东的分类和构成：

（1）发起人股东与非发起人股东

发起人是指参加公司设立活动并对公司设立承担责任的人。

同一般股东相比，发起人股东在义务、责任承担及资格限制上有自己的特点：

第一，对公司设立承担责任。①对设立行为所产生的债务和费用负连带责任；②公司不能成立时，对认股人已缴纳的股款、负返还股款并加算银行同期存款利息的连带责任；③在公司设立过程中，由于发起人的过失致使公司利益受到损害的，对公司承担赔偿责任。

第二，股份转让受到一定限制。《公司法》对发起人转让股份的行为做了限制，规定发起人持有的本公司股份自公司成立之日起一年内不得转让。

第三，资格的取得受到一定限制。一是自然人作为发起人应当具备完全行为能力，二是法人作为发起人应当是法律上不受限制者，三是发起人的国籍和住所受到一定限制。

(2) 自然人和法人股东

自然人和法人均可成为公司股东。自然人作为股份有限公司的发起人股东，作为参加有限责任公司组建的设立人股东，应当具有完全行为能力。在我国，可以成为法人股东的包括企业法人（含外国企业）和社团法人，以及各类投资基金组织和代表国家进行投资的机构。

股东的法律地位：

①股东是公司的出资人。

②股东是公司经营的最大受益人和风险承担者。

③股东享有股东权。

④股东承担有限责任。

⑤股东平等。

股东的权利：

①股东会的出席权、表决权。

②临时股东大会召开的提议权和提案权。

③董事、监事的选举权、被选举权。

④公司资料的查阅权。

⑤公司股利的分配权。

⑥公司剩余财产的分配权。

⑦出资、股份的转让权。

⑧其他股东转让出资的优先购买权。

⑨公司新增资本的优先认购权。

⑩股东诉讼权。

义务：

①缴纳出资义务。

②以出资额为限对公司承担责任。

③遵守公司章程。

④忠诚义务。

8. 有限责任公司的股东会

性质：有限责任公司股东会由全体股东组成，股东会是公司的权力机构。

职权：(1) 决定公司的经营方针和投资计划；(2) 选举和更换非由职工代表担任的董事、监事，决定有关董事、监事的报酬事项；(3) 审议批准董事会的报告；(4) 审议批准监事会或者监事的报告；(5) 审议批准公司的年度财务预算方案、决算方案；(6) 审议批准公司的利润分配方案和弥补亏损方案；(7) 对公司增加或者减少注册资本做出决议；(8) 对公司发行债券做出决议；(9) 对公司合并、分立、解散、清算或者变更公司形式做出决议；(10) 修改公司章程；(11) 公司章程规定的其他职权。

股东会的种类及召集：

可以分为首次会议、定期会议和临时会议。其中，首次会议是指公司成立后召集的第一次股东会议。定期会议是指按照公司章程规定的期限定期召开的股东会会议。临时会议是指在两次定期会议之间因法定事由的出现而由公司临时召集的股东会会议。

股东会决议：

有限责任公司股东会决议分为两种：一种是普通决议，另一种是特别决议。其中，普通决议是指股东会就公司一般事项所做的决议。一般情况下，普通决议的形成，只需经代表二分之一以上表决权的股东通过；特别决议是指股东会就公司重要事项所做的决议，通常需要以绝对多数表决权通过。股东会会议做出修改章程、增加或者减少注册资本的决议，以及公司合并、分立、解散或者变更公司形式的决议，必须经代表三分之二以上表决权的股东通过。

9. 股份有限公司的股东大会

含义：

股份有限公司股东大会是公司的权力机构，由全体股东组成，行使公司的最高决策权。

性质：

股东大会是股份有限公司的最高权力机构，这是由股东在公司中的地位决定的。

职权：

按照传统《公司法》理论，股东享有股东权，不仅有获取股利和公司剩余财产的自益权，还享有参加公司管理的共益权。根据我国《公司法》的规定，股份有限公司股东大会职权也适用于有限责任公司股东会职权的规定。

种类：

股东大会会议由全体股东出席，分为年会和临时会议两种：

（1）股东年会。股东年会是公司依照法律或章程的规定而定期召开的会议，一个业务年度召开一次。我国《公司法》规定，股东大会应当每年召开一次年会。

（2）临时股东大会。临时股东大会是在出现法定特殊情形时，为了在两次股东年会之间讨论决定公司遇到的需要股东大会决策的问题而召开的。有下列情形之一的，应当在两个月内召开临时股东大会：其一，董事人数不足法律规定人数的 2/3 时；其二，公司未弥补的亏损达实收股本总额 1/3 时；其三，单独或者合计持有公司 10% 以上股份的股东请求时；其四，董事会认为必要时；其五，监事会提议召开时；其六，公司章程规定的其他情形。

召开：

（1）股东大会会议的召集和主持。

我国《公司法》规定：第一，股东大会会议由董事会召集，董事长主持。董事长不能履行职务或者不履行职务的，由副董事长主持；副董事长不能履行职务的或者不履行职务的，由半数以上董事共同推举一名董事主持。第二，董事会不能履行或者不履行召集股东大会会议职责的，监事会应当及时召集和主持；监事会不召集和主持的，连续 90 日以上单独或者合计持有公司 10% 以上股份的股东可以自行召开和主持。

（2）股东出席会议。股东可以委托代理人出席股东大会会议。

（3）临时提案的提出。单独或者合计持有公司 3% 以上股份的股东，可以在股东大会召开十日前提出临时提案并书面提交董事会。董事会则应在收到提案后两日内通知其他股东，并将该临时提案提交股东大会审议。

决议方式：

（1）行使表决权依据：

股东行使表决权的依据。股权是股份有限公司股东行使股权的重要原则。但是，公司持有的本公司股份没有表决权。

（2）表决方式：

普通决议与特别决议的表决方式。普通决议必须经出席会议的股东所持表决权过半数通过。特别决议必须经出席会议的股东所持表决权的 2/3 以上绝对多数通过。

（3）累积投票制：

累积投票制是指股东大会选举董事或者监事时，每一股份拥有与应选董事或者监事人数相同的表决权，股东拥有的表决权可以集中使用。

累积投票制与普通投票制的区别主要在于，前者使得公司股东可以把自己拥有的表决权集中使用于待选董事中的一人或多人。

10. 国有独资公司的权利机构

国有独资公司只有一个股东，因此其不设股东会，由国有资产监督管理机构行使股东会职权。国有资产监督管理机构可以授权公司董事会行使股东会的部分职权，决定公司的重大事项，但公司的合并、分立、解散、增加或者减少注册资本和发行公司债券，必须由国有资产监督管理机构决定。

11. 董事会制度

地位：

董事会是兼有进行一般经营决策和执行股东大会重要决策的双重职能。在决策权力系统内，股东大会仍然是决策机构（限于重大决策），董事会是执行机构。但在执行决策的系统内，董事会则成为决策机构（限于一般决策），而经理机构是实际执行机构，董事会处于公司决策系统和执行系统的交叉点，是公司运转的核心。

性质：

（1）董事会是代表股东对公司进行管理的机构。

（2）董事会是公司的执行机构。

（3）董事会是公司经营决策机构。

（4）董事会是公司法人的对外代表机构。

（5）董事会是公司的法定常设机构。

会议：

第一，形式

董事会会议有定期会议与临时会议两种形式。定期会议也叫常会，是董事会定期召开的会议。每年度至少召开两次。临时会议是介于定期会议之间的特别会议。代表 1/10 以上表决权的股东、1/3 以上董事或者监事，可以提议召开董事会临时会议。董事长应当自接到提议后 10 日内，召集和主持董事会会议。

第二，召集和主持

董事会会议由董事长召集和主持；董事长不能履行职务或不履行职务时，由副董事长召集和主持；副董事长不能履行职务或不履行职务时，由半数以上董事共同推举一名董事召集和主持。召集董事会会议应当于会议召开 10 日前通知全体董事。

第三，决议方式

实行两个原则：第一，"一人一票"的原则。第二，多数通过原则。我国《公司法》规定，股份有限公司董事会会议应由 1/2 以上的董事出席方可举行；董事会做出决议须经全体董事的过半通过。

职权：

(1) 董事会作为股东会的常设机关；是股东会的合法召集人。

(2) 作为股东会的受托机构，执行股东会的会议。

(3) 决定公司的经营要务。包括公司的经营计划、投资方案。

(4) 为股东会准备财务预算方案、决算方案。

(5) 为股东会准备利润分配方案和弥补亏损方案。

(6) 为股东会准备增资或减资方案以及发行公司债券的方案。

(7) 制订公司合并、分立、解散的方案。

(8) 决定公司内部管理机构的设置。

(9) 聘任或者解聘公司经理、副经理、财务一责人，并决定其报酬事项。

(10) 制定公司的基本管理制度。

12. 有限责任公司和股份有限公司的董事会

组成：

第一，有限责任公司

有限责任公司董事会的成员为 3~13 人；两个以上的国有企业或者两个以上的其他国有投资主体投资设立的有限责任公司，其董事会成员中应当有公司职工代表；其他有限责任公司董事会成员中也可以有公司职工代表。

第二，股份有限公司

董事会的成员为 5~19 人，董事会成员中可以有公司职工代表。

在职资格：

有下列情形之一的，不得担任公司的董事、监事和高级管理人员：(1) 无民事行为能力或者限制民事行为能力；(2) 因贪污、贿赂、侵占财产、挪用财产或者破坏社会主义市场经济秩序，被判处刑罚，执行期满未逾 5 年，或者因犯罪被剥夺政治权利，执行期满未逾 5 年；(3) 担任破产清算的公司、企业的董事或者厂长、经理，对该公司、企业破产负有个人责任的，自该公司、企业破产清算完结之日起未逾 3 年；(4) 担任因违法被吊销营业执照、责令关闭的公司、企业的法定代表人，并负有个人责任的，自该公司、企业被吊销营业执照之日起未逾 3 年；(5) 个人所负数额较大的债务到期未清偿。

任期：

由公司章程规定，但每届任期不得超过 3 年，任期届满，连选可以连任。

义务：

(1) 忠实义务：自我交易的禁止、竞业禁止、禁止泄露商业机密、禁止滥用公司财产。

(2) 注意业务。

性质：

董事会是执行机构和决策机构，是对内执行公司业务、对股东会负责，对外代表公司的常设机构。

职权：

(1) 召集股东会会议，并向股东会报告工作；(2) 执行股东会的决议；(3) 决定公司的经营计划和投资方案；　(4) 制订公司的年度财务预算方案、决算方案；　(5) 制订公司的利润分配方案和弥补亏损方案；　(6) 制订公司增加或者减少注册资本以及发行公司债券的方案；　(7) 制订公司合并、分立、解散或者变更公司形式的方案；　(8) 决定公司内部管理机构的设置；　(9) 决定聘任或者解聘公司经理及其报酬事项，并根据经理的提名决定聘任或者解聘公司副经理、财务负责人及其报酬事项；　(10) 制订公司的基本管理制度；(11) 公司章程规定的其他职权。

会议：

第一，有限责任公司

(1) 定期会议。　(2) 临时会议。

第二，股份责任公司

(1) 定期会议：每年度至少召开两次会议，每次会议应当于会议召开 10 日前通知全体董事和监事。

(2) 临时会议。

议事规则：

第一，有限责任公司

(1) 表决实行"一人一票"制。

(2) 议事方式和表决程序一般由公司章程规定。

第二，股份有限公司

(1) 决议实行"一人一篇"制。

(2) 会议应有过半数的董事出席方可举行。

(3) 做出决议必须经全体董事的过半数通过。

13. 独立董事与国有独资公司的董事会

(1) 独立董事

任职资格：

第一，独立董事应当具有独立性。独立董事必须具有独立性，下列人员不得担任独立董事：①在上市公司或者其附属企业任职的人员及其直系亲属、主要社会关系；②直接或间接持有上市公司已发行股份 1%以上或者是上市公司前 10 名股东中的自然人股东及其直系亲属；③在直接或间接持有上市公司已发行股份 5%以上的股东单位或者在上市公司前 5 名股东单位任职的人员及其直系亲属；④最近一年内曾经具有前三项所列举情形的人员；⑤为上市公司或者其附属企业提供财务、法律、咨询等服务的人员；⑥公司章程规定的其他人员；⑦中国证监会认定的其他人员。

第二，独立董事的任职条件。担任独立董事应当符合下列基本条件：①根据法律、行政法规及其他有关规定，具备担任上市公司董事的资格；②具有本《指导意见》所要求的独立性；③具备上市公司运作的基本知识，熟悉相关法律、行政法规、规章及规则；④具有 5 年以上法律、经济或者其他履行独立董事职责所必需的工作经验；⑤公司章程规定的其他条件。

人数：

证监会《指导意见》要求上市公司在 2003 年 6 月 30 日前董事会成员中应当至少包括1/3 的独立董事。鉴于我国独立董事既要监督与制衡内部控制人，也要监督与制衡控制股东，为使独立董事的声音不被内部董事和关联董事吞没，独立董事应在董事会中占据多数席位。

职权：

独立董事除应当具有《公司法》和其他现行法律、法规赋予董事的职权外，还具有下列职权：①重大关联交易应由独立董事认可后，提交董事会讨论；②向董事会提议聘用或解聘会计师事务所；③向董事会提请召开临时股东大会；④提议召开董事会；⑤独立聘请外部审计机构和咨询机构；⑥可以在股东大会召开前公开向股东征集投票权。

独立董事除履行上述职责外，还应当对以下事项向董事会或股东大会发表独立意见，这些事项为：①提名、任免董事；②聘任或解聘管理人员；③公司董事、高级管理人员的薪酬；④上市公司的股东、实际控制人及其关联企业对上市公司现有或新发生的总额高于300万元或高于上市公司最近经审计净资产值的5%的借款或其他资金往来，以及公司是否采取有效措施回收欠款；⑤独立董事认为可能损害中小股东权益的事项；⑥公司章程规定的其他事项。

义务：

独立董事对上市公司全体股东负有诚信与勤勉义务。独立董事原则上最多在5家上市公司兼任独立董事，并确保有足够的时间和精力有效地履行独立董事的职责。

（2）国有独资公司的董事会

特征：

董事会是国有独资公司的执行机构。我国《公司法》明确了国有独资公司章程的制定和批准机构是国资监管机构，为国资委行使职权提供了法律依据。国有独资公司章程制定的两种方式：其一由国资监管机构制定，其二由董事会制定并报国资委批准。

身份：

国资监管机构的委派和公司职工代表大会的选举。

组成：

董事会成员由国有资产监督管理机构委派，但是，董事会成员中应当有公司职工代表。国有独资公司的董事会成员为3~13人，其中应当有公司职工代表。

任期：

国有独资公司的董事每届任期不得超过3年。

14. 经理机构

含义：

经理又称经理人，是指由董事会做出决议聘任的主持日常经营工作的公司负责人。

地位：

（1）由公司章程任意设定，设立后即为公司常设的辅助业务执行机关。

（2）经理的职权范围通常是来自董事会的授权，只能在董事会或董事长授权的范围内对外代表公司。

（3）董事会与经理的关系是以董事会对经理实施控制为基础的合作关系。其中，控制是第一性的，合作是第二性的。

有限责任公司与股份有限公司：

第一，职权

（1）主持公司的生产经营管理工作，组织实施董事会决议；（2）组织实施公司年度经营和投资方案；（3）拟订公司管理机构设置方案；（4）拟订公司的基本管理制度；（5）制定公司的具体规章；（6）提请聘任或者解聘公司副经理、财务负责人；（7）聘任或者解聘除应由董事会聘任或者解聘以外的管理人员；　（8）公司章程和董事会授予的其他职权。

第二，义务与责任

我国《公司法》对经理、董事规定了相同的义务。如果经理违反法律或章程规定的义务，致使公司遭受损失的，应对公司负赔偿责任。

第三，选任与解聘

经理的选任和解聘均由董事会决定。

国有独资公司：

我国《公司法》规定，国有独资公司设经理，由董事会聘任或者解聘。经国有独资监督管理机构同意，董事会成员可以兼任经理。对于国有独资公司来说，经理是必须设置的职务。经理是负责公司日常经营活动的最重要的高级管理人员，是公司的重要辅助业务执行机关。

关于董事会和总经理的关系，我国的相关法律、法规做了如下规定：第一，总经理负责执行董事会决议，依照《公司法》和公司章程的规定行使职权，向董事会报告工作，对董事会负责，接受董事会的聘任或解聘、评价、考核和奖励；第二，董事会根据总经理的提名或建议，聘任或解聘、考核和奖励副总经理、财务负责人；第三，按照谨慎与效率相结合的决策原则，在确保有效监控的前提下，董事会可将其职权范围内的有关具体事项有条件地授权总经理处理；第四，不兼任总经理的董事长不承担执行性事务。在公司执行性事务中实行总经理负责的领导体制。经理由董事会聘任或者解聘，向董事会负责，接受董事会的监督。

15. 监督机构

（1）监事会制度

监事会制度是根据权力制衡原则由股东选举监事组成公司专门监督机关，对公司经营进行监督的制度。

性质：

①公司的监督机关。

②由股东会（和职工）选举产生并向股东会负责。

③代表股东对公司经营进行监督的机关。

监督职能：

一般情况下，公司监事会的监督职能主要表现在 3 个方面：

①监事会是公司内部的专职监督机构。

②监事会的基本职能是监督公司的一切经营活动，以董事会和总经理为主要监督对象。

③监事会监督的形式多种多样。

（2）有限责任公司和股份有限公司的监督机构

组成：

①成员不得少于 3 人。

②应当包括股东代表和适当比例的公司职工代表，其中职工代表的比例不得低于 2/3，具体比例由公司章程规定。

③监事会设主席一人，由全体监事过半数选举产生。

④董事、高级管理人员不得兼任监事。

⑤任期每届为 3 年。监事任期届满，连选可以连任。

性质：

依法设立，对董事、经理执行业务的情况进行监督的专门机构。

职权：

公司的监事行使下列职权：（1）检查公司财务；（2）对董事、高级管理人员执行公司职务的行为进行监督，对违反法律、行政法规、公司章程或者股东会决议的董事、高级管理人员提出罢免的建议；（3）当董事、高级管理人员的行为损害公司的利益时，要求董事、高级管理人员予以纠正；（4）提议召开临时股东会会议，在董事会不履行法律规定召集和主持股东会会议职责时召集和主持股东会会议；（5）向股东会会议提出提案；（6）依照《公司法》的规定，对董事、高级管理人员提起诉讼；（7）公司章程规定的其他职权。

议事规则：

第一，有限责任公司

监事会每年至少召开一次会议，监事可以提议召开临时监事会会议。监事会的议事方式和表决程序，法律有规定的除外，由公司章程规定。监事会决议应当经半数以上监事通过。

第二，股份有限公司

（1）会议分为定期会议和临时会议，定期会议每6个月至少召开一次，临时会议由监事提议召开。

（2）会议决议经过半数以上的监事通过。

（二）典型例题解析

【单选题】

1. 原始所有权与法人产权的客体是同一财产，反映的却是不同的（　　）。**【2007年真题】**

　　A. 经济利益关系　　B. 经济责任关系　　C. 经济权利关系　　D. 经济法律关系

【答案】 D

【解析】 原始所有权体现的是这一财产最终归谁所有，而法人产权体现的是这一财产由谁占有、使用、处分。

2. 对经营者激励的形式多种多样，主要有年薪制、薪金与奖金相结合、股票奖励、股票期权等，这些均属于企业家激励约束机制中的（　　）。**【2007年真题】**

　　A. 报酬激励　　　　B. 声誉激励　　　　C. 市场竞争机制　　D. 实物激励

【答案】 A

【解析】 本题考查经营者激励与约束机制中的报酬激励。

3. 根据公司法，自然人作为股份有限公司的发起人股东，必须具有（　　）。**【2007年真题】**

　　A. 完全行为能力　　B. 特定行为能力　　C. 限制行为能力　　D. 中国国籍

【答案】 A

【解析】 自然人作为股份有限公司的发起人股东，作为参加有限责任公司组建的设立人股东，应当具有完全行为能力。

4. 在公司的组织机构中居于最高层的是（　　）。**【2007年真题】**

　　A. 董事会　　　　　B. 股东大会　　　　C. 经理　　　　　　D. 监事会

【答案】 B

【解析】 股东大会是股份有限公司的最高权力机构，这是由股东在公司中的地位决定的。股东大会享有对公司重要事项的最终决定权。

5. 根据《公司法》，自然人作为股份有限公司的发起人股东，必须具有（　　）。

　　A. 特定行为能力　　B. 完全行为能力　　C. 限制行为能力　　D. 中国国籍

【答案】B

【解析】根据《公司法》，自然人作为股份有限公司的发起人股东，必须具有完全行为能力。

6. 公司财产权能的第一次分离是指（　　）。

A. 法人产权与经营权的分离　　　　　B. 原始所有权与法人产权的分离

C. 法人产权与债权的分离　　　　　　D. 原始所有权与一般所有权的分离

【答案】B

【解析】公司财产权能的第一次分离是指原始所有权与法人产权的分离。

7. 在新中国确立时间最早的企业领导体制是（　　）。

A. 厂长负责制　　　B. 行政—长负责制　　C. "革命委员会"制　　D. 公司制

【答案】B

【解析】在新中国确立时间最早的企业领导体制是行政—长负责制。

8. 企业领导体制的核心是（　　）。

A. 权力划分　　　　B. 组织机构　　　　C. 领导选择　　　　D. 制度规范

【答案】D

【解析】企业领导体制的核心是制度规范。

9. 公司制企业有明晰的产权管理，其中对全部法人财产依法拥有独立支配权力的主体是（　　）。

A. 股东　　　　　　B. 公司　　　　　　C. 董事会　　　　　D. 经营层

【答案】B

【解析】公司制企业有明晰的产权管理，其中对全部法人财产依法拥有独立支配权力的主体是公司。

10. 能够满足公司领导者个人发展需要和尊重需要的激励机制是（　　）。

A. 声誉激励机制　　B. 报酬激励机制　　C. 控制权激励机制　　D. 股票期权

【答案】A

【解析】能够满足公司领导者个人发展需要和尊重需要的激励机制是声誉激励机制。

11. 企业领导机制是企业自主建立的、通过企业领导权限划分而形成的组织结构和规章制度的总和，其基础是（　　）。

A. 组织机构　　　　B. 权力划分　　　　C. 制度规范　　　　D. 领导选择

【答案】B

【解析】企业领导机制是企业自主建立的、通过企业领导权限划分而形成的组织结构和规章制度的总和，其基础是权力划分。

12. 公司产权制度的基础是（　　）。

A. 股权　　　　　　B. 原始所有权　　　C. 法人财产　　　　D. 经营权

【答案】C

【解析】公司产权制度的基础是法人财产。

13. 我国《公司法》规定有限责任公司的董事会成员的人数为（　　）人。

A. 2~13人　　　　B. 3~13人　　　　C. 4~19人　　　　D. 3~19人

【答案】B

【解析】我国《公司法》规定有限责任公司的董事会成员的人数为3~13人。

14. 我国《公司法》规定，股份有限公司的董事会成员人数是（   ）。

    A. 3～13人   B. 5～13人   C. 3～19人   D. 5～19人

【答案】D

【解析】我国《公司法》规定，股份有限公司的董事会成员人数是5～19人。

15. 在经营活动中善于敏锐地观察新事物，提出大胆的、新颖的设想，并进行周密分析，拿出可行的思路付诸实施所表现出来的能力是（   ）。

    A. 决策能力   B. 创造能力   C. 沟通能力   D. 应变能力

【答案】B

【解析】在经营活动中善于敏锐地观察新事物，提出大胆的、新颖的设想，并进行周密分析，拿出可行的思路付诸实施所表现出来的能力是创造能力。

【多选题】

1. 应交由有限责任公司股东大会特别决议的事项有（   ）。

    A. 修改公司章程   B. 增加或者减少注册资本

    C. 修改公司投资计划   D. 公司的合并、分立、解散

    E. 变更公司形式

【答案】ABDE

【解析】应交由有限责任公司股东大会特别决议的事项有修改公司章程；增加或者减少注册资本；公司的合并、分立、解散；变更公司形式。

2. 根据我国公司法，国有独资公司的监事会由国有资产监督管理机构派出，其目的有（   ）。

    A. 加强对国有企业的监管   B. 促进董事、经理忠实履行职责

    C. 确保国有资产不受侵犯   D. 监控企业的员工流失

    E. 推进企业扁平化管理

【答案】ABC

【解析】根据我国公司法，国有独资公司的监事会由国有资产监督管理机构派出，其目的有加强对国有企业的监管；促进董事、经理忠实履行职责；确保国有资产不受侵犯。

3. 独立董事必须具有独立性，下列人员不得担任独立董事的是（   ）。

    A. 在上市公司或其附属企业任职的人员

    B. 在上市公司前五名股东单位任职的人员及其直系亲属

    C. 上市公司前十五名股东中的自然人股东及其直系亲属

    D. 为上市公司或其附属企业提供财务、法律、咨询等服务的人员

    E. 在直接或间接持有上市公司已发行股票3%以上的股东单位任职的人员

【答案】ABD

【解析】不得担任独立董事的包括在上市公司或其附属企业任职的人员；在上市公司前五名股东单位任职的人员及其直系亲属；为上市公司或其附属企业提供财务、法律、咨询等服务的人员。

4. 根据我国《公司法》规定，有下列情形之一的，不得担任公司的董事、监事和高级管理人员（   ）。

    A. 无民事行为能力或者限制民事行为能力

    B. 因侵占财产、挪用财产被判处刑罚，执行期满未逾五年

C. 因犯罪被剥夺政治权利，执行期满未逾三年

D. 个人所负数额较大的债务到期未清偿

E. 担任因违法被吊销营业执照、责令关闭的公司的法定代表人，并负有个人责任的，自该公司被吊销营业执照之日起未逾三年

【答案】 ABDE

【解析】 根据我国《公司法》规定，不得担任公司的董事、监事和高级管理人员包括无民事行为能力或者限制民事行为能力；因侵占财产、挪用财产被判处刑罚，执行期满未逾五年；个人所负数额较大的债务到期未清偿；担任因违法被吊销营业执照、责令关闭的公司的法定代表人，并负有个人责任的，自该公司被吊销营业执照之日起未逾三年。

5. 我国公司法规定，有限责任公司和股份有限公司经理的法定职权是（ ）。

A. 主持公司经营管理　　　　　　　B. 制定公司经营方针、计划

C. 决定公司利润分配　　　　　　　D. 制定公司规章

E. 拟定管理机构设置

【答案】 ADE

【解析】 我国公司法规定，有限责任公司和股份有限公司经理的法定职权是主持公司经营管理；制定公司规章；拟定管理机构设置。

（三）经典案例分析

1. 董事会是兼有进行一般经营决策和执行股东大会重要决策的双重职能。2005 年某公司董事会在执行决策的系统内，董事会则成为决策机构（限于一般决策），董事会处于公司决策系统和执行系统的交叉点，是公司运转的核心。对于该企业的董事会，该企业必须做出科学的决策。根据以上资料，回答下列问题：

(1) 董事会会议有（ ）。

A. 定期会议　　　B. 临时会议　　　C. 长期会议　　　D. 短期会议

【答案】 AB

【解析】 董事会会议有定期会议和临时会议。

(2) 董事会定期召开的会议。每年度至少召开（ ）。

A. 一次　　　　　B. 两次　　　　　C. 三次　　　　　D. 四次

【答案】 B

【解析】 董事会定期召开的会议。每年度至少召开两次。

(3) 董事长应当自接到提议后（ ）日内，召集和主持董事会会议。

A. 5　　　　　　　B. 10　　　　　　C. 15　　　　　　D. 20

【答案】 B

【解析】 董事长应当自接到提议后 10 日内，召集和主持董事会会议。

(4) 股份有限公司董事会会议应由（ ）以上的董事出席方可举行；董事会做出决议须经全体董事的（ ）通过。

A. 1/2；过半　　　B. 1/3；过半　　　C. 1/4；过半　　　D. 1/5；过半

【答案】 A

【解析】 股份有限公司董事会会议应由 1/2 以上的董事出席方可举行；董事会做出决议须经全体董事的过半通过。

(5) 有限责任公司董事会的任期由公司章程规定，但每届任期不得超过（ ）年，

任期届满，连选可以连任。

    A. 1   B. 2   C. 3   D. 4

【答案】C

【解析】有限责任公司董事会的任期由公司章程规定，但每届任期不得超过3年，任期届满，连选可以连任。

2. 2008年某股份有限公司召开股东大会，对于该企业股份有限公司召开股东大会，该企业必须做出科学的决策。根据以上资料，回答下列问题：

(1) 股东大会会议由全体股东出席，分为（   ）。

    A. 年会   B. 临时会   C. 月会   D. 半年会

【答案】AB

【解析】股东大会会议由全体股东出席，分为年会和临时会议两种。

(2) 董事会不能履行或者不履行召集股东大会会议职责的，监事会应当及时召集和主持；监事会不召集和主持的，连续（   ）日以上单独或者合计持有公司（   ）以上股份的股东可以自行召开和主持。

    A. 90；10%   B. 60；15%   C. 30；20%   D. 20；25%

【答案】A

【解析】我国《公司法》规定：董事会不能履行或者不履行召集股东大会会议职责的，监事会应当及时召集和主持；监事会不召集和主持的，连续90日以上单独或者合计持有公司10%以上股份的股东可以自行召开和主持。

(3) 单独或者合计持有公司（   ）以上股份的股东，可以在股东大会召开十日前提出临时提案并书面提交董事会。

    A. 3%   B. 4%   C. 5%   D. 6%

【答案】A

【解析】我国《公司法》规定：单独或者合计持有公司3%以上股份的股东，可以在股东大会召开十日前提出临时提案并书面提交董事会。

(4) 普通决议必须经出席会议的股东所持表决权过半数通过。特别决议必须经出席会议的股东所持表决权的（   ）以上绝对多数通过。

    A. 1/3   B. 1/2   C. 2/3   D. 1/4

【答案】C

【解析】普通决议必须经出席会议的股东所持表决权过半数通过。特别决议必须经出席会议的股东所持表决权的三分之二以上绝对多数通过。

(5) 有限责任公司股东会决议分为两种（   ）。

    A. 普通决议   B. 特别决议   C. 首次会议   D. 定期会议

【答案】AB

【解析】有限责任公司股东会决议分为两种：一种是普通决议；另一种是特别决议。

3. 独立董事是指独立于公司股东且不在公司中内部任职，并与公司或公司经营管理者没有重要的业务联系或专业联系，并对公司事务做出独立判断的董事。根据以上资料，回答下列问题：

(1) 独立董事原则上最多在（   ）家上市公司兼任独立董事。

    A. 4   B. 5   C. 8   D. 10

【答案】B

【解析】我国《公司法》规定，独立董事原则上最多在 5 家上市公司兼任独立董事。

(2) 我国《公司法》规定，(   ) 必须设立独立董事。

 A. 有限责任公司 B. 国有独资公司   C. 股份有限公司   D. 上市公司

【答案】D

【解析】我国《公司法》规定，上市公司必须设立独立董事。

(3) 独立董事必须具有独立性，下列人员不得担任独立董事的是 (   )。

 A. 在上市公司或其附属企业任职的人员

 B. 在上市公司前 5 名股东单位任职的人员及其直系亲属

 C. 上市公司前 15 名股东中的自然人股东及其直系亲属

 D. 为上市公司或其附属企业提供财务、法律、咨询等服务人员

【答案】ABD

【解析】上市公司前 10 名股东中的自然人股东及其直系亲属不得担任独立董事。

(4) 独立董事制度的作用在于 (   )。

 A. 防止控股股东及管理层的内部控制 B. 加强管理层的决策能力

 C. 和监管部门加强联系   D. 增加股东的话语权

【答案】A

【解析】独立董事制度的作用在于防止控股股东及管理层的内部控制。

(5) 独立董事的任职条件是，具有 (   ) 年以上法律、经济或者其他履行独立董事职责所必需的工作经验。

 A. 3 年   B. 4 年   C. 5 年   D. 6 年

【答案】C

【解析】根据《公司法》规定，独立董事的任职条件是，具有 5 年以上法律、经济或者其他履行独立董事职责所必需的工作经验。

四、本章测试题

(一) 单选题

1. 王某是 A 有限责任公司的董事长，其所领导的董事会共有 9 人组成，则担任董事长的每届任期不得超过 (   )。

 A. 2 年   B. 3 年   C. 4 年   D. 5 年

2. 监事会由 (   ) 选举产生。

 A. 股东会   B. 董事会   C. 经理人员   D. 财务部门

3. 企业领导系统的核心是 (   )。

 A. 参谋系统   B. 信息系统   C. 决策系统   D. 监控系统

4. 企业领导体制的核心 (   )。

 A. 职务职权   B. 组织机构   C. 制度规范   D. 领导权力

5. 根据《公司法》，有限责任公司中监事的任期为每届 (   ) 年。

 A. 2   B. 3   C. 4   D. 5

6. 我国公司法规定，监事会一年至少召开 (   ) 次会议。

 A. 1   B. 2   C. 4   D. 12

7. 企业集团是一种机构相当稳定的企业联合组织形式，但企业集团本身并不是（　　）。

    A. 投资者　　　　　　B. 经济主体　　　　　C. 企业　　　　　　D. 法人

8. 有关企业集团的界定，下述哪项是正确的（　　）。

    A. 企业集团是由母公司与子公司及分公司组成的企业

    B. 企业集团是由众多的跨国公司组成的企业

    C. 企业集团是以资产为纽带形成的企业联合组织

    D. 企业集团是一个独立的经济实体

9. 甲公司现有职工 2000 人，高层的管理幅度为 4～5 人，中层的管理幅度为 5～6 人，基层的管理幅度为 10～15 人；乙公司现有职工 4000 人，高层的管理幅度为 8～10 人，中层的管理幅度为 10～15 人，基层的管理幅度为 20～28 人，则（　　）。

    A. 甲公司的管理层次比乙公司的管理层次多 1 层

    B. 甲公司的管理层次比乙公司的管理层次少 1 层

    C. 甲公司的管理层次比乙公司的管理层次多 2 层

    D. 甲公司的管理层次比乙公司的管理层次相等

10. 所有权与占有权、支配权和使用权的分离是（　　）。

    A. 财产权能　　　　　　　　　　B. 原始所有权与法人产权

    C. 法人产权与经营权　　　　　　D. 原始所有权与经营权

11. 有关跨国公司于企业集团界定正确的是（　　）。

    A. 企业集团是由母公司与子公司及分公司组成的企业

    B. 企业集团是由众多的跨国公司组成的企业

    C. 企业集团一般不采用跨国公司的组织形式

    D. 跨国公司是一个企业，而企业集团不是一个企业

12. 企业集团的管理体制大体上有两种基本模式：股权式公司集团模式和（　　）。

    A. 契约式企业集团模式　　　　　B. 合伙式企业集团模式

    C. 委托式企业集团模式　　　　　D. 连锁式企业集团模式

13. 从法律上讲，既不是企业法人，也不是独立的经济实体的公司是（　　）。

    A. 母公司　　　　　　B. 子公司　　　　　C. 跨国公司　　　　D. 集团公司

14. 对公司财产占有、使用和依法处分的权利被称为（　　）。

    A. 法人所有权　　　　B. 原始所有权　　　　C. 经营权　　　　　D. 收益权

15. 从目前世界各国公司治理的演化来看，公司治理模式呈现（　　）趋势。

    A. 差异化　　　　　　B. 趋同化　　　　　C. 多样化　　　　　D. 复合化

16. 跨国公司的海外公司在东道国产生的债务（　　）。

    A. 完全由分公司的投资者负责清偿　　　B. 完全由分公司的经营者负责清偿

    C. 由母公司的投资者负责清偿　　　　　D. 由母公司和子公司按一定比例分担

17. 母公司与子公司的控制与被控制的关系主要通过（　　）来建立的。

    A. 资金调拨管理　　B. 生产管理　　　　C. 利润分配　　　　D. 股权拥有

18. 组织的基层管理者主要履行（　　）职能。

    A. 计划　　　　　　B. 决策　　　　　　C. 承上启下　　　　D. 控制

19. 公司对公司财产的排他性占有权、使用权、收益权和转让权是（　　）。

    A. 法人产权　　　　B. 股权　　　　　　C. 决策权　　　　　D. 控制权

20.跨国公司向外扩张的主要手段是（　　）。

    A.对外直接投资   B.对外间接投资

    C.派驻人员   D.利用核心技术与其他公司合作

（二）多选题

1.根据我国相关法律法规，国有独资公司的董事会和总经理的关系主要包括（　　）。

    A.总经理奖励董事会成员   B.总经理负责执行董事会决议

    C.董事会在其职权范围内可将相关具体事项授权总经理处理

    D.董事会根据总经理的提名或建议，任免、考核、奖励副总经理

    E.董事会聘任总经理，总经理监督董事会

2.公司监事会具有（　　）职权。

    A.罢免董事   B.罢免经理   C.检查公司财务

    D.提议召开临时股东会   E.要求董事、经理纠正错误

3.企业集团一般分为（　　）。

    A.核心层   B.半核心层   C.紧密层   D.半紧密层

    E.松散层

4.我国企业萌芽时期的三不变原则是（　　）。

    A.所有权不变   B.隶属关系不变   C.财产关系不变   D.社会关系不变

    E.技术关系不变

5.母子公司的治理原则是（　　）。

    A.母公司统一会计核算   B.捍卫出资人的利益

    C.激励与约束并举   D.严密的组织结构

    E.科学的管理模式

6.母子公司体制在管理制度的安排主要体现在（　　）。

    A.战略管理   B.生产管理   C.人事管理   D.财务管理

    E.审计管理

7.企业变革的内部驱动因素有（　　）。

    A.技术   B.企业成员内在动机与需求的变化

    C.企业目标的选择与修正   D.经济

    E.组织职能的转变

8.除管理幅度外，影响管理层次的因素有（　　）。

    A.组织规模   B.内部沟通   C.组织变革   D.薪酬制度

    E.组织效率

9.公司制企业的产权关系与其组织结构是一一对应的，这种对应主要表现为（　　）。

    A.公司法人财产处置权由股东大会行使   B.经营决策权由董事会行使

    C.管理人员任免权由人力资源部行使   D.指挥权由执行机构行使

    E.监督权由监事会行使

10.现代企业领导体制的基本构成包括（　　）。

    A.领导决策系统   B.领导参谋系统   C.领导执行系统   D.领导监控系统

    E.领导预算系统

【本章测试题答案及解析】

单选题

1.【答案】B
　　【解析】我国《公司法》规定，董事每届任期不得超过3年。

2.【答案】A
　　【解析】监事会由股东会选举产生。

3.【答案】C
　　【解析】企业领导系统的核心是决策系统。

4.【答案】C
　　【解析】企业领导体制的核心制度规范。

5.【答案】B
　　【解析】根据《公司法》，有限责任公司中监事的任期为每届3年。

6.【答案】A
　　【解析】我国公司法规定，监事会一年至少召开1次会议。

7.【答案】D
　　【解析】企业集团是一种机构相当稳定的企业联合组织形式，但企业集团本身并不是法人。

8.【答案】C
　　【解析】企业集团是以资产为纽带形成的企业联合组织。

9.【答案】A
　　【解析】甲公司的管理层次是4层，乙公司的管理层次是3层，甲公司的管理层次比乙公司的管理层次多1层，故选A。

10.【答案】A
　　【解析】所有权与占有权、支配权和使用权的分离是财产权能。

11.【答案】D
　　【解析】跨国公司是一个企业，而企业集团不是一个企业。

12.【答案】A
　　【解析】企业集团的管理体制大体上有两种基本模式：股权式公司集团模式和契约式企业集团模式。

13.【答案】D
　　【解析】从法律上讲，既不是企业法人，也不是独立的经济实体的公司是集团公司。

14.【答案】C
　　【解析】对公司财产占有、使用和依法处分的权利被称为经营权。

15.【答案】B
　　【解析】从目前世界各国公司治理的演化来看，公司治理模式呈现趋同化趋势。

16.【答案】A
　　【解析】跨国公司的海外公司在东道国产生的债务完全由分公司的投资者负责清偿。

17.【答案】D

【解析】母公司与子公司的控制与被控制的关系主要通过股权拥有来建立的。

18.【答案】D

【解析】组织的基层管理者主要履行控制职能。

19.【答案】A

【解析】公司对公司财产的排他性占有权、使用权、收益权和转让权是法人产权。

20.【答案】A

【解析】跨国公司向外扩张的主要手段是对外直接投资。

多选题

1.【答案】BCD

【解析】根据我国相关法律法规,国有独资公司的董事会和总经理的关系主要包括总经理负责执行董事会决议;董事会在其职权范围内可将相关具体事项授权总经理处理;董事会根据总经理的提名或建议,任免、考核、奖励副总经理。

2.【答案】CDE

【解析】公司监事会具有检查公司财务;提议召开临时股东会;要求董事、经理纠正错误职权。

3.【答案】ACDE

【解析】企业集团一般分为核心层;紧密层;半紧密层;松散层。

4.【答案】ABC

【解析】我国企业萌芽时期的三不变原则是所有权不变;隶属关系不变;财产关系不变。

5.【答案】BCDE

【解析】母子公司的治理原则是捍卫出资人的利益;激励与约束并举;严密的组织结构;科学的管理模式。

6.【答案】ACDE

【解析】母子公司体制在管理制度的安排主要体现在战略管理;人事管理;财务管理;审计管理。

7.【答案】BCE

【解析】企业变革的内部驱动因素有企业成员内在动机与需求的变化;企业目标的选择与修正;组织职能的转变。

8.【答案】ABCE

【解析】除管理幅度外,影响管理层次的因素有组织规模;内部沟通;组织变革;组织效率。

9.【答案】ABDE

【解析】公司制企业的产权关系与其组织结构是一一对应的,这种对应主要表现为公司法人财产处置权由股东大会行使;经营决策权由董事会行使;指挥权由执行机构行使;监督权由监事会行使。

10.【答案】ABCD

【解析】现代企业领导体制的基本构成包括领导决策系统;领导参谋系统;领导执行系统;领导监控系统。

第三章　市场调研管理

一、近三年本章考点考频分析

年　份	单选题	多选题	考点分布
2008 年	0 道题 0 分	0 道题 0 分	——
2009 年	6 道题 6 分	3 道题 6 分	市场调研的内容和分类、市场调研的程序、二手数据、原始资料的收集方法、抽样设计、基础统计分析及多元统计分析
2010 年	8 道题 8 分	3 道题 6 分	市场调研划分、探索性调研、相对市场占有率、人员访问、应答误差、总体、Z 检验、方差、网上访问、非概率抽样、总体

二、本章基本内容结构

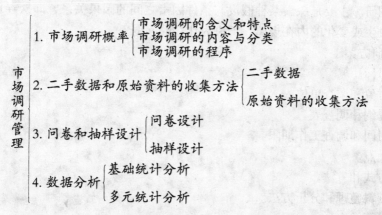

三、本章重要考点及例题

（一）、重要概念归纳

1. 市场调研的含义与特点

含义：

市场调研是调研者对商品及服务市场相关问题的全部数据，有计划、有组织地进行系统的收集、记录、分析的过程。

特点：

第一，系统性；第二，客观性；第三，时效性；第四，多样性；第五，不确定性。

2. 市场调研的内容与分类

内容：

(1) 市场竞争调研； (2) 市场细分调研； (3) 产品定位调研； (4) 产品调研； (5) 广告调研； (6) 渠道调研； (7) 销售调研； (8) 用户满意度调研。

分类：

购买商品目的不同	消费者市场调研和产业市场调研
商品流通环节不同	批发市场调研和零售市场调研
产品层次不同	各商品类别和商品种类的市场调研
空间层次不同	国际市场调研和国内市场调研
时间层次不同	经常性、一次性、定期性市场调研
市场调研目的和深度不同	探索性调研、描述性调研、因果关系调研和预测性调研
市场调研的方式不同	全面调研和非全面调研
调研方法不同	二手数据调研和原始资料调研

3. 市场调研的程序

(1) 确定调研性质

根据市场调研的问题，市场调研可分为：

①探索性调研。适用于当调研者对问题理解不够深或难以准确定义问题的时候，或者在正式调研之前，通常运用探索性调研确定调研的问题。

②描述性调研。一般是有计划、有目的、有方向、有较详细提纲的研究。

③因果关系调研。主要是探索某种假设与条件因素之间的因果关系，即探寻现象背后的原因，揭示现象发生或变化的内在规律，解决为什么的问题。

(2) 设计调研方案

①确定调研目标。

②确定调查对象和调查单位。

③制订调查提纲和调查表。

④确定调查时间和调查工作期限。

⑤确定调查地点。

⑥确定调查方式和方法。

⑦确定调查资料整理和分析方法。

⑧调研经费预算。

⑨确定提交报告的方式。

⑩制订调查的组织计划。

(3) 实施调研和数据采集

调研实施的关键是实施过程中要有严格组织管理和质量控制，重点应做好以下工作：一是挑选和培训调研员，二是进行调研工作的质量监控，三是查收和评价调研员的工作

(4) 数据处理与分析

数据处理与分析工作主要包括：①查收和校对资料；②编码；③录入数据，建立原始数据库；④数据查错和数据净化，处理缺失数据；⑤数据处理、制表制图和统计分析等。

(5) 撰写调研报告

第一，调研报告的形式。

①书面报告。书面报告一般可分为数据型报告、分析型报告和咨询型报告等类型。

②口头报告。

第二，书面报告的主要内容。

调研报告的内容一般由标题页、目录、概述、正文、结论与建议、附件等几部分组成。

4. 二手数据

（1）二手数据的定义

二手数据是指已经收集、记录、整理好的各种数据和信息。

（2）二手数据的类型

按二手数据的性质分类，分为宏观的市场信息、微观的环境信息、企业的直接环境信息；按二手数据的来源分类，分为外部资料、内部资料；按二手数据的载体分类，分为印刷资料，电子资料（仅用电子手段保存的信息资料）、口头信息等。

（3）优点

优点与应用：

与原始数据采集相比，二手数据调研成本较低，资料容易获得，收集资料时间较短。同时，二手数据有助于明确或重新明确探索性调研中的研究主题，可以提供收集原始资料的备选方法，可以提醒市场研究人员应该注意的潜在问题和困难、提供必要的背景信息，甚至可以切实提供一些解决问题的方法。

经常采用二手数据调研方法的情况是：

①市场供求趋势分析。②市场占有率分析。③市场覆盖率分析。④相关和回归分析。

（4）缺点

①资料的相关性不够，如二手数据与给定调研项目中的一个或多个因素可能因数据计量单位、数据衡量的时间段、报告数据所需变量种类等不相匹配；②准确性不够，如相关性描述数据需要适合度、准确性和可信度，如果二手数据缺乏其中任一特性，将成为无用信息，③收集二手数据的目的、性质和方法不一定适合特定的市场调研的情况。

（5）来源

①内部二手数据；②外部二手数据。

（6）收集程序和途径。

①资料检索、搜索调查清单；②资料分析调查；③二手数据分析调查。

5. 原始数据的收集方法

第一，邮寄调查

邮寄调查的优点主要表现为：（1）费用低。与其他访问方法相比，邮寄调查是原始资料调查中最为便宜、最为方便、代价最小的资料收集方法；（2）调查的空间范围广。邮寄调查可以不受被调查者所在地域的限制，没有访问人员偏差；（3）邮寄调查可以给予被调查者相对更加宽裕的时间作答，问卷篇幅可以较，并且便于被调查者深入思考或从他人那里寻求帮助，可以避免面访调查中可能受到的调查人员的倾向性意见的影响；（4）邮寄调查的匿名性较好，所以对于一些人们不愿公开讨论，市场决策又很需要的敏感性问题，邮寄调查同网上调查一样，无疑是一种上选方式；（5）邮寄调查适用于从那些难以面对面访问的人员那里获得信息。

邮寄调查的缺点主要表现为：（1）问卷回收率低，因而容易影响样本的代表性；（2）

问卷回收期长，时效性差；（3）缺乏对调查对象的控制；（4）由于问卷或许是由指定地址之外的其他人员填写的，可能会出现错误的答复和不真实的信息。

第二，人员访问

类型：

一般来说，人员访问调查分为街头访问和入户访问调查两种情况。

优点：

（1）访问程序是标准化合具体的。

（2）访问具有较好的灵活性。

（3）可以在访问过程中使用图解材料，比较直观。

（4）调查资料的质量较好。

缺点：

（1）每次访谈的成本是所有调查方法中最高的。

（2）对调查者的要求较高。

（3）匿名性较差。

（4）访问调查周期较长。

（5）拒访率较高。

第三，电话调查

类型：

电话调查分传统电话调查和计算机辅助电话调查。其中，传统电话调查要解决的问题有：一是设计好简明易懂的调查问卷，二是对访问员进行电话调查技巧的培训，三是调查样本的抽取及访问时间的控制。计算机辅助电话调查系统，简称 CATI 系统，也称为电脑辅助电话调查系统，是利用计算机辅助电话调查而开发的调查访问作业系统。

优点：

（1）取得市场信息资料的速度最快；（2）节省调查时间和经费；（3）覆盖面广，可以对任何有电话的地区、单位和个人进行调查；（4）被调查者不受调查者在场的心理压力，因而能畅所欲言，回答率高；（5）对于那些不易见到面的被调查者，如某些名人，采用此法有可能取得成功；采用计算机辅助电话系统，更有利于访问质量的监控；访问员的管理更为系统规范，达到管理集中，反馈及时之效。

缺点：

（1）由于电话调查的项目过于简单明确，而且受通话时间的限制，调查内容的深度远不及其他调查方法；（2）电话调查的结果只能推论到有电话的对象这一总体，因而存在先天着母体不完整一缺陷，不利于资料收集的全面性和完整性；（3）没有办法提供直观的教具；（4）电话调查是通过电话进行的，调查者不在现场，因而很难判断所获信息的准确性和有效性等。

第四，网上访问

类型：

网上问卷调查主要有以下 3 种基本方法：E-mail 问卷、交互式 CATI 系统和网络调研系统。

优点：

（1）辐射范围广；（2）网上访问速度快，信息反馈及时；（3）匿名性很好，所以对于一些人们不愿在公开场合讨论的敏感性问题，在网上可以畅所欲言；（4）费用低。

缺点：

（1）样本对象的局限性，也就是说，网上访问仅局限于网民，这就可能造成因样本对象的阶层性或局限性问题带来调查误差；（2）所获信息的准确性和真实性程度难以判断。比如说调查女性对某化妆品的意见，并不排除"热心"该问题的男士出来讨论，而后者在某种意义上说并没有发言的权利；（3）网上访问需要一定的网页制作水平。

第五，观察法

优点：

（1）直接性；（2）情境性；（3）及时性；（4）纵贯性。

缺点：

（1）观察法只能反映客观事实的发生过程，而不能说明其发生的原因和动机；（2）只能观察到一些表面的现象和行为，不能反映私下的行为；（3）虽然观察者本意不想干涉被观察者的活动，但在通常情境下，观察者的参与在某种程度上往往会影响被观察者的正常活动。加之个人进行的观察，有时难免带有主观性和片面性，缺乏系统性；（4）常常需要大量的观察人员，调查时间长，调查费用高。

观察法

	观察所设定的环境	自然观察和策划观察
种类	观察所采取的方式	伪装观察和非伪装观察
	观察者扮演的角色	人工观察和机械观察
	观察者对观察环境施加影响的程度	结构性观察和非结构性观察
	观察时间周期	连续性观察和非连续性观察
步行动作路线观察	（1）步行动作路线：指将人走过的足迹用线连接起来的轨迹 （2）对于零售业来说，步行动作路西那长度越长，销售额增长越大	
神秘购物观察调查	指使受过相关培训或指导的个人以潜在消费者或真实消费者的身份对任意一种顾客服务过程进行检验与评价，然后通过某种方式详细客观地反馈其消费体验	

6. 问卷

第一，概念及类型

问卷也称调查表，它是调研者根据调研目的和要求，设计出的由一系列问题、备选答案及说明组成的、向被调查者收集资料的一种工具，是市场调研中收集资料和数据的一种基本方式。

根据调研题目的类型，问卷可分为开放式问卷和封闭式问卷。

根据调研方式，问卷可分为派员访问问卷、电话调查问卷、邮寄调查问卷、网上调查问卷和座谈会调查问卷等。

根据问卷的填答方式，问卷可分为自填式问卷和代填式问卷。

第二，结构

调查问卷一般由三大部分组成：问卷开头部分、问卷正文和结尾部分。

（1）问卷的开头部分主要包括问候语、调查说明和编号。

（2）问卷的正文。正文包括收集的资料和基础数据两部分。收集的资料是问卷的主体，也是使用问卷的目的所在。基础数据，一般包括家庭的人口统计学上的特征。

（3）结尾。

第三，问卷设计的程序

(1) 明确所要收集的信息。

(2) 问题的内容。

(3) 问题的措词。

(4) 回答问题的方式。

(5) 问题的顺序。

(6) 问卷的布局。

(7) 问卷的预测试和修订。

(8) 准备最后的问卷。

7. 抽样调查概述

特点：

(1) 抽样调查是非全面调查。

(2) 调查样本是按随机的原则抽取的，在总体中每一个单位被抽取的机会是均等的。

(3) 抽样调查是以抽取的全部样本单位作为一个"代表团"，用整个"代表团"来代表总体，而不是用随意挑选的个别单位代表总体，调查样本具有充分的代表性。

(4) 所抽选的调查样本数量有保证。

(5) 调查结果的准确程度较高。

步骤：

(1) 界定总体；　(2) 制订抽样框（或抽样结构）；　(3) 分割总体；　(4) 决定样本规模；　(5) 确定调查的信度和效度；　(6) 决定抽样方式；　(7) 实施抽样调查并推测总体等。

8. 概率抽样方法和非概率抽样方法

抽样类型	抽样方法	优点	缺点	其他内容
概率抽样	简单随机抽样			也称为纯随机抽样
	零距抽样	(1) 易于实施，工作量少 (2) 样本在总体中的分布比较均匀，结果较为准确	如果总体单位的排列出现规律性，特别是周期性时，就可能会使抽样出现系统偏差	根据总体单位排列方法，可分为按有关标志排队、按无关标志排队，以及介于两者之间的按自然状态排列。
	分层抽样	(1) 当一个总体内部分层明显时，分层抽样能够提高样本的代表性，从而提高由样本推断总体的精确性； (2) 特别适用于既要对总体参数进行推断，也要对各子总体的参数进行推断的情形； (3) 实施起来灵活方便，而且便于组织	调查者必须对总体情况有较多的了解，否则无法进行恰当的分层	按照分层之间的抽样比是否相同，分层抽样可分为等比例分层抽样与非等比例分层抽样
	整群抽样	易于取得抽样框，便于组织，可以节省人力、物力和财力	样本分布不均匀，样本的代表性差	(1) 特别适用于缺乏总体单位的抽样框； (2) 应用时要求各群有较好的代表性，即群内各单位的差异性大，群间差异小
	多阶段抽样	(1) 适用于抽样调查的面较广，没有一个包括所有总体单位的抽样框，或总体范围太大，无法直接抽取样本 (2) 可以节省调查费用	抽样时比较麻烦，而且由样本对总体进行估计比较复杂	也称为多级抽样
非概率抽样	偶遇抽样	方便省力	样本代表性差，偶然性大，无法依赖于得到的样本推断总体	也称为就近抽样、方便抽样或自然抽样
	主观抽样	(1) 可以充分发挥研究人员的主观能动性； (2) 特别适用于当研究者对研究的总体情况比较熟悉、分析判断能力较强、研究方法与技术熟练、研究经验丰富时	样本的代表性难以判断	也称为目标式抽样、判断式抽样或立意抽样
	滚雪球抽样			
	定额抽样			定额的比例必须精确，但由于最新的关于总体性质变化的信息并不容易得到，往往造成抽样误差

9. 抽样中的误差问题和样本容量的确定

第一，抽样中的误差问题

(1) 抽样误差

①抽样误差是指严格按照随机原则抽样时，所得样本统计值与总体参数值之差，主要指样本平均数与总体平均数之差、样本比率与总体比率之差。

②所谓抽样平均误差，是指所有可能出现的样本统计值的标准差。通常运用最多的抽样平均误差是指样本平均数或样本比率的标准差。

③在重复抽样条件下，运用得最多的计算抽样平均误差公式是简单随机抽样的平均误差公式。(详见重要公式解析)

④抽样误差减小的措施：第一，增加样本个案数；第二，适当选择抽样方式。

(2) 非抽样误差

导致非抽样误差的原因主要有：①抽样框误差；②无应答误差；③应答误差。

第二，样本容量的确定

样本容量又称"样本数"。它指一个样本的必要抽样单位数目。

在市场调研中，确定样本容量的方法主要有：

(1) 直觉。

(2) 统计精度。概率抽样的样本容量是在计算的基础上确定的，即在其他条件已定情况下，样本容量的确定主要取决于满足估计精确度的要求。

(3) 成本限制。这种方法是根据分配给项目的经费来决定样本容量的。

(4) 行业经验数值。

10. 基础统计分析

第一，描述统计分析

(1) 集中趋势和离散程度的测度

集中趋势的测度：

①众数，是一组数据中出现次数最多的变量值。

②中位数，是一组数据排序后处于中间位置的变量值，是一组数据的中点，即高于和低于它的数据各占一半。

③均值，是集中趋势的主要测度值，用于反映一组数值型数据的一般水平。根据情况的不同，均值在计算时有不同的形式，主要包括算术平均数、调和平均数和几何平均数。

离散程度的测度：

离中趋势是经过综合与抽象后对数据一般水平的概括性描述，它对数据的代表性取决于数据的离散程度，离散程度小代表性就好，反之代表性就差。离中趋势的各种测度就是对数据离散程度的描述。

①极差，也称全距，是一组数据中最大值与最小值之差。

②平均差，也叫平均离差，是各变量值 (Z) 与其均值 (f) 离差绝对值的平均数。平均差越小说明数据离散程度越小。

③方差和标准差。方差是一组数据中各变量与均值离差平方的平均数。方差的平方根叫标准差。

(2) 相关分析

①所谓相关分析，是研究现象之间是否存在某种依存关系，并对具体有依存关系的现象

探讨其相关方向及相关程度，是研究随机变量之间的相关关系的一种统计方法。变量之间的相关关系主要有线性相关和非线性相关、正相关和负相关等几种形式。

第二，推论统计分析

（1）单个样本的参数估计

参数估计是根据样本统计量对总体未知参数进行某种估计推断。

①点估计。当总体分布的形式已知，但其中的一个或多个参数未知时，如果从总体中抽取一个样本，用该样本对未知参数做一个数惶点的估计，称为参数的点估计。点估计有多种方法，如矩法、最大似然法、最小二乘法等。根据矩法，为满足估计无偏性的要求，就是用样本矩去估计总体矩。

②区间估计。

a. 设 x_1，x_2，$\cdots$，x_n 是来自总体的一个样本，对于给定的 $1-a$（$0 < a < 1$），若有两个统计量 $\theta_1(x_1, x_2, \cdots, x_n)$ 和 $\theta_2(x_1, x_2, \cdots, x_n)$，使得：$P(\theta_1 < \theta < \theta_2) = 1-a$，则称 $1-a$ 为置信度，(θ_1, θ_2) 为 θ 的置信度为 $1-a$ 的置信区间，a 称为显著性水平。

b. 置信区间越小精度越高。

c. 总体方差 σ^2 已知时，总体均值 μ 的区间估计为：

第一，当 $X \sim N(\mu, \sigma^2)$ 时，则 $\bar{X} \sim N(\mu, \dfrac{\sigma^2}{n})$。

第二，置信度为 $1-a$ 时，总体均值 μ 的置信区间为：$\left(\bar{X} - Z_{a/2}\dfrac{\sigma^2}{\sqrt{n}}, \ \bar{X} + Z_{a/2}\dfrac{\sigma}{\sqrt{n}}\right)$。

④总体方差 σ^2 未知时，总体均值 μ 的区间估计为：

第一，服从自由度（df）为 $n-1$ 的 t 分布。

第二，总体均值 μ 在置信度为 $1-a$ 下的置信区间为：$\left(\bar{X} - t_{a/2}\dfrac{S}{\sqrt{n}}, \ \bar{X} + t_{a/2}\dfrac{S}{\sqrt{n}}\right)$。

（2）单个样本的假设检验

步骤：

①提出原假设和替换假设。

②确定并计算检验统计量。

③规定显著性水平 a。

④做出统计决策。

一般来说，用样本均值估计总体均值，总体方差已知，用 Z 统计量检验；用样本均值估计总体均值，总体方差未知，用 t 统计量检验。

11. 多元统计分析

第一，多元回归分析

基本假定：

（1）自变量与因变量之间存在线性关系；（2）随机误差项具有零匀值和同方差；（3）$E(\varepsilon) = 0$；（4）无自相关；（5）残差与自变量之间相互独立；（6）无多重共线性。

注意问题：

（1）样本量不得少于 30 条记录；（2）自变量与因变量都应该是连续性数字型变量；

(3) 分类／等级变量 "可以采取哑变量（通常取值为 0 或 1）"。

检验方法：

R（复相关系数）检验、F 检验、t 检验、DW 检验等。

第二，方差分析

步骤：

(1) 明确因变量与自变量，建立原假设；　(2) 计算总方差、组间方差、组内方差，建立方差表；　(3) 显著性检验，即用 F 检验；　(4) 分析结果。

第三，列联表分析

列联表分析属于多元描述统计分析方法。多维列联表分析属于离散多元分析的范畴。列联表只是检验变量之间是否相关，而非检验变量之间的因果关系。一般使用 x^2 分布来进行独立性检验。

第四，聚类分析

聚类分析是细分市场的有效工具，同时也可用于研究消费者行为、寻找新的潜在市场、选择实验的市场，并作为多元分析的预处理。

对样品的分类被称为 Q 型聚类分析；对变量的分类被称为 R 型聚类分析。实际上，调查取得的变量，有定量的，也有定性的。具体来说，变量的类型有 3 种尺度；　(1) 间隔尺度，即变量用连续的量来表示，如果存在绝对零点，又称比例尺度；　(2) 有序尺度，即变量用有序的等级来表示，有次序关系，但没有数量表示；　(3) 名义尺度，即变量用一些"类"来表示，这些类之间没有等级和数量关系，相似物体的集合称为类。不同类型的变量，在聚类分析中，处理方式各不一样。聚类分析方法主要有系统聚类法、样品聚类法、动态聚类法、模糊聚类法、由论聚类法和聚类预报法等。

一般来说，R 型聚类统计量（或度量）有夹角余弦、相似系数、同号率；Q 型聚类统计量（或度量）有绝对距离、欧氏距离、明考斯基距离、切比雪夫距离、马氏距离、兰氏距离等。

第五，判别分析

判别分析是根据表明事物特点的变量值和它们所属的类求出判别函数，根据判别函数对未知所属类别的事物进行分类的一种分析方法与聚类分析不同，它需要已知一系列反映事物特性的数值变量及其变量值。

判别分析是根据表明事物特点的变量值和它们所属的类求出判别函数，根据判别函数对未知所属类别的事物进行分类的一种分析方法与聚类分析不同，它需要已知一系列反映事物特性的数值变量及其变量值。

第六，因子分析

因子分析是研究如何以最少的信息丢失将众多原有变量浓缩成少数几个代表变量间关系的因子，并使因子具有一定的命名解释性。

因子分析的基本步骤是：　(1) 确定研究变量；　(2) 计算所有变量的相关矩阵；　(3) 构造因子变量；　(4) 因子旋转；　(5) 计算因子得分。

第七，结合分析

也称交互分析，在欧美国家的市场调研中被广泛应用。

结合分析一般步骤为：　(1) 确定产品或服务的属性与属性水平；　(2) 将产品的所有属性与属性水平通盘考虑，并采用正交设计的方法将这些属性与属性水平进行组合，生成一系列虚拟产品；（3）请消费者对虚拟产品进行评价，通过打分、排序等方法调查消费者对虚拟产品的喜好、购买的可能性等；（4）计算属性的效用、计算属性的模型和方法主要包括最小二乘法回归、多元方差分析；（5）解得结果；（6）评估信度和效度，常用的有拟合优度和 t 检验等，（7）市场预测与市场模拟。

（二）重要公式解析

1. 样本平均数的抽样平均误差公式

$\mu_x = \dfrac{\sigma}{\sqrt{n}}$ 其中，μ 为总体标准差，n 为样本个数。

2. 样本比率的抽样平均误差公式

$\mu_p = \dfrac{p}{\sqrt{n}}$ 其中，p 为总体比率，n 为样本个数。

3. 样本量的基本公式

$n = Z^2 \sigma^2 / d^2$ 其中，n 为样本量，Z 为置信区间，d 为抽样误差范围，σ 为标准差，一般取 0.5。

4. 平均差公式

$M_D = \dfrac{\sum |X_i - \bar{X}|}{N}$。其中，$X_i$ 为第 i 个变量值，$\bar{X}$ 为所有变量的均值，N 为总体个数，平均差越小说明数据离散程度越小。

5. 总体方差公式

$\sigma^2 = \dfrac{\sum (X_i - \bar{X})^2}{N}$ 其中，σ^2 为总体方差，X_i 为第 i 个变量值，$\bar{X}$ 为所有变量的均值，N 为总体个数，同时方差是一组数据中各变量与均值离差平方的平均数。

6. 总体标准差公式

$\sigma = \sqrt{\dfrac{\sum (X_i - \bar{X})^2}{N}}$ 其中，σ 为标准差，X_i 为第 i 个变量值，$\bar{X}$ 为所有变量的均值，N 为总体个数，标准差是方差的算术平方根。

7. 样本方差

$S^2 = \dfrac{\sum (X_i - \bar{X})^2}{n-1}$ 其中，S^2 的为样本方差，X_i 为第 i 个变量值，$\bar{X}$ 为所有变量的均值，n 为所取的样本个数。要注意样本方差和总体方差不同，总体方差下面除的是总体个数 N，而样本方差下面除的是样本个数 n 再减去 1 即除的是 $n-1$。

8. 样本标准差

$S = \sqrt{\dfrac{\sum (X_i - X)^2}{n-1}}$ 其中，S 为样本标准差，X_i 为第 i 个变量值，X 为所有变量的均值，n 为所选样本的个数，同理样本标准差为样本方差的算术平均数。

9. 相关系数定义公式

$$r=\frac{COV_{xy}}{S_xS_y}=\frac{\sum\limits_{i=1}^{n}(x_i-x)(y_i-y)}{\sqrt{\sum\limits_{i=1}^{n}(x_i-x)^2\sum\limits_{i=1}^{n}(y_i-y)^2}}$$ 其中，COV_{xy} 为变量 x 和 y 的协方差，S_x 为所选

变量 x 的样本标准差，S_y 为所选变量 y 的样本标准差。

对于相关系数 r 一般 $-1 < r < 1$。

当 $r=\pm 1$ 时，表明变量间的关系为完全正相关或完全负相关，这是两种极端情况，实际上表明两个变量之间是线性关系。

当 $r=0$ 时，表明变量间不存在线性相关关系，可能是无相关，也可能是非线性相关。

当 $0 < r < 1$ 时，表明变量间存在正相关关系。

当 $-1 < r < 0$ 时，表明变量间存在负相关关系。

$|r|$ 越接近于 1，变量间相关程度愈高，$|r|$ 愈接近于 0，相关程度愈低。

$|r| <$ 自由度（df）为（n-2）的 t 统计量 t（n-2）、显著性为（10%；5%）的相关系数（查找相关系数表），其相关性是显著的。

(三)、典型例题解析

【单选题】

1. 根据调研方法的不同，市场调研可以分为（   ）。

   A. 全面调研和非全面调研   B. 消费者市场调研和产业市场调研

   C. 二手数据调研和原始资料调研   D. 国际市场调研和国内市场调研

【答案】C

【解析】根据调研方法的不同，市场调研可以分为二手数据调研和原始资料调研。

2. 下面那个选项不是市场调研的内容（   ）。

   A. 市场竞争调研   B. 产品定位调研   C. 销售调研   D. 客户调研

【答案】D

【解析】市场调研的内容包括（1）市场竞争调研；（2）市场细分调研；（3）产品定位调研；（4）产品调研；（5）广告调研；（6）渠道调研；（7）销售调研；（8）用户满意度调研。

3. 在市场调研的原始资料收集方法中，能够实现实时对数据进行整体统计或图表统计的是（   ）。【2009 年真题】

   A. 网络调研系统   B. 街头访问   C. 入户访问   D. 电话调查

【答案】A

【解析】在网络调研系统中，通过网站，使用者可以随时在屏幕上对回答数据进行整体统计或图表统计。

4. 在下列市场调研内容中，属于战略调研的是（   ）。

   A. 市场细分调研   B. 产品调研   C. 广告调研   D. 渠道调研

【答案】A

【解析】市场细分调研属于战略调研。

5. 对总体单位不进行任何分组排列。仅按随机原则直接从总体中抽取样本，以使总体中的每一个单位均有同等的被抽取的机会，这种方法是（   ）。

A. 简单随机抽样　　　B. 等距抽样　　　　C. 分层抽样　　　　D. 整群抽样

【答案】A

【解析】简单随机抽样是指对总体单位不进行任何分组排列，仅按随机原则直接从总体中抽取样本，以使总体中的每一个单位均有同等的被抽取的机会。

6. 随着时间的演进和经济社会的发展，新情况和新问题会不断涌现，调研的结果往往滞后于社会经济的发展，此特点指的是市场调研的（　　）。

A. 系统性　　　　　B. 客观性　　　　　C. 多样性　　　　　D. 时效性

【答案】D

【解析】市场调研的时效性是指随着时间的演进和经济社会的发展，新情况和新问题会不断涌现，调研的结果往往滞后于社会经济的发展。

7. 下列属于多元描述统计分析方法的是（　　）。

A. 多元回归分析　　B. 方差分析　　　　C. 列联表分析　　　D. 聚类分析

【答案】C

【解析】列联表分析属于多元描述统计分析方法。

8. 某产品在5个地区的销售量分别为1500、2000、1000、3000、5000。则该销售量的极差为（　　）。【2009年真题】

A. 1000　　　　　　B. 1500　　　　　　C. 2000　　　　　　D. 4000

【答案】D

【解析】极差也称全距，是一组数据中最大值与最小值之差。本题中最大值为5000，最小值为1000，所以极差=5000-1000=4000。

9. 下列属于战略调研的是（　　），也是竞争情报收集工作。

A. 市场竞争调研　　B. 市场细分调研　　C. 产品定位调研　　D. 广告调研

【答案】A

【解析】市场竞争调研属于战略调研也是竞争情报收集工作。

10. 使总体中的每一个单位都有一个已知的、不为零的概率进入样本的抽样方法是（　　）。

A. 随机抽样　　　　B. 等距抽样　　　　C. 分层抽样　　　　D. 多阶段抽样

【答案】A

【解析】随机抽样使总体中的每一个单位都有一个已知的、不为零的概率进入样本的抽样方法。

11. 一组数据中出现次数最多的变量值是（　　）。

A. 中位数　　　　　B. 众数　　　　　　C. 均值　　　　　　D. 尾数

【答案】B

【解析】众数是一组数据中出现次数最多的变量值。

12. 对总体单位不进行任何分组排列，仅按随机原则直接从总体中抽取样本，以使总体中的每一个单位均有同等的被抽取的机会，这种方法是（　　）。

A. 简单随机抽样　　B. 等距抽样　　　　C. 分层抽样　　　　D. 整群抽样

【答案】A

【解析】简单随机抽样是对总体单位不进行任何分组排列，仅按随机原则直接从总体中抽取样本，以使总体中的每一个单位均有同等的被抽取的机会。

13. 在市场调研过程中，对变量的分类称为（　　）。

　　A. R 型聚类分析　　B. Q 型聚类分析　　C. X 型聚类分析　　D. T 型聚类分析

【答案】A

【解析】对样品的分类可称为 R 型聚类分析。

14. 下列哪项不是原始数据的收集方法（　　）。

　　A. 印刷资料　　　　B. 人员访问　　　　C. 电话调查　　　　D. 网上访问

【答案】A

【解析】原始数据的收集方法包括邮寄调查、人员访问、电话调查、网上访问和观察法，印刷资料属于二手数据。

【多选题】

1. 与原始数据收集方法相比，二手数据收集方法的优点有（　　）。【2009 年真题】

　　A. 成本较低　　　　B. 直观性强　　　　C. 资料容易获取　　　　D. 更加具体

　　E. 收集时间较短

【答案】ACE

【解析】与原始数据采集相比，二手数据调研成本较低、资料容易获取、收集资料时间较短。

2. 一般来说，为了取得原始资料，主要采用调查方法有（　　）。

　　A. 邮寄调查　　　　B. 人员访问　　　　C. 电话调查　　　　D. 互联网访问

　　E. 抽样调查

【答案】ABCD

【解析】一般来说，为了取得原始资料，主要采用调查方法有邮寄调查、人员访问、电话调查、互联网访问。

3. 市场调研的基本特点是（　　）。

　　A. 系统性　　　　B. 客观性　　　　C. 时效性　　　　D. 多样性

　　E. 确定性

【答案】ABCD

【解析】市场调研的基本特点是系统性、客观性、时效性、多样性。

4. 在市场调研是，组成总体的各研究对象需具备的特性有（　　）。【2009 年真题】

　　A. 大量性　　　　B. 同质性　　　　C. 异质性　　　　D. 相斥性

　　E. 变异性

【答案】ABE

【解析】总体必须具备大量性、同质性、变异性三个特性。

5. 网上访问的优点有哪些（　　）。

　　A. 辐射范围广　　　　　　　　B. 样本对象广

　　C. 访问速度快和信息反馈及时　　D. 费用低

【答案】ACD

【解析】网上访问的优点有辐射范围广、访问速度快，信息反馈及时、匿名性好和费用低。它的样本对象是有局限性，仅限于网民。

6. 调查问卷一般有那几个部分组成（　　）。

　　A. 问卷开头部分　　B. 问卷正文部分　　C. 问卷评价部分　　D. 问卷结尾部分

【答案】ABD

【解析】问卷一般由三大部分组成：问卷开头部分、问卷正文部分和问卷结尾部分组成。

（四）经典案例分析

1. 下列一组数据是某一次抽样统计后得到的。

12 14 17 19 10 12 16 28 24 15 16 23 16 20 22

根据上述资料，回答下列问题：

（1）该组数据中众数是（   ）。

A. 16　　　　　　B. 28　　　　　　C. 17.6　　　　　　D. 10

【答案】A

【解析】众数是一组数据中出现次数最多的变量值。

（2）该组数据的算术平均值是（   ）。

A. 16　　　　　　B. 28　　　　　　C. 17.6　　　　　　D. 10

【答案】C

【解析】算数平均值的算法为 $X=\dfrac{x_1+x_2+\cdots+x_n}{n}$。带入本题数据算得算数平均数为17.6。

（3）该组数据的极差是（   ）。

A. 16　　　　　　B. 18　　　　　　C. 17.6　　　　　　D. 10

【答案】B

【解析】极差是一组数据的最大值和最小值之差。题中最大数为28，最小数为10，所以极差为18。

（4）反映数值型数据离散程度最主要、最常用的方法是（   ）。

A. 极差　　　　　B. 平均差　　　　　C. 方差　　　　　D. 标准差

【答案】CD

【解析】对一组数据离散程度的测度最常用的方法是方差和标准差。

2. 小丽在一家婴儿服装店工作，由于销售淡季，小丽打算组织一次小型的"买一送一"的促销活动，并邀请专业的婴儿专家为妈妈们现场解答，如何选择婴儿衣服，不同质地的衣服适合于不同年龄的婴儿，以及如何更有助于婴儿发育等。为了保证促销活动效果，小丽决定事先组织一次消费者市场调研。目前零售店的竞争十分激烈，必须活动前充分了解市场环境和竞争对手的现状，并制定出一套组织对手跟进的方案。

（1）消费者调研是根据（   ）进行分类的。

A. 时间层次　　　　　　　　　　　B. 购买的商品目的不同

C. 商品流通环节　　　　　　　　　D. 市场调研目的和深度

【答案】B

【解析】消费者调研是根据购买的商品目的不同进行分类的。

（2）小丽在调研前应进行调研方案的设计，调研方案的步骤包括（   ）。

A. 确定调研目标　　　　　　　　　B. 确定调查对象和调查单位。

C. 制订调查提纲和调查表　　　　　D. 确定调查时间和调查工作期限

【答案】ABCD

【解析】调研方案的步骤包括：（1）确定调研目标；（2）确定调查对象和调查单位；（3）制订调查提纲和调查表；（4）确定调查时间和调查工作期限；（5）确定调查地点；

(6) 确定调查方式和方法； (7) 确定调查资料整理和分析方法； (8) 调研经费预算； (9) 确定提交报告的方式； (10) 制订调查的组织计划。

(3) 小丽经过比较分析，决定采用街头定点访问的方式进行市场调研，这是由于街头定点访问主要适合于 (　　)。

　A. 比较烦琐的访问　　　　　　　　B. 2个小时以上的访问
　C. 问卷较长的访问　　　　　　　　D. 比较敏感的话题

【答案】ABD

【解析】街头定点访问主要适合于比较烦琐的访问、2个小时以上的访问和比较敏感的话题。

(4) 根据市场调研的问题，市场调研可分为 (　　)。

　A. 探索性调研　　B. 描述性调研　　C. 因果关系调研　　D. 二手数据调研

【答案】ABC

【解析】根据市场调研的问题，市场调研可分为探索性调研、描述性调研和因果关系调研。

(5) 下列是市场调研的内容的是 (　　)。

　A. 市场竞争调研　　B. 市场细分调研　　C. 产品定位调研　　D. 不确定性调研

【答案】ABC

【解析】市场调研的内容包括：(1) 市场竞争调研； (2) 市场细分调研； (3) 产品定位调研； (4) 产品调研； (5) 广告调研； (6) 渠道调研； (7) 销售调研； (8) 用户满意度调研。

3. 某商场在开业3周年庆时，为了了解消费者对本商场的满意程度及相关服务态度评价，特此进行一次问卷调查，进一步提高本商场在同行业的竞争能力。

(1) 根据调研题目的类型，问卷可分为 (　　)。

　A. 自选式问卷和代选式问卷　　　　B. 专业性问卷和非专业问卷
　C. 开放式问卷和封闭式问卷　　　　D. 自填式问卷和代填式问卷

【答案】C

【解析】根据调研题目的类型，问卷可分为开放式问卷和封闭式问卷。

(2) 问卷的正文包括 (　　)。

　A. 问卷调查表　　B. 收集的资料　　C. 基础数据　　　　D. 问卷试题

【答案】BC

【解析】问卷的正文包括收集的资料和基础数据两部分。收集的资料是问卷的主体，也是使用问卷的目的所在。基础数据，一般包括家庭的人口统计学上的特征。

(3) 根据调研方式，问卷可分为 (　　)。

　A. 派员访问问卷　　B. 电话调查问卷　　C. 邮寄调查问卷　　D. 网上调查问卷
　E. 座谈会调查问卷

【答案】ABCDE

【解析】根据调研方式，问卷可分为派员访问问卷、电话调查问卷、邮寄调查问卷、网上调查问卷和座谈会调查问卷等。

四、本章测试题

(一) 单选题

1. 下列不属于市场调研特点的是 ( )。
   A. 非系统性　　　　B. 时效性　　　　　C. 多样性　　　　　D. 客观性

2. 市场调研步骤的第一步为 ( )。
   A. 设计调研方案　　　　　　　　　　B. 确定调研人员
   C. 确定调研性质　　　　　　　　　　D. 实施调研和数据收集

3. 原始资料调查中最便宜、最方便、代价最小的资料收集方法是 ( )。
   A. 人员访问　　　B. 电话调查　　　C. 观察法　　　　　D. 邮寄调查

4. 样本平均数的基本公式是 ( )。
   A. $\mu_x = \sigma \times \sqrt{n}$　　B. $\mu_x = P/\sqrt{n}$　　C. $\mu_x = P \times \sqrt{n}$　　D. $\mu_x = \sigma/\sqrt{n}$

5. 下列测度集中趋势的指标是 ( )。
   A. 平均差　　　　B. 极差　　　　　C. 均值　　　　　　D. 标准差

6. 在欧美国家的市场调研中被广泛应用的多元统计分析是 ( )。
   A. 聚类分析　　　B. 判别分析　　　C. 因子分析　　　　D. 结合分析

7. 列联表分析一般使用 ( ) 来进行独立性检验。
   A. R 检验　　　　B. t 检验　　　　C. F 检验　　　　　D. x_2 分布

8. 问卷设计程序中的第一步是 ( )。
   A. 问卷的布局　　　　　　　　　　　B. 问题的内容
   C. 回答问题的方式　　　　　　　　　D. 明确所要收集的信息

9. 市场调研的不确定性是指 ( ) 具有不确定性。
   A. 调研方法　　　B. 调研结果　　　C. 调研内容　　　　D. 调研形式

10. 产品调研以 ( ) 为中心，以 ( ) 为对象。
    A. 产品，消费者　　B. 消费者，市场　　C. 产品，销售者　　D. 市场，销售者

11. 评价企业质量管理体系业绩的重要手段是 ( )。
    A. 用户满意度　　B. 产品质量　　　C. 销售额度　　　　D. 员工工资

12. 市场调研的首选是 ( )。
    A. 原始数据调研　　B. 二手数据调研　　C. 实验法　　　　D. 观察法

13. 产品说明书属于 ( )。
    A. 外部二手数据　　B. 内部二手数据　　C. 原始数据　　　　D. 实验数据

14. 网上调研常用的方法有 ( )。
    A. 问卷调查法　　B. 网上实验法　　C. 网上观察法　　　D. 网上访问法

15. 用样本均值估计总体均值，当总方差未知时，一般使用 ( )。
    A. Z 检验　　　　B. t 检验　　　　C. F 检验　　　　　D. x_2 分布

16. 相关系数的取值范围 ( )。
    A. −1 到 1　　　　B. 0 到 1　　　　C. 1 到无穷　　　　D. −1 到 0

17. 一组数据经排序处于中间位置的数称之为 ( )。
    A. 均值　　　　　B. 中位数　　　　C. 中位数　　　　　D. 众数

18. 能够显示一组数据平均情况的是（　　　）。

A. 均值　　　　　　　B. 中位数　　　　　　C. 中位数　　　　　　D. 众数

19. 假设检验的显著性水平是指（　　　）。

A. 犯弃真错误的概率　　　　　　　　B. 犯取伪错误的概率

C. 原假设正确时接受的概率　　　　　D. 原假设错误时拒绝的概率

20. 用企业的销售额占行业销售额的百分比来表示的指标是（　　　）。

A. 全部市场占有率　　　　　　　　　B. 相对市场占有率

C. 绝对市场占有率　　　　　　　　　D. 市场覆盖率

（二）多选题

1. 市场调研的特点主要有（　　　）。

A. 系统性　　　　　B. 客观性　　　　　C. 时效性　　　　　D. 多样性

E. 不确定性

2. 根据购买商品目的的不同，市场调研可以分为（　　　）。

A. 消费者市场调研　　　　　　　　　B. 产业市场调研

C. 国际市场调研　　　　　　　　　　D. 国内市场调研

3. 按二手数据的性质来分，二手数据可以分为（　　　）。

A. 宏观的市场信息　　　　　　　　　B. 微观的环境信息

C. 企业的直接环境信息　　　　　　　D. 外部资料

E. 内部资料

4. 市场占有率包括（　　　）。

A. 绝对市场占有率　B. 相对市场占有率　C. 可达市场占有率　D. 全部市场占有率

E. 相关市场占有率

5. 二手数据的优点表现在（　　　）。

A. 可以提供收集原始资料的备选方案

B. 有助于明确或重新明确探索性调研中的研究主题

C. 资料的相关性高

D. 可以提醒市场研究人员注意的潜在问题和困难

E. 调研成本较低，资料易于取得，资料收集时间较短

6. 人员访问的优点有（　　　）。

A. 访问具有较好的灵活性　　　　　　B. 调查的空间范围广

C. 调查资料的质量较好　　　　　　　D. 可以在访问过程中使用图解材料

E. 访问程序是标准化和具体化

7. 下列关于抽样调查说法正确的是（　　　）。

A. 抽样调查是全面调查　　　　　　　B. 抽样调查是非全面调查

C. 抽样调查样本是按随机的原则抽取的，在总体中每一个单位被抽取的机会是均等的

D. 调查结果的准确程度较高

E. 所抽选的调查样本数量有保证

8. 减少抽样误差的措施主要有（　　　）。

A. 增加样本个案数　　　　　　　　　B. 适当选择抽样方式

C. 减少样本个案数　　　　　　　　　D. 选择合理抽样指标

9. 单个样本的假设检验主要包括 (   )。

A. 提出原假设　　　　　　　　　B. 提出备择假设

C. 确定并计算检验统计量　　　　D. 规定显著性水平

E. 作出统计决策

10. 方差分析的步骤 (   )。

A. 明确因变量与自变量　　　　　B. 建立原假设

C. 计算总方差、组间方差、组内方差，建立方差表

D. 显著性检验，即用 F 检验

E. 分析结果

【本章测试题答案及解析】

单选题

1.【答案】A

【解析】市场调研的特点包括系统性、客观性、时效性、多样性和不确定性。

2.【答案】C

【解析】市场调研的程序为：(1)确定调研性质；(2)设计调研方案(3)实施调研和数据收集(4)数据处理和分析(5)撰写调查报告。

3.【答案】D

【解析】邮寄调查是原始资料调查中最便宜、最方便、代价最小的资料收集方法。

4.【答案】D

【解析】样本平均数的抽样平均误差公式：$\mu_x = \dfrac{\sigma}{\sqrt{n}}$ 其中，μ 为总体标准差，n 为样本个数。

5.【答案】C

【解析】均值是集中趋势的主要测度值，用于反应一组数值型数据的一般水平。

6.【答案】D

【解析】结合分析也称交互分析，在欧美国家的市场调研中被广泛应用。

7.【答案】D

【解析】列联表分析属于多元描述统计分析方法。多维列联表分析属于离散多元分析的范畴。列联表只是检验变量之间是否相关，而非检验变量之间的因果关系。一般使用 x^2 分布来进行独立性检验。

8.【答案】D

【解析】问卷设计程序中的第一步是明确所要收集的信息。

9.【答案】B

【解析】市场调研的不确定性是指调研结果具有不确定性。

10.【答案】A

【解析】产品调研以产品为中心，以消费者为对象。

11.【答案】A

【解析】用户满意度是评价企业质量管理体系业绩的重要手段。

12. 【答案】B

【解析】二手数据调研是市场调研的首选。

13. 【答案】A

【解析】二手数据是指已经收集、记录、整理好的各种数据和信息，按二手数据的来源分类，分为外部资料、内部资料，本题中的产品说明书属于外部二手数据。

14. 【答案】A

【解析】问卷调查法是网上调研常用的方法。

15. 【答案】B

【解析】一般来说，用样本均值估计总体均值，总体方差已知，用 Z 统计量检验；用样本均值估计总体均值，总体方差未知，用 t 统计量检验。

16. 【答案】A

【解析】对于相关系数 r 一般 $-1 < r < 1$。当 $r = \pm 1$ 时，表明变量间的关系为完全正相关或完全负相关，这是两种极端情况，实际上表明两个变量之间是线性关系；当 $r = 0$ 时，表明变量间不存在线性相关关系，可能是无相关，也可能是非线性相关；当 $0 < r < 1$ 时，表明变量间存在正相关关系；当 $-1 < r < 0$ 时，表明变量间存在负相关关系。$|r|$ 越接近于 1，变量间相关程度愈高，$|r|$ 愈接近于 0，相关程度愈低。

17. 【答案】B

【解析】中位数是一组数据经排序处于中间位置的数，答案 B。

18. 【答案】A

【解析】均值，是集中趋势的主要测度值，用于反映一组数值型数据的一般水平，显示了一组数据平均情况。

19. 【答案】A

【解析】假设检验的显著性水平是指犯弃真错误的概率。

20. 【答案】A

【解析】用企业的销售额占行业销售额的百分比来表示的指标是全部市场占有率。

多选题

1. 【答案】ABCDE

【解析】市场调研的特点主要有系统性、客观性、时效性、多样性和不确定性。

2. 【答案】AB

【解析】根据购买商品目的不同，市场调研可以分为消费者市场调研和产业市场调研。

3. 【答案】ABC

【解析】按二手数据的性质分类，二手数据可以分为宏观的市场信息、微观的环境信息、企业的直接环境信息。

4. 【答案】BCD

【解析】市场占有率包括可达市场占有率、相对市场占有率和全部市场占有率。

5. 【答案】ABDE

【解析】与原始数据采集相比，二手数据调研成本较低，资料容易获得，收集资料时间较短。同时，二手数据有助于明确或重新明确探索性调研中的研究主题，可以提供收集原始资料的备选方法，可以提醒市场研究人员应该注意的潜在问题和困难、提供必要的背景信息，甚至可以切实提供一些解决问题的方法。

6.【答案】ACDE

【解析】人员访问具有访问程序是标准化和具体的、访问具有较好的灵活性、可以在访问过程中使用图解材料，比较直观和调查资料的质量较好等优点。

7.【答案】BCDE

【解析】抽样调查是一种非全面的调查，是按随机的原则抽取的，在总体中每一个单位被抽取的机会是均等的，调查结果的准确程度较高，所抽选的调查样本数量也是有保证的。

8.【答案】AB

【解析】减少抽样误差的措施主要有增加样本个案数和适当选择抽样方式。

9.【答案】ABCDE

【解析】一个完整的假设检验首先要提出原假设和备择假设，再确定并计算检验统计量，在根据规定的显著性水平作出统计决策。

10.【答案】ABCDE

【解析】方差分析的步骤包括：(1)明确因变量与自变量；(2)计算总方差、组间方差、组内方差，建立方差表；(3)计算总方差、组间方差、组内方差，建立方差表；(4)显著性检验，即用 F 检验；(5)分析结果。

第四章　生产管理与控制

一、近三年本章考点考频分析

年　份	单选题	多选题	考点分布
2008 年	2 道题 2 分	0 题 0 分	库存控制
2009 年	8 道题 8 分	3 道题 6 分	生产能力、生产作业计划的概念、生产控制的方式、在制品控制、库存控制、生产调度、MRP、MRPII、ERP 和丰田生产模式和看板管理
2010 年	7 道题 7 分	2 道题 4 分	生产作业计划、节拍、生产控制、事中控制、生产进度控制的目的、主生产计划、丰田生产方式的最基本的理念、物料需求计划

二、本章基本内容结构

生产管理与控制

1. 生产计划
   - 生产能力
   - 生产计划的概念与指标
   - 生产计划的编制
   - 产品生产进度的安排

2. 生产作业计划
   - 生产作业计划的概念
   - 期量标准
   - 生产作 2008 工商管理
   - 管理专业知识与实务

3. 生产控制
   - 生产控制的概念
   - 生产控制的基本程序
   - 生产控制的方式

4. 生产作业计划
   - 生产进度控制
   - 在制品控制
   - 库存控制
   - 生产调度

5. 现代生产管理与控制的方
   - MRP、MRPII、ERP
   - 丰田生产方式和看板管理

三、本章重要考点及例题

(一) 重要概念归纳

1. 生产能力

第一，概念

广义的生产能力是指技术能力和管理能力的综合。

狭义的生产能力主要是指技术能力中生产设备、面积的数量、状况等能力。

一般所讲的生产能力是指狭义的生产能力，即企业在一定时期内，在一定的生产技术组织条件下，全部生产性固定资产所能生产某种产品的最大数量或所能加工处理某种原材料的最大数量。

生产能力是反映企业生产可能性的一个重要指标，包括3个方面含义：

（1）企业的生产能力是按照直接参加生产的固定资产来计算的。

（2）生产能力必须和一定的技术组织条件相联系。

（3）生产能力反映的是一年内的实物量。

第二，种类

生产能力按其技术组织条件的不同可分为3种：设计生产能力、查定生产能力、计划生产能力。

设计生产能力是指企业在搞基本建设时，在设计任务书和技术文件中所写明的生产能力。是企业在搞基本建设时努力的目标。

查定生产能力为研究企业当前生产运作问题和今后的发展战略提供了依据。

计划生产能力是企业在计划期内根据现有的生产组织条件和技术水平等因素所能够实现的生产能力。它直接决定了近期所做生产计划。

第三，影响因素

（1）固定资产的数量。

（2）固定资产的工作时间。

（3）固定资产的生产效率。

2. 生产计划的概念

第一，概念

生产计划是关于企业生产运作系统总体方面的计划，是企业在计划期应达到的产品品种、质量、产量和产值等生产任务的计划和对产品生产进度的安排。

生产计划工作是指生产计划的具体编制工作。

第二，特征

优化的生产计划必须具备以下3个特征：

（1）有利于充分利用销售机会，满足市场需求。

（2）有利于充分利用盈利机会，实现生产成本最低化。

（3）有利于充分利用生产资源，最大限度地减少生产资源的闲置和浪费。

第三，层次

企业的生产计划一般分为中长期生产计划、年度生产计划和生产作业计划几个层次。这三类计划紧密相关，相互依存，构成一个完整的生产计划体系。

中长期生产计划是企业中长期发展计划的主要组成部分，计划期一般是三年或五年，也有年限更长的。年度生产计划是企业年度经营计划的核心，计划期为一年。生产作业计划是企业年度生产计划的具体化，是贯彻实施生产计划、为组织企业日常生产活动而编制的执行性计划。

3. 生产计划的指标、编制与生产进度安排

第一，指标

（1）产品品种指标

企业实力从四方面体现：本企业生产该种产品的生产能力、企业技术能力、企业原材料供应能力、该产品销售能力。

（2）产品质量指标

产品质量指标是衡量企业经济状况和技术发展水平的重要标志之一。产品质量受若干个质量控制参数控制。产品质量指标包括两大类：一类是反映产品本身内在质量的指标，主要是产品平均技术性能、产品质量分等；另一类是反映产品生产过程中工作质量的指标，如质量损失率、废品率、成品返修率等。

（3）产品产量指标

盈亏平衡分析法又称量本利法或保本点法。它是根据企业在一定条件下，产品产销量、生产总成本和利润具有一定关系来分析判断的。三者之间的关系用公式表达为：$E=Tr-(F+VQ)$ 其中：

E——利润。

Tr——销售收入。

F——固定成本。

V——单位产品变动成本。

Q——产销量。

（4）产品产值指标

产品产值指标是用货币表示的产量指标，能综合反映企业生产经营活动成果，以便进行不同行业间比较。根据具体内容与作用不同，分为工业总产值、工业商品产值和工业增加值三种形式。

第二，编制

编制生产计划的主要步骤，大致可以归纳如下：

（1）调查研究。

（2）统筹安排，初步提出生产计划指标。

（3）综合平衡，编制计划草案。

（4）生产计划大纲定稿与报批。

第三，生产进度的安排

（1）大量大批生产企业。

（2）成批生产企业。

（3）单件小批生产企业。

4. 生产计划概念

第一，生产作业计划是生产计划工作的继续，是企业年度生产计划的具体执行计划。包括：

（1）编制企业各个层次的作业计划。

（2）编制生产准备计划。

（3）计算负荷率。

（4）日常生产的派工、生产、调度、执行情况的统计分析与控制。

第二，生产作业计划与生产计划比较具有以下特点：

（1）计划期短。

（2）计划内容具体。

（3）计划单位小。

第三，编制生产作业计划的要求：

（1）要使生产计划规定的该时期的生产任务在品种、质量、产量和期限方面得到全面落实。

（2）要使各车间、工段、班组和工作地之间的具体生产任务相互配合紧密衔接。

（3）要使生产单位的生产任务与生产能力相适应，共能充分利用企业现有生产能力。

（4）要使各项生产前的准备工作有切实保证。

（5）要有利于缩短生产周期，节约流动资金，降低生产成本，建立正常的生产和工作秩序，实现均衡生产。

5. 期量标准与生产作业计划编制

第一，期量标准

期量标准，又称作业计划标准，是指为加工对象（零件、部件、产品等）在生产期限和生产数量方面规定的标准数据。它是编制生产作业计划的重要依据。可以分为：大批大量生产企业的期量标准；成批轮番生产企业的期量标准；单件小批生产企业的期量标准。

第二，生产作业计划的编制

编制厂级生产作业计划分两个步骤：正确选择计划单位；确定各车间的生产作业任务。

编制厂级生产作业计划的主要任务是：根据企业的生产计划，为每个车间正确地规定每一种制品（部件、零件）的出产量和出产期。安排车间生产任务的方法随车间的生产类型和生产组织形式而不同，主要有在制品定额法、累计编号法、生产周期法。

（1）在制品定额法，适用于大批大量生产类型企业的生产作业计划编制。

本车间出产量 = 后续车间投入量 + 本车间半成品外售量 +（车间之间半成品占用定额 – 期初预计半成品库存量）

本车间投入量 = 本车间出产量 + 本车间计划允许废品数 +（本车间期末在制品定额 – 本车间期初在制品预计数）

（2）累计编号法，适用于成批生产类型企业的生产作业计划编制。

本车间投入提前期 = 本车间出产提前期 + 本车间生产周期

本车间出产提前期 = 后车间投入提前期 + 保险期

提前量 = 提前期平均日产量

本车间出产累计号数 = 最后车间出产累计号 + 本车间的出产提前期最后车间平均日产量

本车间投入累计号数 = 最后车间出产累计号 + 本车间投入提前期最后车间平均日产量

这种方法的优点是：①各个车间可以平衡地编制作业计划；②不需要预计当月任务完成情况；③生产任务可以自动修改；④可以用来检查零部件生产的成套性。

（3）生产周期法，适用于单件小批生产类型企业的生产作业计划编制。

6. 生产控制

第一，概念

生产控制是指为保证生产计划目标的实现，按照生产计划的要求，对企业的生产活动全过程的检查、监督、分析偏差和合理调节的系列活动。

生产控制有广义和狭义之分。广义的生产控制是指从生产准备开始到进行生产，直至产品出产入库为止的全过程的全面控制。

狭义的生产控制主要指的是对生产活动中生产进度控制，又称生产作业控制。

第二，基本程序

　　(1) 确定控制的标准。制定标准的方法一般有:

①类比法。

②分解法。

③定额法。

④标准化法。

　　(2) 根据标准检验实际执行情况。

　　(3) 控制决策。一般的工作步骤是:

①分析原因。

②拟定措施。

③效果预期分析。

④实施执行

第三,方式

①事后控制方式。

②事中控制方式。

③事前控制方式。

7. 生产作业控制

第一,生产进度控制

含义:

生产作业控制是在生产计划执行过程中,为保证生产作业计划目标的实现而进行的监督、检查、调度和调节。

目的:

生产进度控制的目的在于依据生产作业计划,检查零部件的投入和出产数量、出产时间和配套性,保证产品能准时装配出厂。

内容: 投入进度控制、工序进度控制和出产进度控制。

第二,在制品的控制

概念:

在制品控制是企业生产控制的基础工作,是对生产运作过程中各工序原材料、半成品等在制品所处位置、数量、车间之间的物料转运等进行的控制。

分类:

通常根据所处的不同工艺阶段,把在制品分为毛坯、半成品、入库前成品和车间在制品。

工作内容:

　　(1) 合理确定在制品管理任务和组织分工。

　　(2) 认真确定在制品定额,加强在制品控制,做好统计与核查工作。

　　(3) 建立、健全在制品的收、发与领用制度。

　　(4) 合理存放和妥善保管在制品。

定额:

　　(1) 大量流水线生产条件下:

流水线内部在制品定额的制订。流水线内部的在制品分为工艺在制品、运输在制品、周转在制品和保险在制品 4 种。

流水线之间的在制品定额的制订。流水线之间的在制品有运输在制品、周转在制品和保险在制品之分。

（2）成批生产条件下：

车间内部在制品。它是指在定期成批轮番生产的情况下，根据产品（或零件）的生产周期、生产间隔期和批量来计算。

车间之间的半成品。它是指车间之间的中间仓库中的在制品，由周转半成品和保险半成品组成。

8. 库存控制

第一，概念

库存控制，是对企业生产、经营全过程的各种物品、产成品及其他资源进行管理和控制，使其储备保持在经济合理的水平上。

第二，主要作用

在保证企业生产、经营需求的前提下，使库存量经常保持在合理的水平上；掌握库存量动态，适时、适量提出订货，避免超储或缺货；减少库存空间占用，降低库存总费用，控制库存资金占用，加速资金周转。

第三，合理控制

库存管理成本：（1）仓储成本，是指维持库存物料本身所需花费，包括存储成本、搬运和盘点成本、保险和税收及库存物料由于变质、陈旧、损坏、丢失等造成损失及购置库存物料所占用资金的利息等；（2）订货成本，是指每次订购物料所需联系、谈判、运输、检验等费用，它与订购次数有关；（3）机会成本，包括两个内容：其一是由于库存不够带来的缺货损失，其二是物料本身占用一定资金，如不购买物料而改做他用会带来更多利润所造成损失。

降低库存的措施：（1）降低周转库存，基本做法是减少库存批量；（2）降低在途库存，主要策略是缩短生产、配送周期；（3）降低调节库存，基本策略是尽量使生产和需求相吻合；（4）降低安全库存。安全库存是一种额外持有的库存，预防不测缺货影响生产和销售，起缓冲器作用。降低安全库存主要努力是使订货时间、订货量接近需求时间和需求量。

库存控制基本方法有定量控制法、定期控制法、ABC 法等。

9. 生产调度

第一，概念

生产调度就是组织执行生产进度计划的工作，对生产计划的监督、检查和控制，发现偏差及时调整的过程。

第二，主要内容

生产调度工作一般包括以下内容：

（1）检查、督促和协助有关部门及时做好各项生产作业准备工作。

（2）根据生产需要合理调配劳动力，督促检查原材料、工具、动力等供应情况和厂内运输工作。

（3）检查各生产环节的零件、部件、毛坯、半成品的投入和出产进度，及时发现生产进度计划执行过程中的问题，并积极采取措施加以解决。

（4）对轮班、昼夜、周、旬或月计划完成情况的统计资料和其他生产信息（如由于各种原因造成的工时损失记录、机器损坏造成的损失记录，生产能力的变动记录等）进行分析研究。

第三，基本要求

(1) 生产调度工作必须以生产进度计划为依据。

(2) 生产调度工作必须高度集中和统一。

(3) 生产调度工作要以预防为主。

(4) 生产调度工作要从实际出发，贯彻群众路线。

第四，生产调度系统组织

一般大中型企业设厂级、车间和工段三级调度。即厂部以主管生产的厂长为首，设总调度室（或生产科内设调度组）执行调度业务；车间在车间主任领导下设调度组（或调度员）；工段（班组）设调度员，也可由工段长（班组长）兼任，在机修、工具、供应、运输、劳动等部门也要建立专业性质的调度组织。

中小型企业一般则只设厂部、车间二级调度。

第五，制度和方法

(1) 调度工作制度。

(2) 实行值班制度。

(3) 调度会议制度。

(4) 健全现场调度制度。

(5) 坚持班前班后小组会制度。

10. MRP、MRPII 和 ERP

第一，物料需求计划（MRP）

(1) 提出者

美国 IBM 公司的约瑟夫·奥列基博士。

(2) 原理

①遵循以最终产品的生产计划导出所需相关物料（原材料、零部件、组件等）的需求量和需求时间。

②根据各相关物料的需求时间和生产（订货）周期确定该物料开始生产（订货）时间。

(3) 结构

输入信息：

主生产计划又称产品出产计划，它是物料需求计划（MRP）的最主要输入，表明企业向社会提供的最终产品数量，它由顾客订单和市场预测所决定。物料清单又称产品结构文件，它反映了产品的组成结构层次及每一层次下组成部分本身的需求量。

库存处理信息又称库存状态文件，它记载产品及所有组成部分的存在状况数据。

输出信息：

输出信息主要是输出报告。输出报告包括主报告和辅助报告。主报告是用于库存和生产控制的最普遍、最主要的报告。辅助报告又称二次报告，主要是预测未来需求、指明呆滞物料和严重偏差物料的报告。

第二，制造资源计划（MRPII）

(1) 提出者

美国著名生产管理专家奥列弗·怀特。

(2) 结构

计划和控制的流程系统、基础数据系统、财务系统。

（3）特点

①计划的一贯性和可行性。

②数据的共享性。

③动态的应变性。

④模拟的预见性。

⑤物流和资金流的统一性。

（4）实施阶段

①前期工程。

②决策工作。

③实施。

第三，企业资源计划（ERP）

（1）概述

企业资源计划（ERP）是指建立在信息技术基础上，以系统化的管理思想，实现最合理地配置资源满足市场需求，为企业决策层和员工提供决策运行手段的管理平台。它是市场竞争日趋剧烈、企业规模和并购迅速扩张、计算机网络化深入发展的必然产物。

MRP 是 ERP 的核心，而 MRPII 是 ERP 的重要组成部分。

（2）内容

①生产控制模块是 ERP 的核心模块。

②物流管理模块是实现生产运转的重要条件和保证，它包括分销管理、库存控制、采购管理 3 个部分。

③财务管理模块是信息的归纳者。

④人力资源管理模块主要包括人力资源规划的辅助决策、福聘管理、工时管理、工资管理、差旅核算等。

（3）阶段

①前期工作阶段。

②实施准备阶段。

③试验运行及实用化阶段。

④更新和升级阶段。

（4）注意事项

首先，一定要结合企业实际，因地制宜，按照科学发展观进行实施，这是最关键的一条。其次，绝不可超越企业客观现实，做力不从心的工作，要逐步在人力、物力、财力上创造条件，只有这样才能扎扎实实地把 ERP 推行好。

11.丰田生产方式和看板管理

第一，丰田生产方式

（1）提出者

日本丰田汽车公司的副社长大野耐一主导创建的。

（2）核心

"准时化生产"。

（3）思想和手段。

①准时化

本质：一个拉动式的生产系统。

基本思想：只在需要的时刻，生产需要的数量的所需产品。

核心：追求一种无库存的生产系统，或使库存达到最小的生产系统。

②自动化

自动化是丰田准时化生产体系质量保证的重要手段。

两种含义。其一就是普通的"自动化"的意思，表示用机器来代替人工。其二，即"自动化缺陷控制"，是通过 3 个主要的技术手段来实现的，这就是异常情况的自动化检测、异常情况下的自动化停机、异常情况下的自动化报警。

③标准化

内容：

标准周期时间是指各生产单元内（或生产线上），生产一个单位的制成品所需要的时间。标准周期时间可由下列公式计算出来：

标准周期时间 = 每日的工作时间 / 每日的必要产量

标准作业顺序是用来指示多技能作业人员同时操作多台不同机床时所应遵循的作业顺序。

标准在制品存量是指在每一个生产单元内，在制品储备的最低数量，它应包括仍在机器上加工的半成品。

标准化作业可以归纳为下列要点：

(a) 每一个流程，可以看做是一个计划，这个计划将会是每一个工厂人员的目标。

(b) 同一个流程必须用同样的方式来进行。

(c) 问题能很容易地被发现。

(d) 是一种保持品质、有效率及安全性高的方式。

(e) 可以很快速地解决问题。

(f) 由每一个小组或小组长所提的计划,因为他们最了解自身工作内容。

④多技能作业员

多技能作业员（或称"多面手"）是指那些能够操作多种机床的生产作业工人。多技能作业员是与设备的单元式布置紧密联系的。

⑤看板管理

看板管理可以说是让系统营运的工具。

⑥全员参加的现场改善活动

丰田准时化生产方式正是具备了这样一种独特的动态自我完善的机制。

(a) 建立动态自我完善机制；

(b) 成立质量管理小组。是公司内部的非正式组织，其特点是自主性、自发性、灵活性和持续性。

(c) 合理化建议制度。合理化建议制度在丰田公司被称为"创造性思考制度"。

(d) 改善，再改善。

第二，看板管理

(1) 基本概念

是对生产过程中各工序生产活动进行控制的信息系统。

(2) 功能

①生产及运送的工作指令。

②防止过量生产和过量运送。

③进行"目视管理"的工具。

④改善的工具。

（3）种类

经常被使用的看板主要有两种：取料看板和生产看板。取料看板标明了后道工序应领取的物料的数量等信息，生产看板则显示着前道工序应生产的物品的数量等信息。

（4）使用规则

①不合格品不交后工序。

②后工序来取件。

③只生产后道工序领取的工件数量。

④均衡化生产。

⑤利用减少看板数量来提高管理水平。

（二）重要公式解析

1. 单一品种生产能力核算

（1）设备组生产能力的计算

$$M = F \cdot S \cdot P \text{ 或 } M = \frac{F \cdot S}{t}$$

式中：M——设备组的生产能力。

F——单位设备有效工作时间。

S——设备数量。

P——产量定额，也称"工作定额"，是在单位时间内（如小时、工作日或班次）规定的应生产产品的数量或应完成的工作量。

t——时间定额，即在一定的生产技术和组织条件下，工人或班组生产一定产品或完成一定的作业量所需要消耗的劳动时间。

（2）作业场地生产能力的计算 $M = \dfrac{F \cdot A}{a \cdot t}$

式中：M——生产面积的生产能力。

F——单位面积有效工作时间。

A——生产面积。

a——单位产品占用生产面积。

t——单位产品占用时间。

（3）流水线生产能力计算 $M = \dfrac{F}{r}$

式中：M——流水线的生产能力。

F——流水线有效工作时间。

r——流水线节拍。

2. 多品种生产能力核算

（1）以代表产品计算生产能力

步骤1：选定代表产品。

步骤2：以选定的代表产品来计算生产能力 $df = \dfrac{F \cdot S}{t_d}$。

式中：d_f——以代表产品来计算生产能力。

F——单位设备有效工作时间。

s——设备数量。

t_d——代表产品的时间定额。

步骤3：计算其他产品换算系数。

计算公式如下：$K_i = \dfrac{t_i}{t_d} (i=1,2,\cdots,n)$

式中：K_i——第 i 种产品换算系数。

t_i——第 i 种产品的时间定额。

t_d——代表产品的时间定额。

步骤4：计算其他产品的生产能力。

计算公式如下：

①将具体产品的计划产量换算为代表产品的产量 $Q_{di}=K_i \cdot Q_i$

式中：Q_{di}——第 i 种产品的计划产量换算为代表产品的产量。

K_i——第 i 种产品换算系数。

Q_i——第 i 种产品的计划产量。

②计算各具体产品产量占全部产品产量比重（以代表产品为计算依据）。

计算公式如下：$\omega_i = \dfrac{Q_{di}}{\sum\limits_{i=1}^{n} Q_{di}} (i=1,2,\cdots,n)$

式中：ω_i——第 i 种占全部产品产量比重。

Q_{di}——第 i 种产品的计划产量换算为代表产品的产量。

③计算各具体产品的生产能力 $M_i = \dfrac{\omega_i \cdot M_d}{K_i}$ $(i=1, 2, \cdots, n)$

（2）以假定产品计算生产能力

步骤1：确定假定产品的台时定额 t_j $t_j = \sum\limits_{i=1}^{n} \omega_i \cdot t_i$

式中：ω_i——第 i 种产品占产品总产量比重。

t_j——第种产品的台时定额。

步骤2：计算设备组假定产品的生产能力。计算公式如下：$M_j = \dfrac{F \cdot S}{t_j}$

式中：M_j——以假定产品来计算生产能力。

F——单位设备有效工作时间。

S——设备数量。

t_j——假定产品的台时定额。

步骤3：根据设备组假定产品的生产能力，计算出设备组各种具体产品的生产能力。计算公式如下：$M_i = M_j \cdot \omega_i$

式中：M_i——具体产品的生产能力。

$\qquad$ M_j——以假定产品来计算生产能力。

$\qquad$ ω_i——第 i 种产品占产品总产量比重。

（三）、典型例题解析

【单选题】

1. （　　）为研究企业当前生产运作问题和今后的发展战略提高依据。

$\quad$ A. 查定生产能力　　B. 计划生产能力　　C. 设计生产能力　　　D. 现实生产能力

【答案】 A

【解析】 查定生产能力为研究企业当前生产运作问题和今后的发展战略提高依据。

2. 某制衣企业生产流水线有效工作时间为每日 8 小时，流水线节拍为 10 分钟，该流水线每日的生产能力是（　　）件。

$\quad$ A. 50　　　　　　　B. 80　　　　　　　C. 48　　　　　　　D. 64

【答案】 C

【解析】 M=F/r=（8×60）/10=48 件。

3. 通过获取作业现场信息，实时地进行作业核算，并把结果与作业计划有关指标进行对比分析，及时提出控制措施。这种生产控制方式是（　　）。**【2009 年真题】**

$\quad$ A. 事前控制　　　　B. 事中控制　　　　C. 事后控制　　　　　D. 全员控制

【答案】 B

【解析】 事中控制是通过对作业现场获取信息，实时地进行作业核算，并把结果与作业计划有关指标进行对比分析。

4. 单一品种生产条件下，作业场地生产能力的计算公式是（　　）。

$\quad$ A. $M=(F\cdot A)/(a\cdot t)$ 　　B. $M=(a\cdot t)/(F\cdot A)$ 　　C. $M=(F\cdot a)/(A\cdot t)$ 　　D. $M=(t\cdot A)/(a\cdot F)$

【答案】 A

【解析】 作业场地生产能力的计算为 $M=\dfrac{F\cdot A}{a\cdot t}$

式中：M——生产面积的生产能力。

$\qquad$ F——单位面积有效工作时间。

$\qquad$ A——生产面积。

$\qquad$ a——单位产品占用生产面积。

$\qquad$ t——单位产品占用时间。

5. 单一品种生产条件下，设备组生产能力的计算公式是（　　）。

$\quad$ A. $M=F\cdot S\cdot P$ 　　　B. $M=F\cdot S$ 　　　　C. $M=F\cdot P$ 　　　　D. $M=F\cdot P/t$

【答案】 A

【解析】 设备组生产能力的计算为 $M=F\cdot S\cdot P$ 或 $M=\dfrac{F\cdot S}{t}$

式中：M——设备组的生产能力。

$\qquad$ F——单位设备有效工作时间。

$\qquad$ S——设备数量。

$\qquad$ P——产量定额，也称"工作定额"，是在单位时间内（如小时、工作日或班次）规定的应生产产品的数量或应完成的工作量。

t——时间定额,即在一定的生产技术和组织条件下,工人或班组生产一定产品或完成一定的作业量所需要消耗的劳动时间。

6. 企业的生产能力是按照（　　）来计算的。

A. 直接参加生产的固定资产　　　　　B. 直接参加生产的流动资产

C. 间接参加生产的固定资产　　　　　D. 间接参加生产的流动资产

【答案】A

【解析】企业的生产能力是按照直接参加生产的固定资产来计算的。

7. 丰田公司强大生命力的源泉,也是丰田准时化生产方式的坚固基石是（　　）。

A. 多技能作业员　　B. 现场改善　　C. 全面质量管理　　D. 准时化和自动化

【答案】B

【解析】公司全体人员参加的现场改善活动,是丰田公司强大生命力的源泉,也是丰田准时化生产方式的坚固基石。

8. 用于库存和生产控制的最普遍、最主要的报告是（　　）。

A. 主报告　　　　B. 一次报告　　　　C. 辅助报告　　　　D. 二次报告

【答案】A

【解析】用于库存和生产控制的最普遍、最主要的报告是主报告。

9. 在物料需求计划（MRP）的输入信息中,反映产品组成结构层次及每一层次下组成部分需求量的信息是（　　）。

A. 在制品净生产计划　　　　　B. 库存处理信息

C. 物料清单　　　　　　　　　D. 主生产计划

【答案】C

【解析】物料清单又称产品结构文件,它反映产品组成结构层次及每一层次下组成部分本身的需求量。

10. 根据库存控制的 ABC 分析法,A 类物资是库存物资品种累计占全部品种 5%~10%,而资金累计占全部资金总额（　　）左右的物资。

A. 50%　　　　　B. 60%　　　　　C. 70%　　　　　D. 80%

【答案】C

【解析】根据库存控制的 ABC 分析法,A 类物资是库存物资品种累计占全部品种 5%~10%,而资金累计占全部资金总额 70%左右的物资。

【多选题】

1. 与生产计划比较,生产作业计划具有的特点有（　　）。

A. 制订计划的人数少　　　　　B. 计划期短

C. 计划内容具体　　D. 计划单位小　　E. 计划更科学

【答案】BCD

【解析】生产作业计划的特点包括:计划期短、计划单位小、计划内容具体。

2. 编制生产计划的步骤有（　　）。

A. 调查研究　　B. 收集资料　　C. 统筹安排,初步提出生产计划指标

D. 综合平衡,编制计划草案　　E. 生产计划大纲定稿与报批

【答案】ACDE

【解析】编制生产计划的步骤:调查研究→统筹安排,初步提出生产计划指标→综合平

衡，编制计划草案→生产计划大纲定稿与报批。

3. 为了有效地和全面地指导企业计划期的生产活动，生产计划应建立包括（　　）为主要内容的生产指标体系。

A. 产品品牌　　　　B. 产品品种　　　　C. 产品质量　　　　D. 产品产量

E. 产品产值

【答案】BCDE

【解析】为了有效地和全面地指导企业计划期的生产活动，生产计划应建立包括产品品种、产品质量、产品产量及产品产值四类指标为主要内容的生产指标体系。

4. 在企业确定生产规模，编制长远规划和确定扩建、改建方案，采取重大技术措施时，以（　　）为依据。

A. 设备生产能力　　B. 查定生产能力　　C. 修订生产能力　　D. 设计生产能力

E. 计划生产能力

【答案】BD

【解析】在企业确定生产规模，编制长远规划和确定扩建、改建方案，采取重大技术措施时，以设计生产能力或查定生产能力为依据。

5. 看板的使用规则有（　　）。

A. 只生产后道工序领取的工件数量　　　B. 利用减少看板数量来提高管理水平

C. 不合格品不交后工序　　　　　　　　D. 后工序来取件

E. 连续化生产

【答案】ABCD

【解析】看板的使用规则之一是均衡化生产，所以选项 E 不选。

6. 企业资源计划（ERP）试验运行及实用化阶段主要工作是（　　）。

A. 了解和基本掌握 ERP 的原理、思想、思路，为进一步具体决策打下基础

B. 将基础数据录入，进行软件原型测试　　C. 模拟运行及逐步过渡到实用化

D. 完善 ERP 工作准则、工作规程　　　　E. 进行验收、分步切换运行

【答案】CDE

【解析】企业资源计划（ERP）试验运行及实用化阶段的主要工作有：①模拟运行及逐步过渡到实用化；②完善 ERP 工作准则、工作规程；③进行验收、分步切换运行，这是 ERP 转入实用化的关键阶段。选项 A 属于前期工作阶段的工作，选项 B 属于实施准备阶段的工作。

7. 物料需求计划主要输入的信息有（　　）。

A. 产品出产计划　　B. 物料清单　　　　C. 产品结构文件　　D. 库存状态文件

E. 辅助报告

【答案】ABCD

【解析】本题考查物料需求计划的主要输入信息。选项 E 属于物料需求计划的输出信息。

8. 对生产调度工作的基本要求是（　　）。

A. 及时　　　　　　B. 快速　　　　　　C. 准确　　　　　　D. 简单

E. 有效

【答案】BC

【解析】对生产调度工作的基本要求是快速和准确。

9. 库存管理成本包括（　　）。

　　A. 仓储成本　　　　B. 安全成本　　　　C. 周转成本　　　　D. 机会成本

　　E. 订货成本

【答案】ADE

【解析】库存管理成本包括仓储成本、订货成本、机会成本。

10. 生产控制包括三个阶段，即（　　）。

　　A. 调查取证　　　B. 定量设计　　　C. 实施执行　　　D. 控制决策

　　E. 测量比较

【答案】CDE

【解析】本题考查生产控制的基本程序。生产控制包括三个阶段，即测量比较、控制决策、实施执行。

（四）经典案例分析

1. 工业企业根据订单预测明年需生产 3600 台机床，据统计资料显示每台机床年平均保管费用为 400 元，批量一次调整费用为 50 元，按有效工作量计算企业日平均产量 3 台机床。

（1）根据上述资料计算该工业机床生产的经济批量是（　　）台。

　　A. 40　　　　　　B. 30　　　　　　C. 45　　　　　　D. 60

【答案】B

【解析】$Q=(2\times N\times A/C)^{1/2}=(2\times 3600\times 50\div 400)^{1/2}=30$。

（2）该工业企业机床批量生产的间隔期为（　　）天。

　　A. 13　　　　　　B. 10　　　　　　C. 15　　　　　　D. 20

【答案】B

【解析】生产间隔期＝批量/平均日产量＝30/3＝10。

（3）如果该企业将批量改为 50 台机床，则全年库存保管费用将会变为（　　）元。

　　A. 8000　　　　　B. 6000　　　　　C. 10000　　　　　D. 11000

【答案】C

【解析】全年库存保管费用＝（50/2）×400＝10000。

（4）根据经济批量计算公式你可判断出影响经济批量大小的因素是（　　）。

　　A. 年产量　　　B. 生产间隔期　　　C. 年度平均保管费用　　D. 批量一次调整费用

【答案】ACD

【解析】公式中得变量都会影响经济批量的大小，由 $Q=(2\times N\times A/C)^{1/2}$（$N$ 为年产量，A 为批量一次调整费用，C 年度平均保管费用。）得答案为 ACD。

2. 某零件投产批量为 4 件，经过 5 道工序加工，单件作业时间依次为 20 分钟、10 分钟、20 分钟、20 分钟、15 分钟。

（1）将 4 件全部生产出来所需要的时间最短应采用的移动方式是（　　）。

　　A. 顺序移动方式　　B. 平行移动方式　　C. 平行顺序移动方式　　D. 交叉移动方式

【答案】B

【解析】平行移动方式的突出优点是充分利用平行作业的可能，使生产周期达到最短。

（2）该移动方式应采用的公式是（　　）。

A. $T=n\sum_{i=1}^{m} t_i$ 　　　　　　B. $T=\sum_{i=1}^{m} t_i+(n-1)(\sum t_{较大}-\sum t_{较小})$

C. $T=\sum_{i=1}^{m} t_i+(n-1)t_{最长}$ 　　　　D. $T=\sum_{i=1}^{m} t_i+nt_{最长}$

【答案】C

【解析】平行移动方式的公式为 $T_平=\sum_{i=1}^{m} t_i+(n-1)\cdot t_{最长}$。

(3) 最短时间为（　　）。

A. 120 分钟　　　　B. 135 分钟　　　　C. 145 分钟　　　　D. 175 分钟

【答案】C

【解析】最短的移动方式为平行移动方式，则：$T_平=\sum_{i=1}^{m} t_i+(n-1)\cdot t_{最长}=(20+10+20+20+15)$ + （4-1）×20=145 分钟。

(4) 这种移动方式的缺点在于（　　）。

A. 对设备运转不利　B. 运输次数多　　　C. 生产周期长　　　D. 组织生产比较麻烦

【答案】ABD

【解析】平行移动方式的突出优点是充分利用平行作业的可能，使生产周期达到最短。缺点是一些工序在加工时，出现时干时停的现象，对设备运转不利，同时运输次数多，组织生产比较麻烦。

3. 某企业一号车间单一生产某产品，单位面积有效工作时间为每日 8 小时，车间生产面积 2000 平方米，每件产品占用生产面积 3 平方米，每生产一件产品占用时间为 1.5 小时，二号车间有设备组有机器 10 台，每台机器一个工作日的有效工作时间是 12 小时，每台机器每小时生产 50 件产品。

(1) 则该企业一号车间的生产能力是（　　）件。

A. 3556　　　　　　B. 5333　　　　　　C. 8000　　　　　　D. 32000

【答案】A

【解析】M=（F·A）/（a·t）=（8×2000）/（3×1.5）=3556 件。

(2) 该企业二号车间只生产一种产品，该设备组一个工作日的生产能力是（　　）。

A. 500　　　　　　　B. 1200　　　　　　C. 6000　　　　　　D. 7000

【答案】C

【解析】M=F·S·P=12×10×50=6000 件。

(3) 单一品种生产能力核算包括（　　）

A. 设备组生产能力的计算　　　　　B. 作业场地生产能力的计算

C. 流水线生产能力计算　　　　　　D. 以代表产品计算生产能力

【答案】ABC

【解析】单一品种生产能力核算包括：(1)设备组生产能力的计算；(2)作业场地生产能力的计算；(3)流水线生产能力计算。

四、本章测试题

（一）单选题

1. 某工厂车间生产单一的某一产品，车间共有车床 50 台，三班制，每班工作 8 个小时，全年制度工作日 300 天，设备计划修理时间占有效工作时间的 20%，单件产品时间定额为 1.5 个小时，那么设备组的年生产能力是（   ）。

  A. 192000   B. 174000   C. 168000   D. 131000

2. 直接决定了近期所做生产计划的生产能力类型是（   ）。

  A. 设计生产能力 B. 查定生产能力 C. 计划生产能力 D. 解决生产能力

3. 生产调度工作的基本原则是（   ）。

  A. 生产调度工作必须高度集中

  B. 生产调度工作必须以生产进度计划为依据

  C. 生产调度工作要以预防为主

  D. 生产调度工作要从实际出发，贯彻群众路线

4. 物料需求计划的提出者是（   ）。

  A. 约瑟夫·奥列基 B. 奥利弗·怀特 C. 马尔·约翰   D. 奥利弗·威廉

5. 丰田生产方式的核心是（   ）。

  A. 准时化管理 B. 看板管理   C. 自动化   D. 多技能作业员

6. 某工厂某车间生产某一种产品，车间生产面积为 500 平方米，单位面积有效工作时间为每日 12 小时，每生产一件产品占用时间为 1 小时，每件产品占用生产面积为 5 平方米，该车间的生产能力为（   ）。

  A. 1200   B. 2400   C. 4800   D. 6000

7. 编制生产作业计划的重要依据是（   ）。

  A. 生产期限   B. 期量标准   C. 生产计划   D. 生产控制

8. ERP 的核心模块是（   ）。

  A. 物流管理模块   B. 人力资源管理模块

  C. 财务管理模块   D. 生产控制功能模块

9. （   ）是企业年度经营计划的核心。

  A. 中长期生产计划 B. 执行性计划 C. 生产作业计划 D. 年度生产计划

10. 衡量企业经济状况和技术发展水平的指标是（   ）。

  A. 质量指标   B. 数量指标   C. 品种指标   D. 产值指标

11. ABC 分析法用于库存管理，是库存物资按（   ）进行分类。

  A. 物资品种和数量   B. 物质品种和质量

  C. 品种和资金占用额   D. 物资数量和资金占用额

12. （   ）适宜于多品种、中小批量生产的自动化技术，应用于企业有明显效果。

  A. 柔性制造系统   B. 精益生产

  C. 计算机集成制造系统   D. 清洁生产

13. 根据 ABC 分析法，B 类物质是指（   ）。

  A. 库存物资品种累计占全部品种和资金累计占全部资金总额均为 20%

  B. 库存物资品种累计占全部品种和资金累计占全部资金总额均为 30%

C. 库存物资品种累计占全部品种和资金累计占全部资金总额均为 15%

D. 库存物资品种累计占全部品种 5%~10%，而资金累计占全部资金总额的 70%

14. （   ）是 ERP 的核心，（   ）是 ERP 的重要组成部分。

    A. JIT；MRPII   B. MRP；MRPII   C. MRPII；MRP   D. JIT；MRP

15. 对生产计划的监督、检查和控制，发现偏差及时调整的过程可称为（   ）。

    A. 生产调度   B. 生产控制   C. 生产计划   D. 生产控制

16. 台灯作为一个实体可由市场决定其生产量，这种需求量是（   ）。

    A. 相关需求   B. 无关需求   C. 非线性需求   D. 独立需求

17. 下列不属于影响企业生产能力大小的因素是（   ）。

    A. 固定资产数量   B. 产品市场占有率

    C. 固定资产的工作时间   D. 固定资产的生产效率

18. 库存控制落实到库存管理上就是降低（   ）。

    A. 仓储成本   B. 库存成本   C. 订货成本   D. 机会成本

19. 一定数量的在制品储备是保证生产企业（   ）的必要条件。

    A. 增加资金周转   B. 降低生产场地占用

    C. 减小运输保管费用   D. 有节奏的连续均衡生产

20. 生产进度控制的第一环节是（   ）。

    A. 采购进度   B. 投入进度   C. 工序进度   D. 出产进度

（二）多选题

1. 产品生产进度的安排取决于（   ）。

    A. 产品的生产技术特点   B. 企业的生产总水平

    C. 企业的生产类型   D. 企业的生产规模

    E. 企业的经济状况

2. 企业生产的产值指标主要有（   ）。

    A. 工业总产值   B. 销售额   C. 固定资产折旧

    D. 工业商品产值   E. 工业增加值

3. 优化的生产计划必须具备的特征有（   ）。

    A. 有利于充分利用生产能力，扩大市场占有率

    B. 有利于充分利用盈利机会，实现生产成本最低化

    C. 有利于充分利用销售机会，满足市场需求

    D. 有利于充分利用销售机会，树立企业威信

    E. 有利于充分利用生产资源，最大限度地减少生产资源的闲置和浪费

4. 生产能力按其技术组织条件的不同可分为（   ）。

    A. 设备生产能力   B. 查定生产能力   C. 修订生产能力   D. 设计生产能力

    E. 计划生产能力

5. 丰田公司实现自动化的技术手段有（   ）。

    A. 异常情况的自动化检测   B. 异常情况的自动化修复

    C. 异常情况下的自动化停机   D. 异常情况的自动化操作

    E. 异常情况下的自动化报警

6. 目前较多的生产企业中使用的 ERP 主要包括（   ）。

A. 生产控制功能模块   B. 物流管理模块

C. 财务管理模块   D. 人力资源管理模块

E. 分销管理模块

7. 降低库存的措施包括（　　）。

   A. 降低周转库存   B. 降低在途库存   C. 降低调节库存   D. 降低安全库存

   E. 降低生产库存

8. 广义上生产作业控制通常包括（　　）。

   A. 在制品控制   B. 库存控制   C. 生产计划控制   D. 生产进度控制

   E. 生产调度

9. 根据生产管理的自身特点，常把生产控制方式划分为（　　）。

   A. 事后控制方式   B. 事前控制方式   C. 事中控制方式   D. 直接控制方式

   E. 间接控制方式

10. 在实际情况中，生产控制的基本程序包括（　　）。

   A. 收集资料   B. 确定控制的标准   C. 测量比较   D. 控制决策

   E. 实施执行

【本章测试题答案及解析】

单选题

1.【答案】A

【解析】该设备组的年生产能力为：$M=\dfrac{F \cdot S}{t}=\dfrac{50 \times 3 \times 8 \times 300 \times (1-0.8)}{1.5}=192000$。

式中，M——设备组的生产能力；

      F——单位设备有效工作时间；

      S——设备数量；

      t——时间定额，即在一定的生产技术和组织条件下，工人或班组生产一定产品或完成一定的作业量所需要消耗的劳动时间。

2.【答案】C

【解析】直接决定了近期所做生产计划的生产能力类型是计划生产能力。

3.【答案】B

【解析】生产调度工作必须以生产进度计划为依据是生产调度工作的基本原则。

4.【答案】A

【解析】物料需求计划是由约瑟夫·奥列基提出的。

5.【答案】A

【解析】准时化管理是丰田生产方式的核心。

6.【答案】A

【解析】该车间生产能力为 $M=\dfrac{F \cdot A}{a \cdot t}=\dfrac{12 \times 500}{5 \times 1}1200$。

式中：M——生产面积的生产能力。

     F——单位面积有效工作时间。

A——生产面积。

a——单位产品占用生产面积。

t——单位产品占用时间。

7.【答案】B

【解析】期量标准是编制生产作业计划的重要依据。

8.【答案】D

【解析】ERP 的核心模块是生产控制功能模块。

9.【答案】D

【解析】企业年度经营计划的核心是年度生产计划。

10.【答案】A

【解析】质量指标是衡量企业经济状况和技术发展水平的指标。

11.【答案】C

【解析】ABC 分析法用于库存管理，是库存物资按品种和资金占用额进行分类的。

12.【答案】A

【解析】柔性制造系统适宜于多品种、中小批量生产的自动化技术，应用于企业有明显效果。

13.【答案】A

【解析】根据 ABC 分析法，B 类物质是指库存物资品种累计占全部品种和资金累计占全部资金总额均为 20%。

14.【答案】B

【解析】MRP（物料需求计划）是 ERP（企业资源计划）的核心，MRPII（制造资源计划）是 ERP 的重要组成部分。

15.【答案】A

【解析】生产调度就是组织执行生产进度计划的工作，对生产计划的监督、检查和控制，发现偏差及时调整的过程。

16.【答案】D

【解析】独立需求是来自用户对企业产品和服务的需求称为独立需求。

17.【答案】B

【解析】影响企业生产能力大小的因素有固定资产数量、固定资产的工作时间和固定资产的生产效率。

18.【答案】B

【解析】库存控制落实到库存管理上就是降低库存成本。

19.【答案】D

【解析】一定数量的在制品储备，是保证生产连续进行的必要条件。

20.【答案】B

【解析】投入进度是进度控制第一环节。

多选题

1.【答案】AC

【解析】产品生产进度的安排取决于企业的生产类型和产品的生产技术特点。

2.【答案】ADE

【解析】根据具体内容与作用不同，产品产值指标有工业总产值、工业商品产值、工业增加值。

3.【答案】BCE

【解析】优化的生产计划必须具备 3 个特征，即选项 BCE。

4.【答案】BDE

【解析】生产能力按其技术组织条件的不同可分为设计生产能力、查定生产能力、计划生产能力 3 种。

5.【答案】ACE

【解析】本题考查丰田公司实现自动化的技术手段，即选项 ACE。

6.【答案】ABCD

【解析】在目前较多的生产企业中使用的 ERP 主要包括生产控制功能模块、物流管理模块、财务管理模块和人力资源管理模块 4 个部分。

7.【答案】ABCD

【解析】降低库存的措施主要有降低周转库存、降低在途库存、降低调节库存、降低安全库存。

8.【答案】ABDE

【解析】广义上生产作业控制通常包括生产进度控制、在制品控制、库存控制、生产调度等。

9.【答案】ABC

【解析】根据生产管理的自身特点，常把生产控制方式划分为事后控制方式、事中控制方式、事前控制方式。

10.【答案】BCDE

【解析】在实际情况中，生产控制的基本程序包括确定控制的标准、测量比较、控制决策、实施执行。

第五章　物流管理

一、近三年考点考频分析

年　份	单选题	多选题	考点分布
2008 年	0 道题 0 分	0 道题 0 分	——
2009 年	7 道题 7 分	2 道题 4 分	物流活动的功能要素、现代物流的发展与趋势、准时制采购、销售物流、回收物流与废弃物流的概念及企业物流
2010 年	10 道题 10 分	2 道题 4 分	物流管理的概念、物流活动的功能要素、准时制采购、准时制生产、企业物流、分销需求计划、废弃物流的物流方式、回收物流等

二、本章基本内容结构

物流管理

1. 物流管理概述
 - 物流及物流管理的概念
 - 物流活动的功能要素
 - 企业物流
 - 现代物流的发展与趋势

2. 供应物流管理
 - 供应物流概述
 - 采购决策
 - 供应存货的存货控制
 - 准时制采购

3. 生产物流管理
 - 生产物流概述
 - 准时制生产（JIT）

4. 销售物流管理
 - 销售物流概述
 - 分销需求计划（DRP）

5. 回收物流与废弃物流管理
 - 物流循环过程
 - 回收物流与废弃物流的概念
 - 回收物流与废弃物流的特点
 - 回收物流与废弃物流的物流方式

三、本章重要考点及例题

（一）重要概念及归纳

1. 物流及物流管理

第一，物流的概念

国内外对物流的界定很多，本书以中华人民共和国国家标准《物流术语》中物流概念为准。中华人民共和国国家标准《物流术语》于 2001 年 8 月 1 日开始实施。《物流术语》对物流定义如下：物品从供应地向接收地的实体流动过程。根据实际需要，将运输、储存、装卸、搬运、包装、流通加工、配送、信息处理等基本功能实施有机结合。

第二，物流管理的概念

物流管理是指为了以最低的物流成本达到用户所满意的服务水平，对物流活动进行的计划、组织、协调和控制。物流管理的根本目标是以最低的成本向用户提供满意的服务，达到最佳的经济效益。根据企业物流活动的特点，企业物流管理可以从物流战略管理、物流系统设计与运营管理、物流作业管理 3 个层面上展开。

2. 物流活动的功能要素

物流活动的功能要素主要有：运输、存储、装卸搬运、包装、流通加工、配送和物流信息。

第一，运输

运输是物流各环节中最重要的部分，是物流的关键。运输方式有公路运输、铁路运输、船舶运输、航空运输、管道运输等。

第二，存储

存储具有保管、调节、配送、节约方面的功能。存储的主要场所是仓库，存储的方式与仓库的类型密切联系在一起。

第三，装卸搬运

装卸搬运包含两种活动，在同一地域范围内以改变"物"的存放、支承状态的活动称为装卸，以改变"物"的空间位置的活动称为搬运。

第四，包装

包装是保证整个物流系统流程顺畅的重要环节之一。包装可大体划分为两类：一类是工业包装，或叫运输包装、大包装；另一类是商业包装，或叫销售包装、小包装。工业包装的对象有煤炭、矿石、棉花、粮食等。工业包装的原则是便于运输、便于装卸、便于保管，能保质、保量、促销。

第五，流通加工

流通加工就是产品从生产到消费中间的一种加工活动，或者说是一种初加工活动。

第六，配送

配送具有实现物流活动合理化、实现资源的有效配置、开发应用新技术、降低物流成本和有效解决交通问题等方面的作用。配送的本质是送货。集货、分拣、配货、配装、配送运输、送达服务及配送加工等是配送最基本的构成单元。

第七，物流信息

物流信息是连接运输、存储、装卸、包装各环节的纽带。物流信息功能是物流活动顺畅进行的保障，是物流活动取得高效益的前提，是企业管理和经营决策的依据。

3. 企业物流和现代物流

第一，企业物流

内涵：企业物流从企业角度上研究与之有关的物流活动，是以企业经营为核心的物流活动，是具体的、微观的物流活动的典型领域。

分类：按主体物流活动区别，企业物流可以区分为供应物流、销售物流、生产物流、回收物流、废弃物物流 5 种具体的物流活动。

第二，现代物流的发展趋势

美国：

1950～1978 年，物流理论体系的形成与实践推广阶段；

1978～1985 年，物流理论的成熟与物流管理现代化阶段；

1985 年至今，是物流理论、实践的纵深化发展阶段。

日本：

1956～1964 年，物流概念的导入和形成时期；

1965～1973 年，物流近代化；

1974～1983 年，物流合理化时期；

20 世纪 80 年代中期以后，物流合理化的观念面临着进一步变革的要求。

中国：

物流初期发展阶段（1949～1965 年）；

物流停滞阶段（1966～1977 年）；

物流较快发展阶段（1978～1990 年）；

现代物流起步阶段（1991 年）。

现代物流发展的趋势：

（1）第三方物流

第三方物流是由供方与需方以外的物流企业提供物流服务的业务模式。"广义地讲，第三方物流是与自营物流相对而言的，即第三方物流是专业物流企业面向全社会提供物流服务，按照客户要求进行货物的运输、包装、保管、装卸、配送、流通加工等项目的有偿服务。按提供服务的种类划分，第三方物流企业有资产型、管理型和整合型 3 种基本类型。按物流业务划分，有综合性物流公司和各种专业性物流公司。

（2）全球物流

全球物流活动的构成除了包含与国内物流一样的运输、保管、包装、装卸、流通加工和信息等克服时间和空间阻碍的活动之外，还有全球物流所特有的报关（包含检查、检疫等活动）和相关文书单据制成等克服国界阻碍的活动。

成功企业全球物流系统的经验是"全球思考，当地行动"或者说是"全球协调，当地管理"。"全球协调"的内容包括：生产和运送等全球物流网络的优化，建立和管理全球信息系统，库存选址，外部委托和外部采购决策，国际运送方式和运输手段的决策，综合分析和成本控制。"当地管理"的内容包括：订货业务和顾客服务管理，库存管理和控制，仓库管理和当地配送，顾客效益分析和营销成本控制，与当地营销商的联系沟通和营销管理，人力资源管理。

（3）绿色物流

对企业界而言，向绿色物流的推进主要表现在：①通过车辆的有效利用减少车辆运行，提高配送效率和积载率；②通过制订发货计划，实现其均衡化和配送路线的最优化，提高往返载货率，减少退货运输和错误配送，争取实现运输配送的效率化和现代化；③通过同产业共同配送、异产业共同配送、地域内共同配送或由第三方物流企业统一集发货，实现运输配送的合理化与最优化；④通过联合运输、装载工具的标准化、包装尺寸的标准化等来实现物流标准化；⑤通过缩短商品检验时间、确保停车场地及配送工具等来缩短配送时间；⑥通过第三方物流来实现运输集约化和库存集约化；⑦通过转向海上运输、铁路运输、集装箱运输，向符合规制的车辆转换等方式来削减总行车量，减少车辆的排污量。

4. 采购决策

采购是供应物流与社会物流的衔接点。

第一，采购决策的内容

采购决策的内容主要包括：市场资源调查、市场信息的采集和反馈、供货方选择和决定进货批量、进货时间间隔。

企业在选择供货方式时，应考虑原材料供应的数量、质量、价格（含运费）、供货时间保证、供货方式和运输方式等，根据本企业的生产需求进行比较，最后选定供货方。同时，要建立供货商档案，其内容应包括：企业概况、地点、规模、营业范围等、供应产品种类、运输条件及成本、包装材料及成本、保管费和管理费、包装材料的回收率、交易执行状况等。

第二，经济订购批量

经济订购批量，实际上就是两次进货间隔的合理库存量，即经常库存定额。根据经常库存定额和安全库存量，就可确定最高库存量和最低库存量这两个数量的界限。

EOQ 模型是由确定性存储模型推出的，进货时间间隔和进货数量是两个最主要的变量。库存物资的成本包含了物资价格、采购费用和保管费用，其中采购成本和保管成本可能会高于物资的价格。

5. 准时性采购

第一，概念

准时制采购是企业内部准时制系统的延伸，是实施准时制生产经营的必然要求和前提条件，是一种理想的物资采购方式。它的极限目标是原材料和外购件的库存为零、缺陷为零。

第二，意义

(1) 可以大幅度减少原材料与外购件的库存。

(2) 可以保证所采购的原材料与外购件的质量。

(3) 降低了原材料与外购件的采购价格。

第三，策略

准时制采购的策略主要包括：减少供货商的数量、小批量采购、保证采购的质量、合理选择供货方、可靠的送货和特定的包装要求。

6. 生产物流管理

第一，概念

生产物流是指原材料、燃料、外购件投入生产之后，经过下料、发料，运送到各加工点和存储点，以在制品的形态，从一个生产单位流入另一个生产单位，按照规定的工艺过程进行加工、存储，并借助一定的运输装置，在某个点内流转，又从某个点内流出，始终体现着物料实物形态的流转过程。

第二，主要影响因素

影响生产物流的主要因素有：生产的类型、生产规模、企业的专业化与协作水平。

第三，准时制生产（JIT）

概念：

将必要的零件以必要的数量在必要的时间送到生产线，并且将所需要的零件，只以所需的数量，只在正好需要的时间送到生产线，称为准时制生产。

目标：

准时制生产方式将获取最大利润作为企业经营的最终目标，将降低成本作为基本目标。

这些配套目标具体包括：降低库存、减少换产时间与生产提前期、消除浪费。

准时制生产定义了 7 种类型的浪费：（1）过量生产的浪费；（2）搬运的浪费；（3）库存的浪费；（4）等待的浪费；（5）过程的浪费；（6）动作的浪费；（7）产品缺陷的浪费。

第四，准时制生产的管理内容

准时制生产方式管理的主要内容就是要发现生产现场的不良环节，对发现的问题进行改善。准时制生产方式的管理内容主要有：生产实绩管理；改善计划；标准作业；异常显示看板；生产进度看板，生产进度分成正常、过快、过慢三类；在库量控制；设备利用率；工时管理。

第五，准时制生产的基本方法

为了达到降低成本这一基本目标，准时制生产方式的基本方法可概括为三方面：

（1）适时适量生产。实现适时适量生产的要求，必须在生产同步化、生产均衡化的前提下才能发挥作用。

（2）弹性配置作业人数。达到这一目的的方法是"少人化"。所谓"少人化"，是指根据生产量的变动，弹性地增减各生产线的作业人数，以及尽量用较少的人力完成较多的生产。这里的关键在于能否将生产减少了的生产线上的作业人员数减下来。实现这种"少人化"的具体方法是实施独特的设备布置，以便能够将需求减少时各作业点减少的工作集中起来，以整数削减人员。

（3）质量保证。实现提高质量与降低成本的一致性，具体方法是"自动化"。第一，使设备或生产线能够自动检测不良产品，一旦发现异常或不良产品，可以自动停止设备的运行机制，为此在设备上开发、安装了各种自动停止装置和加工状态检测装置；第二，生产第一线的设备操作工人一旦发现产品或设备的问题，有权自行停止生产的管理机制。

7. 销售物流管理

销售物流是企业物流与社会物流的衔接点，与企业销售系统相配合，完成产品的流通。生产的最终产品将通过销售环节进入市场，这个环节需要合理组织形成销售物流。

第一，概述

企业销售物流通过包装、成品存储、销售渠道、产品发送及相关信息的处理等一系列环节实现销售活动。

（1）包装

包装可视为生产物流系统的终点，也是销售物流系统的起点。包装具有防护功能、仓储功能、运输功能、销售功能和使用功能，是物流系统中不可缺少的一个环节。

（2）成品存储

成品存储包括仓储作业、物品养护和库存控制。

（3）销售渠道

构成：

①生产者—消费者，销售渠道最短。

②生产者—批发商—零售商—消费者，销售渠道最长。

③生产者—零售商或批发商—消费者，销售渠道介于以上两者之间。

影响因素：

影响销售渠道选择的因素有政策性因素、产品因素、市场因素和生产企业本身因素。

作用：

正确运用销售渠道，可使企业迅速及时地将产品传送到用户手中，达到扩大商品销售、加速资金周转、降低流通费用的目的。

（4）产成品的发送

方式：

一是销售者直接取货；二是生产者直接发货给消费者；三是配送。

（5）信息处理

第二，分销需求计划（DRP）

概念：

分销需求计划（DistributionRequirementPlanning，DRP）是流通领域中的一种物流技术，是 MRP 在流通领域应用的直接结果。它主要解决分销物资的供应计划和调度问题，达到既保证有效地满足市场需要又使得配置费用最省的目的。

原理：

MRP 在两类企业中可以得到应用。一类是流通企业，如储运公司、配送中心、物流中心、流通中心等。另一类是一部分较大型的生产企业，它们有自己的销售网络和储运设施。这两类企业的共同之处是：（1）以满足社会需求为自己的宗旨；（2）依靠一定的物流能力（储、运、包装、装卸搬运能力等）来满足社会的需求；（3）从制造企业或物资资源市场组织物资资源。

DRP 的原理如图 5-1 所示，输入三个文件，输出两个计划。

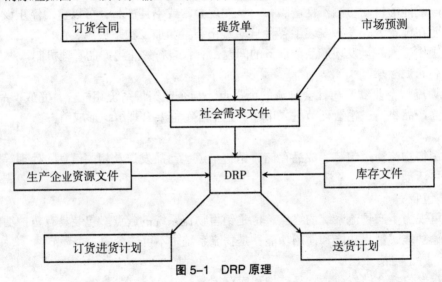

图 5-1　DRP 原理

输出的两个计划是：（1）送货计划。为了保证按时送达，对用户的送货计划要考虑作业时间和路程远近，提前一定时间开始作业。对于大批量需求可实行直送，而对于数量众多的小批量需求可以进行配送。（2）订货进货计划。它是指从生产企业订货进货的计划。对于需求物资，如果仓库内无货或者库存不足，则需要向生产企业订货。当然，也要考虑一定的订货提前。

意义：

（1）顾客服务水平提高。

（2）物流系统库存量减少。

（3）物流成本减少。

（4）库存积压物资减少。

DRPII：

左 DRP 的基础上，增加物流能力计划，就形成了一个集成、闭环的物资资源配置系统，称为 DRPII，DRPI 的原理如图 5-2 所示。

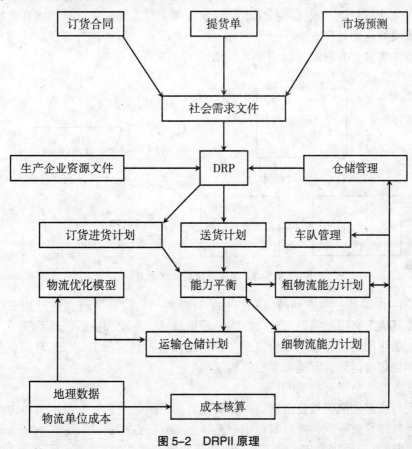

图 5-2　DRPII 原理

DRPII 具有以下主要特点：　（1）在功能方面，DRPII 除了具有物资的进货、销售、存储的管理职能外，还具有对车辆、仓库利用及成本、利润核算等功能。此外，还有物流优化、管理决策等功能。　（2）在具体内容上，DRPII 增加了车辆管理、仓储管理、物流能力计划、物流优化辅助决策系统和成本核算系统。　（3）具有闭环性。DRPII 是一个自我适应、自我发展的闭环系统。信息系统也是一个闭环反馈系统，订货信息和送货信息都反馈到仓库和车队。

8. 回收物流与废弃物流管理

第一，物流循环过程

排泄物的产生来自生产过程、流通过程、消费三方面。

生产过程发生的排泄物主要包括：工艺性排放物，生产过程中的废品、废料，装备、设施和劳动工具的报废。

流通部门最典型的废弃物是被捆包的物体解捆以后所产生的废弃捆包材料，如木箱、编织袋、纸箱、纸带、捆带、捆绳等。有的可以直接回收使用，有的要进入物资大循环再生利用。

消费后产生的排泄物一般称为垃圾，有家庭垃圾、办公室垃圾等混合组成的城市垃圾，包含食物残渣、蔬菜、肉骨、破旧衣物、已失去使用价值的家用电器、玻璃或塑料容器、办公废纸等。

第二，回收物流与废弃物流的概念

对排放物处理有两方面含义：一是将其中有再利用价值的部分加以分拣、加工、分解，使其成为有用的物资重新进入生产和消费领域；二是对已丧失再利用价值的排放物，从环境保护的目的出发将其焚烧，或送到指定地点堆放掩埋，对含有放射性物质或有毒物质的工业废物，还要采取特殊的处理方法。对于前者一般称为回收，后者称为废弃，这两类物质的流向形成了回收物流和废弃物流，如图5-3所示。

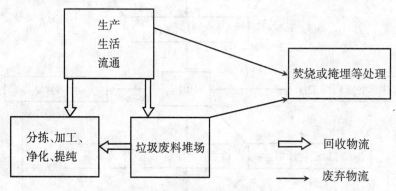

图 5-3　回收物流与废弃物流

回收物流的作用是：考虑到被废弃的对象有再利用的价值，将其进行加工、拣选、分解、净化，使其成为有用的物资或转化为能量而重新投入生产和生活循环系统。

废弃物流的作用是：对象物的价值或对象物已没有再利用价值，仅从环境保护出发，将其焚化、化学处理或运到特定地点堆放、掩埋。

第三，回收物流与废弃物流的特点

回收物流与废弃物流仍然是由运输、存储、装卸搬运、包装、流通加工和物流信息等环节组成。但因系统性质不同，所以特点也有差异。主要特点有：

（1）小型化、专用化的装运设备。回收物流与废弃物流的第一阶段任务是收集。

（2）简易的储存、包装要求。

（3）多样化的流通加工。

（4）低成本的要求。

第四，回收物流与废弃物流的物流方式

（1）回收物流的物流方式

回收物流的物流方式主要有：以废玻璃瓶为代表的回送复用物流系统、以废纸为代表的收集集货物流系统、以粉煤灰为代表的联产供应物流系统和以废玻璃为代表的原厂复用物流系统。

（2）废弃物流的物流方式

废弃物流的物流方式主要有：垃圾掩埋、垃圾焚烧、垃圾堆放、净化处理加工。

（二）重要公式解析

经济订购批量计算公式

经济订购批量法的计算公式是：$C_1=C_1\dfrac{U}{Q}+C_2\dfrac{Q}{2}+C_3U$

其中：C_1——每单位货物储量的保管费用。

$\qquad C_2$——每次采购费用。

$\qquad C_3$——某种货物的单价。

$\qquad U$——该种货物的年需要量。

$\qquad Q$——该种货物的每次采购量。

$\qquad C_1$——该种货物购储成本。

将上式求导数，求得 Q 的最小值为：$Q=\sqrt{\dfrac{2C_2U}{C_1}}$

（三）典型例题解析

【单选题】

1. 下列物流活动功能要素中，具有保管、调节、配送、节约等功能的要素是（　　）。**【2009年真题】**

　　A. 运输 　　　　　B. 存储 　　　　　C. 包装 　　　　　D. 流通加工

【答案】B

【解析】储存具有保管、调节、配送、节约等功能。

2. 将必要的零件以必要的数量在必要的时间送到生产线的生产方式称为（　　）。**【2009年真题】**

　　A. DRP 　　　　　B. CAD 　　　　　C. JIT 　　　　　D. IPO

【答案】C

【解析】JIT 即准时制生产，是指将必要的零件以必要的数量在必要的时间送到生产线的生产方式。

3. 某水泥厂生产企业为适应市场发展的需要，筹建了一个水泥货运公司，直接将生产的水泥运送到用户指定的地点。这种做法称为（　　）

　　A. 第一方物流 　　B. 第二方物流 　　C. 第三方物流 　　D. 第四方物流

【答案】C

【解析】第三方物流是由供方与需方以外的物流企业提供物流服务的业务模式。"广义地讲，第三方物流是与自营物流相对而言的，即第三方物流是专业物流企业面向全社会提供物流服务，按照客户要求进行货物的运输、包装、保管、装卸、配送、流通加工等项目的有偿服务。

4. 准时性采购的目标是（　　）。

　　A. 高库存、低缺陷 　　　　　　　　　B. 低库存、低缺陷

　　C. 高库存、高缺陷 　　　　　　　　　D. 低库存、高缺陷

【答案】B

【解析】准时制采购是企业内部准时制系统的延伸，是实施准时制生产经营的必然要求和前提条件，是一种理想的物资采购方式。它的极限目标是原材料和外购件的库存为零、缺陷为零。

5. 为了以最低的物流成本达到用户所满意的服务水平对物流活动进行的计划、组织、协

94

调和控制，这称为（　　）。

    A. 物流监控　　　　　B. 物流管理　　　　　C. 物流决策　　　　　D. 物流组织

【答案】B

【解析】本题考查的是物流管理的概念。

6. 物流活动中，配送的本质是（　　）。

    A. 送货　　　　　　　B. 送达　　　　　　　C. 配货　　　　　　　D. 配齐

【答案】A

【解析】配送的本质是送货。集货、分拣、配货、配装、配送运输、送达服务及配送加工等是配送最基本的构成单元。

7. 物流活动中，存储合理化的含义包括（　　）。

    A. 存储合理化的原则和存储的安全化　　　　B. 存储合理化的原则和存储的现代化

    C. 存储合理化的内容和存储的现代化　　　　D. 存储合理化的内容和存储的安全化

【答案】B

【解析】存储的合理化有两个层面的含义，一是存储合理化的原则，二是存储的现代化。

8. 在准时制生产方式定义的浪费类型中，过程的浪费是指（　　）。【2009 年真题】

    A. 在设备自动加工时或工作量不足时的等工浪费

    B. 制造过量产品产生的浪费

    C. 不合格产品本身的浪费

    D. 附加值不高的工序造成的浪费

【答案】D

【解析】过程的浪费是指附加值不高的工序造成的浪费。

9. 成品储存的作业内容除仓储作业和物品养护外，还应包括（　　）。【2009 年真题】

    A. 包装加固　　　　　B. 库存控制　　　　　C. 产品检验　　　　　D. 合理分类

【答案】B

【解析】成品存储包括仓储作业、物品养护和库存控制。

10. 接受生产厂家多品种、大量的货物，然后按照多家需求者的订货要求，将商品送至需求场所的物流节点设施是（　　）

    A. 仓库　　　　　　　B. 供货商　　　　　　C. 经销商　　　　　　D. 配送中心

【答案】D

【解析】集货、分拣、配货、配装、配送运输、送达服务及配送加工等是配送最基本的构成单元。

11. 第三方物流兴起于（　　）。

    A. 20 世纪 80 年代末 90 年代初　　　　B. 20 世纪 70 年代末 80 年代初

    C. 20 世纪 60 年代末 70 年代初　　　　D. 20 世纪 50 年代末 60 年代初

【答案】A

【解析】本题考查物流的发展趋势。

12. 生产物流系统的终点，也是销售物流系统的起点是（　　）。

    A. 运输　　　　　　　B. 存储　　　　　　　C. 配送　　　　　　　D. 包装

【答案】D

【解析】包装可视为生产物流系统的终点，也是销售物流系统的起点。

13. （ ） 产品从生产到消费中间的一种加工活动，或者说是一种初加工活动。

　　A. 流通加工　　　　B. 配货　　　　　　C. 装卸　　　　　　D. 送达

【答案】A

【解析】本题考查流通加工的概念。

【多选题】

1. 根据物流活动的特点，企业物流管理可以从（ ） 层面上展开。

　　A. 物流战略管理　　　　　　　　　B. 物流系统设计与运营管理

　　C. 物流作业管理　　D. 物流仓储管理　　E. 货物运输管理

【答案】ABC

【解析】根据企业物流活动的特点，企业物流管理可以从物流战略管理、物流系统设计与运营管理、物流作业管理3个层面上展开。

2. 准时性采购的意义主要在于（ ）。

　　A. 可以大幅度减少原材料与外购件的库存

　　B. 可以保证所采购的原材料与外购件的质量

　　C. 降低了原材料与外购件的采购价格

　　D. 可以降低原材料与外购件的采购数量

　　E. 可以增加采购次数

【答案】ABC

【解析】准时性采购有三方面的意义：（1）可以大幅度减少原材料与外购件的库存；（2）可以保证所采购的原材料与外购件的质量；（3）降低了原材料与外购件的采购价格。

3. MRP 可以应用于（ ）。

　　A. 储运公司　　　　B. 配送中心　　　　C. 物流中心　　　　D. 流通中心

　　E. 较大型的生产企业

【答案】ABCDE

【解析】MRP 在两类企业中可以得到应用。一类是流通企业，如储运公司、配送中心、物流中心、流通中心等。另一类是一部分较大型的生产企业，它们有自己的销售网络和储运设施。

4. 按物流业务划分，第三方物流可以分为（ ）。

　　A. 综合性物流公司　B. 专业性物流公司　C. 全球物流公司　　　D. 绿色物流公司

　　E. 物流信息

【答案】AB

【解析】第三方物流按物流业务划分，有综合性物流公司和各种专业性物流公司。

5. 准时制生产的基本方法可概括为（ ）。

　　A. 适时适量生产　　　　　　　B. 弹性配置作业人数

　　C. 质量保证　　D. 数量保证　　E. 刚性配置作业人数

【答案】ABC

【解析】为了达到降低成本这一基本目标，准时制生产方式的基本方法可概括为三方面：（1）适时适量生产。实现适时适量生产的要求，必须在生产同步化、生产均衡化的前提下才能发挥作用。（2）弹性配置作业人数。达到这一目的的方法是"少人化"。（3）质量保证。

6. 回收物流与废弃物流一般是由以下（　　）环节组成。

A. 运输　　　　　　B. 存储　　　　　　C. 装卸搬运　　　　　　D. 包装

E. 流通加工

【答案】ABCDE

【解析】回收物流与废弃物流仍然是由运输、存储、装卸搬运、包装、流通加工和物流信息等环节组成。

7. 废弃物流的物流方式主要有（　　）。

A. 垃圾掩埋　　　　B. 垃圾焚烧　　　　C. 垃圾堆放　　　　D. 净化处理加工。

E. 分解

【答案】ABCD

【解析】本题考查废弃物流的物流方式。

（四）经典案例分析

1. 某奥运场馆建设每月需要水泥 45 吨，每次订货的订购费用是 1000 元，每吨水泥的保管费用是单价的 12%，假设每吨水泥的单价为 600 元/吨。

根据上述资料回答下列问题：

（1）如果该企业采用准时制采购，可以采取的策略有（　　）。

A. 增加供货商的数量　　　　　　　　B. 保证采购的质量

C. 合理选择供货方　　　　　　　　　D. 大批量采购

【答案】BC

【解析】准时制采购的策略主要包括：减少供货商的数量、小批量采购、保证采购的质量、合理选择供货方、可靠的送货和特定的包装要求。

（2）该奥运场馆建设工地订购水泥的经济订购批量为（　　）吨。

A. 100　　　　　　B. 44　　　　　　D. 151.4　　　　　　D. 116.8

【答案】D

【解析】经济订购批量法的计算公式是：$C_1 = C_1\dfrac{U}{Q} + C_2\dfrac{Q}{2} + C_3 U$

其中：C_1——每单位货物储量的保管费用；C_2——每次采购费用；C_3——某种货物的单价；U——该种货物的年需要量；Q——该种货物的每次采购量；C_1——该种货物购储成本；将上式求导数，求得 Q 的最小值为：$Q = \sqrt{\dfrac{2C_2 U}{C_1}}$

（3）最优经济订购批量考虑的因素有（　　）。

A. 采购费用　　　B. 进货时间间隔　　　C. 进货数量　　　D. 保管费用

【答案】AD

【解析】由批量的计算公式 $Q = \sqrt{\dfrac{2C_2 U}{C_1}}$ 可以看出影响订购批量的主要有 3 个因素：每次采购费用、该种货物的年需要来以及每单位货物储量的保管费用。

（4）下列关于经济订购批量说法正确的是（　　）。

A. 经济订购批量，实际上就是两次进货间隔的合理库存量

B. 经济订购批量，又可称为经常库存定额。

C. 根据经常库存定额和安全库存量，就可确定最高库存量和最低库存量这两个数

量的界限。

D. EOQ 模型是由不确定性存储模型推出的，进货时间间隔和进货数量是两个最主要的变量。

【答案】ABC

【解析】本题考查的是经济订购批量的含义。

(5) 下列关于经济订货批量公式正确的是 (　　)。

A. $Q=\dfrac{2C_2}{C_1}$　　　　B. $Q=\sqrt{\dfrac{2C_2U}{C_1}}$　　　　C. $Q=\dfrac{2C_2U}{C_1}$　　　　D. $Q=\sqrt{\dfrac{2C_2}{C_1}}$

【答案】B

【解析】本题考查经济批量的公式。

2. 某家具厂每月木材的需求量是 25 万立方米，每次订货的费用为 200 元，每立方米木材的保管费用为单价的 6%，假设每立方米木材的单价为 400 元，根据上述资料，回答下列问题：

(1) 该家具厂生产过程中产生的废弃木料，应采取何种处理方式 (　　)。

A. 掩埋　　　　B. 焚烧　　　　C. 堆放　　　　D. 回收利用

【答案】D

【解析】该家具厂生产过程中产生的废弃木料，应采取何种处理方式是回收利用

(2) 在运输家具过程中，为防止加具损坏，对其包装的时候使用了大量纸箱，这些纸箱在家具到达目的地拆除包装后，(　　)。

A. 成为了流通过程中的排泄物　　　　B. 可以直接回收使用

C. 必须焚烧处理　　　　D. 可以进入物资大循环再生利用

E. 不作任何处理

【答案】BD

【解析】在运输家具过程中，为防止加具损坏，对其包装的时候使用了大量纸箱，这些纸箱在家具到达目的地拆除包装后，可以直接回收使用、可以进入物资大循环再生利用。

(3) 回收物流的物流方式主要有 (　　)。

A. 以废玻璃瓶为代表的回送复用物流系统

B. 以废纸为代表的收集集货物流系统

C. 以粉煤灰为代表的联产供应物流系统

D. 以废玻璃为代表的终结物流系统

【答案】ABC

【解析】回收物流的物流方式主要有以废玻璃瓶为代表的回送复用物流系统、以废纸为代表的收集集货物流系统、以粉煤灰为代表的联产供应物流系统。

(4) 该家具厂生产过程中产生的废弃物属于 (　　)。

A. 工艺性废弃物　　　　B. 可回收使用废弃物

C. 工业废物　　　　D. 一般废弃物

【答案】B

【解析】该家具厂生产过程中产生的废弃物属于可回收使用废弃物。

(5) 下列废弃物产生于生产过程的是 (　　)。

A. 造纸厂排出的废水　　　　B. 货物拆包后遗弃的纸箱

C. 汽车尾气　　　　　　　　　　　　D. 办公室遗弃的旧报刊

【答案】 A

【解析】 造纸厂排出的废水产生于生产过程。

3. 工业企业根据订单预测明年需生产 3600 台机床，据统计资料显示每台机床年平均保管费用为 400 元，批量一次调整费用为 50 元，按有效工作量计算企业日平均产量 3 台机床。

(1) 根据上述资料计算该工业机床生产的经济批量是（　　）台。

　　A. 40　　　　　　B. 30　　　　　　C. 45　　　　　　D. 60

【答案】 B

【解析】 本题考查的是经济批量的的计算公式。

(2) 通过计算机床的经济批量，会使该工业企业（　　）。

　　A. 年库存费用最

　　B. 年设备调整费用最小

　　C. 年库存费用和年设备调整费用之和最小

　　D. 以上都无可能

【答案】 C

【解析】 考察经济批量的概念。

(3) 如果该企业将批量改为 50 台机床，则全年库存保管费用将会变为（　　）元。

　　A. 8000　　　　　B. 10000　　　　　C. 6000　　　　　D. 11000

【答案】 B

【解析】 本题考查保管费用的计算。

(4) 根据经济批量计算公式你可判断出影响经济批量大小的因素是（　　）。

　　A. 年产量　　　B. 生产间隔期　　　C. 年度平均保管费用　　D. 批量一次调整费用

【答案】 ACD

【解析】 $Q = \sqrt{\dfrac{2C_2 U}{C_1}}$ 中所有的因素都对经济批量的大小产生影响。

四、本章测试题

(一) 单选题

1. 物流各环节中最重要的部分是（　　）。

　　A. 运输　　　　　　B. 存储　　　　　　C. 装卸搬运　　　　　　D. 包装

2. （　　）是连接运输、存储、装卸、包装各环节的纽带。

　　A. 包装　　　　　　B. 流通加工　　　　　　C. 配送　　　　　　D. 物流信息

3. 美国物流理论体系的形成与实践推广阶段为（　　）。

　　A. 1950~1978 年　　B. 1978~1985 年　　C. 1956~1964 年　　D. 1949~1965 年

4. 下列关于第三方物流说法错误的是（　　）。

　　A. 由供方与需方以外的物流企业提供物流服务的业务模式

　　B. 专业物流企业面向全社会提供物流服务

　　C. 涉及全球物流所包含的报关和相关文书单据制成活动

　　D. 进行货物的运输、包装、保管、装卸、配送、流通加工等项目的有偿服务

5. 物流管理的根本目标是（　　）。

A. 以最低的成本向用户提供满意的服务，达到最佳的经济效益

B. 创造价值，满足顾客及社会需要

C. 提供优质服务

D. 获得最大利润

6. 美国物流理论的成熟与物流管理现代化阶段是（　　）。

A. 1978~1985 年　　　B. 1985 年至今　　　C. 1956~1964 年　　　D. 1965~1973 年

7. 物流活动的功能要素中，（　　）物流活动顺畅进行的保障，是物流活动取得高效益的前提。

A. 运输　　　　　　B. 存储　　　　　　C. 流通加工　　　　D. 物流信息

8. 企业物流是以（　　）为核心的物流活动。

A. 企业服务　　　　B. 企业经营　　　　C. 客户满意　　　　D. 客户需求

9. 销售物流系统中具有防护功能、仓储功能、运输功能、销售功能和使用功能的环节是（　　）。

A. 仓储　　　　　　B. 包装　　　　　　C. 废弃　　　　　　D. 回收

10. 关于回收物流与废弃物流特点的说法，正确的是（　　）。

A. 回收物流与废弃物流的物流成本高昂

B. 回收物流与废弃物流常使用大型化、通用化装运设备

C. 回收物流与废弃物流储存、包装要求复杂

D. 回收物流与废弃物流流通加工方式多样化

11. （　　）是企业物流与社会物流的衔接点，与企业销售系统相配合，完成产成品的流通。

A. 生产物流　　　　B. 销售物流　　　　C. 回收物流　　　　D. 废弃物流

12. 正确运用（　　）可使企业迅速及时地将产品传送到用户手中，达到扩大商品销售、加速资金周转、降低流通费用的目的。

A. 物流信息　　　　B. 流通加工　　　　C. 销售渠道　　　　D. 配送中心

13. （　　）是物流的本质。

A. 服务　　　　　　B. 存储　　　　　　C. 运输　　　　　　D. 配送

14. 生产过程和流通过程产生的废弃物称为（　　），处理费用计入生产成本。

A. 生产废物　　　　B. 工业废物　　　　C. 作业废物　　　　D. 生活废物

15. 企业物流战略确定以后，为了实施战略必须要有一个得力的实施手段或工具，即（　　）。

A. 物流储运系统　　B. 物流管理系统　　C. 物流运输系统　　D. 物流运作系统

16. 站在企业长远发展的立场上，就企业物流的发展目标，物流在企业经营中的战略定位，以及物流服务水准和物流服务内容等做出总体规划，指的是（　　）。

A. 物流运营管理　　B. 物流战略管理　　C. 物流系统设计　　D. 物流作业管理

17. 是经济可持续发展的一个重要组成部分，是指（　　）。

A. 销售物流　　　　B. 绿色物流　　　　C. 管理物流　　　　D. 仓储物流

18. 是生产过程中物流的外延部分，受企业外部环境影响较大的物流方式是（　　）。

A. 供应物流　　　　B. 销售物流　　　　C. 采购物流　　　　D. 库存物流

19. 只考虑保管费用和采购费用的订购指的是（　　）。

    A. 最大经济订购批量　　　　　　　B. 最小经济订购批量

    C. 最优经济订购批量　　　　　　　D. 经济订购批量

20. 是一种额外持有的库存,作为一种缓冲器,用来预防由于自然界或环境的随机而造成的缺货的库存是指(　　)。

    A. 正常库存　　　　B. 安全库存　　　　C. 适量库存　　　　D. 超量库存

(二) 多选题

1. 下列属于物流活动的功能要素的有(　　)。

    A. 运输　　　　　　B. 存储　　　　　　C. 装卸搬运　　　　D. 包装

    E. 产品广告

2. 按主体物流活动区别,企业物流可以区分为(　　)具体的物流活动。

    A. 供应物流　　　　B. 销售物流　　　　C. 生产物流　　　　D. 回收物流

    E. 废弃物物流

3. 采购决策的内容主要包括(　　)。

    A. 市场资源调查　　　　　　　　　B. 市场信息的采集和反馈

    C. 供货方选择　　D. 决定进货批量　　E. 进货时间间隔

4. 准时性采购的主要策略有(　　)。

    A. 减少供货商的数量　　　　　　　B. 小批量采购

    C. 保证采购的质量　D. 合理选择供货方　E. 可靠的送货和特定的包装要求

5. 排泄物的产生来自(　　)方面。

    A. 生产过程　　　　B. 购买过程　　　　C. 流通过程　　　　D. 消费过程

    E. 处理过程

6. 存储的现代化主要包括(　　)。

    A. 管理人员的现代化　　　　　　　B. 存储管理技术的现代化

    C. 存储管理方法的科学化　　　　　D. 内部管理规范化

    E. 网络现代化

7. 下面物品属于工业包装对象的是(　　)。

    A. 煤炭　　　　　　B. 矿石　　　　　　C. 棉花　　　　　　D. 粮食

    E. 糖果

8. 全球物流活动的构成除了包含与国内物流一样的运输、保管、包装、装卸、流通加工和信息等克服时间和空间阻碍的活动之外,还有全球物流所特有的(　　)等克服国界阻碍的活动。

    A. 报关　　　　　　　　　　　　　B. 相关文书单据制成

    C. 销售　　　　D. 配送　　　　E. 检疫

9. 回收物流的物流方式主要有(　　)。

    A. 以废玻璃瓶为代表的回送复用物流系统

    B. 以废纸为代表的收集集货物流系统

    C. 以粉煤灰为代表的联产供应物流系统

    D. 以废玻璃为代表的原厂复用物流系统

    E. 净化处理加工

10. 下列属于 DRPII 特点的是(　　)。

A. 物流优化的功能　　　　　　　B. 管理决策的功能

C. 具有闭环性　　　　　　　　　D. 物流化辅助决策系统

E. 成本核算系统

【本章测试题答案及解析】

单选题

1.【答案】A

【解析】运输是物流各环节中最重要的部分，是物流的关键。

2.【答案】D

【解析】物流信息是连接运输、存储、装卸、包装各环节的纽带。物流信息功能是物流活动顺畅进行的保障，是物流活动取得高效益的前提，是企业管理和经营决策的依据。

3.【答案】A

【解析】1950～1978 年，物流理论体系的形成与实践推广阶段；1978～1985 年，物理论的成熟与物流管理现代化阶段；1985 年至今，是物流理论、实践的纵深化发展阶段。

4.【答案】C

【解析】第三方物流是由供方与需方以外的物流企业提供物流服务的业务模式。"广义地讲，第三方物流是与自营物流相对而言的，即第三方物流是专业物流企业面向全社会提供物流服务，按照客户要求进行货物的运输、包装、保管、装卸、配送、流通加工等项目的有偿服务。按提供服务的种类划分，第三方物流企业有资产型、管理型和整合型 3 种基本类型。

5.【答案】A

【解析】物流管理的根本目标是以最低的成本向用户提供满意的服务，达到最佳的经济效益。

6.【答案】A

【解析】本题考查美国物流的发展。

7.【答案】D

【解析】物流信息功能是物流活动顺畅进行的保障，是物流活动取得高效益的前提，是企业管理和经营决策的依据。

8.【答案】B

【解析】企业物流从企业角度上研究与之有关的物流活动，是以企业经营为核心的物流活动，是具体的、微观的物流活动的典型领域。

9.【答案】B

【解析】包装具有防护功能、仓储功能、运输功能、销售功能和使用功能。

10.【答案】D

【解析】回收物流与废弃物流特点有小型化、专用化的装运设备，简易的存储、包装要求，多样化的流通加工，低成本的要求。

11.【答案】B

【解析】销售物流是企业物流与社会物流的衔接点，与企业销售系统相配合，完成产成品的流通。生产的最终产品将通过销售环节进入市场，这个环节需要合理组织形成销售物流。

12.【答案】C

【解析】正确运用销售渠道，可使企业迅速及时地将产品传送到用户手中，达到扩大商品销售、加速资金周转、降低流通费用的目的。

13.【答案】A

【解析】本题考查物流的本质。

14.【答案】B

【解析】生产过程和流通过程产生的废弃物称为工业废物，处理费用计入生产成本。

15.【答案】D

【解析】企业物流战略确定以后，为了实施战略必须要有一个得力的实施手段或工具，即物流运作系统。

16.【答案】B

【解析】物流战略管理是指站在企业长远发展的立场上，就企业物流的发展目标，物流在企业经营中的战略定位，以及物流服务水准和物流服务内容等做出总体规划。

17.【答案】B

【解析】绿色物流是经济可持续发展的一个重要组成部分。

18.【答案】A

【解析】供应物流是生产过程中物流的外延部分，受企业外部环境影响较大的物流方式。

19.【答案】C

【解析】最优经济订购批量是只考虑保管费用和采购费用的订购。

20.【答案】B

【解析】安全库存是一种额外持有的库存，作为一种缓冲器，用来预防由于自然界或环境的随机而造成的缺货的库存。

多选题

1.【答案】ABCD

【解析】物流活动的功能要素主要有：运输、存储、装卸搬运、包装、流通加工、配送和物流信息。

2.【答案】ABCDE

【解析】按主体物流活动区别，企业物流可以区分为供应物流、销售物流、生产物流、回收物流、废弃物物流 5 种具体的物流活动。

3.【答案】ABCDE

【解析】采购决策的内容主要包括：市场资源调查、市场信息的采集和反馈、供货方选择和决定进货批量、进货时间间隔。

4.【答案】ABCDE

【解析】准时制采购的策略主要包括：减少供货商的数量、小批量采购、保证采购的质量、合理选择供货方、可靠的送货和特定的包装要求。

5.【答案】ACD

【解析】排泄物的产生来自生产过程、流通过程、消费三个方面。

6.【答案】ABCD

【解析】本题考查的是存储现代化的内容。

7.【答案】ABCD

【解析】工业包装，或叫运输包装、大包装。

8.【答案】ABE

　　【解析】本题考查的是国际物流与国内物流的区别。

9.【答案】ABCD

　　【解析】本题考查的回收物流方式。

10.【答案】ABCDE

　　【解析】DRPII 具有以下主要特点：（1）在功能方面，DRPII 除了具有物资的进货、销售、存储的管理职能外，还具有对车辆、仓库利用及成本、利润核算等功能。此外，还有物流优化、管理决策等功能。（2）在具体内容上，DRPII 增加了车辆管理、仓储管理、物流能力计划、物流优化辅助决策系统和成本核算系统。（3）具有闭环性。DRPII 是一个自我适应、自我发展的闭环系统。信息系统也是一个闭环反馈系统，订货信息和送货信息都反馈到仓库和车队。

第六章　技术创新管理

一、近三年考点考频分析

年　份	单选题	多选题	考点分布
2008 年	8 道题 8 分	4 道题 8 分	技术创新的类型、技术创新的含义、技术创新的过程、企业管理、技术创新组织模式、技术交易、创新与知识产权、技术合同的类型及技术转移等
2009 年	8 道题 8 分	3 道题 6 分	技术创新的类型、技术创新的含义、技术创新组织模式、技术交易、创新与知识产权等
2010 年	8 道题 8 分	3 道题 6 分	技术创新的过程、技术推动型创新模式的特征、企业内部的技术创新组织模式、技术转移、技术交易程序、技术合同的类型、技术扩散等

二、本章基本内容结构

技术创新管理

1. 技术创新含义、类型与过程
　　技术创新的含义
　　技术创新类型
　　技术创新的过程

2. 技术创新组织与管理
　　技术创新与企业组织结构的互动
　　企业内部的技术创新组织模式
　　企业外部的技术创新组织模式
　　企业 R&D 管理

3. 技术转移与技术交易
　　技术转移概述
　　技术交易
　　国际技术贸易

4. 技术创新与知识产权管理
　　企业技术创新与知识产权保护
　　技术合同的类型
　　技术合同管理

三、本章重要考点及例题

(一) 重要概念归纳

1. 技术创新的含义与特点

(1) 技术创新的含义：我国学术界公认的定义是：技术创新是指企业家抓住市场潜在盈利机会，以获取经济利益为目的，重组生产条件和要素，不断研制推出新产品、新工艺、新技术，以获得市场认同的一个综合性过程。

(2) 技术创新的特点：

第一，技术创新不是技术行为，而是一种经济行为。技术创新的核心是企业家，技术创新的产出成果是新产品和新工艺等，其目的是获取潜在的利润，而市场实现是检验创新成功与否的标准。

第二，技术创新是一项高风险活动。技术创新过程中各未知因素往往难以预测，其努力的结果普遍呈随机现象，再加上未来市场的不确定性，给创新带来了极大的风险。

第三，技术创新时间的差异性。大部分技术创新需要 2~10 年的时间。工厂企业开发部门从事发展性开发属于短期创新，一般需要 2~3 年。应用性技术开发属于中期创新，大概需要 5 年左右。

第四，外部性。它是指一件事对于他人产生有利（正外部性）或不利（负外部性）的影响，但不需要他人对此支付报酬或进行补偿。

第五，一体化与国际化。技术创新的一体化主要体现在两个方面：一是在企业外部，即产、学、研形成一体化，实现优势互补，保证技术开发的顺利进行；二是在企业内部，即技术开发部门与生产现场及质量管理和销售部门形成一体化。技术创新的国际化也表现在两个方面：一是国际性、地区性机构的作用及国家间的技术创新合作趋势正逐渐加强；二是技术开发机构的多国籍化。

2. 技术创新类型

（1）根据技术创新的对象来划分，可以将技术创新分为产品创新和工艺创新。

第一，产品创新。经济合作与发展组织（OECD）的界定是，为了给产品用户提供新的或更好的服务而发生的产品技术变化。是建立在产品整体概念基础上以市场为导向的系统工程，是功能创新、形式创新、服务创新多维交织的组合创新。按照技术变化量的大小，产品创新可分为重大（全新）的产品创新和渐进（改进）的产品创新。是企业创新的核心活动，企业创新一般总是从产品创新开始。

第二，工艺创新。也称过程创新。它是产品的生产技术变革，包括新工艺、新设备和新组织管理方式。工艺过程创新同样也有重大和渐进之分。

第三，产品创新与工艺创新的关系。产品创新和工艺创新存在较大的差异，具体表现为：①产品创新能制造产品的差异化，工艺创新可以降低企业的成本；②工艺创新相对系统，而产品创新相对更独立；③工艺创新通常伴随着组织结构和管理系统的重大变革，产品创新一般是独立于组织系统实施的；④产品创新主要是向市场提供产品，工艺创新只在少数情况下向市场提供；⑤产品创新的成本费用通常通过产品的销售收入很快得到价值补偿，工艺创新的成本费用多数情况下是通过折旧、生产率提高后得到价值补偿；⑥在产品随生命周期的成长变化中，二者的作用呈现规律性的变化不同：产品创新频率由高到低递减，工艺创新频率呈峰状延伸。同时，在企业技术创新过程中，两者存在一定的依赖性和交互性。

（2）根据创新模式的不同，可分为原始创新、集成创新和引进消化吸收再创新。

第一，原始创新。原始创新活动主要集中在基础科学和前沿技术领域。原始创新是为未来发展奠定坚实基础的创新，其本质属性是原创性和第一性。

第二，集成创新。集成创新的主体是企业。它与原始创新的区别是，集成创新所应用到的所有单项技术都不是原创的，都是已经存在的，其创新之处就在于，对这些已经存在的单项技术按照自己的需要进行了系统集成并创造出全新的产品或工艺。

第三，引进、消化吸收再创新。是最常见、最基本的创新形式，其核心概念是利用各种引进的技术资源，在消化吸收基础上完成重大创新。它与集成创新的相同点，都是利用已经存在的单项技术为基础，不同点在于，集成创新的结果是一个全新产品，而引进、消化吸收再创新的结果，是产品价值链某个或者某些重要环节的重大创新。

第四，原始创新、集成创新和引进消化吸收再创新之间的关系。原始创新、集成创新和引进消化吸收再创新是自主创新的3个有机组成部分，也是一个必然的发展过程。原始创新不断地发现新规律，创造新知识，为科技创新提供不竭的动力源泉；集成创新、引进消化吸收再创新利用别人的原始创新成果，使自己的创新能力借势成长。三者不可偏废，不能轻易否定某种创新模式的作用，而只讲一种创新。但是，原始创新、集成创新和引进消化吸收再创新三者资金投入、创新周期、创新风险，以及对技术能力和技术积累的要求，都是不同的。

3. 技术创新过程

第一，技术推动的创新过程模型。时期为1950~1960年。其基本观点：研究开发时创新构思的主要来源。它是一种简单的线性关系。其基本过程为：基础研究—应用研究与开发—生产制造—营销—市场需求。

第二，需求拉动的创新过程模型。时期为1960~1970年。指明市场需求信息是技术创新活动的出发点。它对产品和技术提出了明确的要求，通过技术创新活动，创造出适合这一需求的适销产品或服务，这样的需求就会得到满足。

第三，创新过程的交互作用模型。时期为1970~1980年。该模型表明，技术创新是技术和市场交互作用共同引发的，技术推动和需求拉动的相对重要性在产业及产品生命周期的不同阶段可能有着显著的不同。该模型内各要素之间存在着交互作用。

第四，一体化创新过程模型。时期为1980~1990年。这一模式所强调的是，创新模型内各要素应该具有平行且整合发展的特性。一体化创新过程模型的特点，一是在过程中联合供应商及公司内部的横向合作，广泛进行交流与沟通；二是实行全球战略。

第五，系统集成和网络模型。时期为1990~2000系统集成和网络模型是第五代创新过程模型（5IN），是一体化模型的理想化发展。5IN最为显著的特征是它代表了创新的电子化和信息化过程，更多地使用专家系统来辅助开发工作，仿真模型技术部分替代了实物原型。5IN将供应商和用户之间的计算机辅助设计系统作为新产品合作开发过程的一部分，强调密切的电子化产品设计制造联系（一体化的计算机辅助设计或柔性制造系统）。

第六，国家创新体系。时期为21世纪。国家创新体系是指由公共机构和私有机构组成的网络系统，强调系统中各行为主体的制度安排及相互作用。主要功能是优化创新资源配置，协调国家的创新活动。国家创新体系最早由英国著名技术创新研究专家弗里曼（C. Freeman）于1982年提出。2006年我国颁布的《国家中长期科学和技术发展规划纲要》明确提出了建设有中国特色的国家创新体系的任务。我国国家创新体系的组织安排应包括6个系统和4个基础平台。

4. 技术创新与企业组织结构的互动

第一，技术创新与直线制组织。直线制组织结构的优点是结构比较简单、责任分明、命令统一。缺点是结构缺乏横向联系、权力过分集中，变化反应慢，不利于产品创新。直线制只适用于规模较小、生产技术比较简单的企业，对生产技术和经营管理比较复杂的企业并不适宜。

第二，技术创新与事业部制组织。其优点是有利于回避风险、内部控制、内部竞争、专业管理和进行产品创新、开拓市场时，体现自己的优势。其缺点是管理人员多、内部合作沟通差、资源利用效率较低和不利于创新经验的积累。事业部制组织比较适合大中型、特大型企业。

第三，技术创新与矩阵组织结构。这种结构的优点是显而易见的：首先，它通过组成项目小组而达到事业部的效果，使一个项目小组内的信息流及物流都更加畅通，而项目小组之间的信息流动则可以通过统一职能部门中人员的相互交流来达到；其次，这种组织结构能够充分利用已有的创新，有利于创新经验累积度的提高，使创新发挥其最大效用，因此，矩阵式组织结构既有利于产品创新，也适宜开展工艺创新。缺点是：这种组织结构联系太多，层次复杂，只要企业规模稍有扩大，对企业经营者的要求将大大提高，一旦管理不善，组织效率将会大大下降。

5. 企业内部的技术创新组织模式

第一，内企业家。所谓内企业家，最早由美国学者吉福德·平肖第三在其著作《创业者与企业革命》一书中提出。内企业家是指企业为了鼓励创新，允许自己的员工在一定限度的时间内离开本岗位工作，从事自己感兴趣的创新活动，并且可以利用企业的现有条件，如资金、设备等。内企业家与企业家是有差别的，其根本的不同在于，内企业家的活动局限在企业内部，其行动受到企业的规定、政策和制度及其他因素的限制。内企业家不能像企业家那样自主决策，选择自己认为有价值的机会。企业的资金比较充足，实力雄厚，企业内部又有较多的技术人员，可以采用这种组织形式。

第二，技术创新小组。技术创新小组产生于第二次世界大战期间。所谓技术创新小组，是指为完成某一创新项目临时从各部门抽调若干专业人员而成立的一种创新组织。其主要特点：①创新小组是针对复杂的技术创新项目中的技术难题或较简单小型的技术项目而成立的，组成人员少，但工作效率却很高；②一般情况下，创新小组可由企业研究开发、生产、营销和财务等部门人员组成，这些人员在一定时期内脱离原部门工作，完成创新任务之后就随之解散，③技术创新小组是一个开放性组织，小组成员随着技术项目的需要增加或减少；④创新小组具有明确的创新目标和任务，企业高层主管对创新小组充分授权，完全由创新小组成员自主决定工作方式，⑤创新小组成员既要接受原部门的领导，又要接受技术创新小组领导的管理，其组织形式是一种典型的简单矩阵式结构；⑥技术创新小组成员之间不存在严格意义的上下级关系，而是工作中的协作与合作作关系，多为扁平型。由于技术创新小组是一个自由联合体，是最适合中小企业的一种技术创新组织形式之一。

第三，新事业发展部。新事业发展部是大企业为了开创全新事业而单独设立的组织形式，是独立于现有企业运行体系之外的分权组织。新事业发展部拥有很大的决策权，只接受企业最高主管的领导。这类组织是一种固定性的组织，多数由若干部门抽调专人组成，是企业进入新的技术领域和产业领域的重要方式之一。

第四，企业技术中心。企业技术中心也称技术研发中心或企业科技中心，是企业，特别是大中型企业实施高度集中管理的科技开发组织，在本企业（行业）的科技开发活动中，起着主导和牵头作用，具有权威性，处于核心和中心地位。企业技术中心的主要职责：①开展有市场的新产品、新工艺、新技术、新材料的储备性研究，促进其产生经济效益；②开展企业重大产品和关键技术的研究开发，对引进的新技术进行消化吸收，并进行二次开发；③开展将科技成果转化为生产技术和商品的中间试验，④参与企业重大技术引进项目、技术改造项目的技术审定，以及企业技术进步发展规划的制定和执行；⑤积极推进产学研相结合和国内外技术交流与合作。

6. 企业外部的技术创新组织模式

第一，"产"、"学"、"研"联盟。

产学研联盟的主要模式有：

①高等院校、科研机构把科技成果（包括联合开发的成果）有偿转让给企业。比较适合中小企业。②高等院校或科研机构和企业组建共担风险的技术经济组织。这种方式是我国目前产学研结合的最主要形式。③高等院校、科研机构自办企业或将两个或两个以上产学研单位重组为一个规模更大、结构更加合理、功能更加全面的法人单位。

第二，企业—政府模式。企业和政府联盟主要有 3 种模式：一是政府承担大部分技术所需的资金，企业组织人才，技术创新成果归政府所有；二是政府投资，企业组织人才，进行技术开发，开发出来的先进技术转卖给企业；三是政府帮助企业技术创新融资等。

第三，企业联盟。企业联盟是企业—企业模式的主要形式。企业联盟也称动态联盟或虚拟企业，指的是两个或两个以上对等经济实体，为了共同的战略目标，通过各种协议而结成的利益共享、风险共担、要素水平式双向或多向流动的松散型网络组织体。企业联盟的主要形式是技术联盟。企业联盟的主要特点有：①目标产品性；②优势性；③动态性，又称临时性；④连接的虚拟性；⑤组织的柔性；⑥结构的扁平性。企业联盟的组织运行模式有星形模式、平行模式和联邦模式 3 种类型。

7. 企业 R&D 管理

第一，R&D 管理战略。R&D 管理战略是 R&D 项目管理体系建设的出发点和重要指导。在制定 R&D 管理战略时，除了要明确中期（通常是 3~5 年）的 R&D 管理战略之外，还需要建立 R&D 项目选择和评价的体系和标准。

第二，R&D 人员的选择与激励。要顺利完成一个 R&D 项目，需要 6 种人，即：创新思想家、技术"看门人"、市场"看门"、项目拥护人、项目管理者和项目协调者。企业管理者主要根据 R&D 人员的技术创新项目计划完成进度、项目完成质量、出勤率和团队协作精神等几个方面进行绩效评估。根据绩效评估的情况，选择适当的精神激励和物质激励。要加强包括奖励股权（份）、股权（份）出售、技术折股等产权激励。

第三，R&D 项目管理。R&D 项目可分为国家级 R&D 项目、省级 R&D 项目和企业级 R&D 项目。R&D 项目立项程序包括项目申请、项目评审、行政决策、签订合同 4 个基本程序。项目管理实施过程分为以下 4 个阶段：①概念阶段，提出并论证项目是否可行。②开发阶段，对可行项目做好开工前的人、财、物及一切软硬件准备，对项目进行总体策划。③实施阶段，是项目生命周期中时间最长、完成的工作量最大、资源消耗最多的阶段。这个阶段管理的重点是指导、监督、预测、控制。④结束阶段，项目结束，最终产品成型。项目组织者要对项目进行财务清算、文档总结、评估验收、最终交付客户使用和对项目总结评价。

第四，绩效管理。R&D 的绩效指标应涵盖效率、质量、柔性、创新。质量功能部署、客户评价法、关键路径法、集成产品设计等大量的管理工具、技术和组织模式应用于企业的 R&D 活动，帮助改善企业 R&D 绩效水平。

8. 技术转移概述

第一，技术转移的含义及特征

（1）含义：技术转移是指技术在国家、地区、行业内部或之间，以及技术自身系统内输出与输入的活动过程，包括技术成果、信息、能力的转让、移植、引进、交流和推广普及，简称"技术转移"。

（2）特征：①技术转移是一种知识的传播与扩散，但技术转移的主要形式是有偿转移，和一般商品交换有很大差别。②技术转移跨越技术、经贸、政策和国际合作诸领域，是一个复杂的过程，具有综合性。③技术转移具有产业特征，有利于促进产学研结合，有效促进产业集群和区域经济发展。④技术转移体系则是国家创新体系中决定知识流动的关键网络机制，是创新体系各要素之间联系的纽带和桥梁，兼有技术创新和制度创新的双重特点。同时，技术转移致力于资源的优化组合，致力于国家科技计划与经济目标的实现。

第二，技术转移与技术扩散、技术转让、技术引进的关系

（1）技术扩散与技术转移。技术扩散最简单的描述是技术从一个地方运动到另一个地方，或从一个使用者手中传到另一个使用者手中的过程。技术扩散与技术转移是两个相互关联但又有区别的范畴。二者都是指技术通过一定的渠道发生不同领域或地域之间的移动。它们之间的区别主要是：①技术转移更强调国际间流动，而技术扩散主要强调在一国范围内；②技术转移不仅为技术创新提供技术资源上的保证，而且通过技术转移的桥梁和纽带作用使技术创新充满活力，而技术扩散作为技术创新中的一个阶段，使技术创新活动更为完整有效；③技术转移所适用的技术往往是已有技术而非新技术，这也正是技术创新与技术转移作为两大对应范畴的主要原因；④技术扩散是一个纯技术的概念，扩散的对象就是纯粹的新技术，而技术转移则不仅仅包括纯技术，而且还包括与技术有关的各种知识信息等。

（2）技术转移与技术转让。技术转让是指拥有技术的一方通过某种方式将其技术出让给另一方使用的行为。技术转移通常包含一切导致技术和知识迁移的过程和活动，包括有偿和无偿的，也包括有意识和无意识的转移活动。技术转让是技术转移的一种特殊形式。它是指有目的、有意识的技术转移活动，是一种有偿的技术转移活动。

（3）技术转移与技术引进。技术引进是指一个国家或企业引入国外的技术知识和经验，以及所必需附带的设备、仪器和器材，用以发展本国经济和推动科技进步的做法。技术引进是技术转移的一个方面。因为技术转移包括技术输出和技术输入（技术引进）两个方面。技术引进是一种跨国行为。

第三，技术转移的基本活动途径

（1）技术许可证。以许可证转让方式（包括专利和非专利科技成果）所进行的技术转移，是目前技术转移中最受关注和最为重要的方式，这是一种有偿的转移方式。

（2）产、学、研联盟。这是技术转移中效果较好和最有前景的途径之一，包括合作研究、合作开发、合资生产等形式。其主要优点是：能充分利用合作伙伴的知识技能和资源，发挥自己的优势，补充自己的不足，有利于迅速获取技术，可以减少成本和风险。主要缺点是：组织之间的目标不同，有时难以形成良好的合作关系，管理过程和利益分配有时会出现矛盾。

（3）设备和软件购置。通过购置设备和软件，获取所需要的技术，是最常见的技术转移方式之一。这种方式的优点是：能最快地获取现有的技术，卖方可能会提供培训，投产获利较快，风险较小；缺点是：新设备可能不适应企业现有的环境，企业需要在组织上进行变化，成本较高，不能从根本上提高技术能力，随着技术的变化需要不断地购买。

（4）信息传播。信息传播的方式是通过获取所需的技术，包括文献信息、数据库信息，也包括参加各种技术会议、参观展览和演示获取技术。这类方式的优点是：成本低、速度快、简单易行。缺点是：无法获取较完整的、系统的技术知识，特别是难以获得技术诀窍，要求企业自身具有较强的技术能力或模仿能力。

（5）技术帮助。指大学和科研机构对企业提供技术援助，包括派员指导、解决技术问题等。其优点是：能在关键时刻满足企业的特殊需要，可减少企业获取技术的成本，能促进

人员之间的技术交流。缺点是：难以找到合适的专家参与，管理较为困难，政府要给予财政支持等。

(6) 技术交流和人员流动。企业与高校科研机构互派人员访问或学习、工作，技术知识随着这种人员的交流得到转移。这种方式的优点是：这是一种比较直接的技术转移方式，转移中的问题较容易解决，成功率较大，成本也不高；人员交流也有利于增进相互了解，建立更好的合作关系。缺点是：在人员交流中，有可能干扰单位内部正在进行的活动，或造成不希望有的信息和技术诀窍的转移。此外，关键人才的流动对流出单位可能造成损失或出现知识产权的纠纷。

(7) 创办新企业。由成果拥有单位或由科技人员自己创办企业，是技术转移最为直接的方式。其优点是：转化速度较快，易于成功，技术拥有单位或个人可能获取更大的收益。缺点是：风险大，难以获得风险投资，不易形成规模经济。

(8) 技术并购。技术并购是由一般并购概念引申而来。它是指一个大公司为了获取R&D资源，通过一定的渠道和支付手段，将另一创新公司的整个资产或足以行使经营控制权的股份买下来，但这种方式对弱小企业难以实施。

9. 技术交易

第一，含义和特点

(1) 含义。技术交易是指技术供需双方对技术所有权、使用权和收益权进行转移的契约行为。

(2) 技术交易的主要特点有：①技术买卖的标的不是有形的商品，而是无形的技术知识；②技术贸易转让的是技术的使用权，而不能转让技术的所有权；③技术出口不是企业的直接目的，企业生产商品的直接目的是向市场销售产品，企业研制技术的直接目的是为了利用这种技术生产更先进的技术产品，只是当企业认为出售技术会比利用这种技术生产产品带来的利润更大时，它才会出口这种技术；④技术贸易比一般商品贸易复杂。

第二，技术交易的基本程序

(1) 买者技术交易的程序。买者技术交易的程序：①在选择技术之前先弄清楚本企业的资源优势、现有设备和销售渠道，明白应该寻找什么样类型的技术；②进入卖方成果库，查找符合本企业要求的技术；③签订技术合同；④如果有必要，可以向无形资产评估机构或者向技术市场咨询机构进行资产评估；⑤如果存在资金困难，可以向风险投资机构寻求帮助；⑥如果向银行贷款，可以向投资担保公司寻求帮助，也可以咨询融资服务机构；⑦在资金管理方面需要帮助，可以找会计师事务所；⑧如果需要法律援助，可以找律师事务所。上述工作委托给技术中介服务机构办理。

(2) 卖者技术交易的程序。卖者技术交易的程序是：①根据市场需求和经营机构的客观情况来确定经营目标。②收集情报信息；③交易项目的论证；④采取适当的经营和促销策略。⑤技术交易的双向选择；⑥技术交易的谈判和技术合同的签订；⑦交易项目的组织实施。在双方均按合同约定，履行了各自应尽的义务，双方都满意，通过了考核验收后，这个技术交易项目才能宣告结束。同样，上述工作也可以委托给技术中介服务机构办理。

10. 国际技术贸易

第一，国际技术贸易的含义与内容

(1) 含义。国际技术贸易是指不同国家的企业、经济组织或个人之间，按照一般商业条件，向对方出售或从对方购买软件技术使用权的一种国际贸易行为。它由技术出口和技术引进这两方面组成。

（2）内容。①专利。根据世界知识产权组织的规定，专利是"由政府机构或代表几个国家的地区机构根据申请而发给的一种文件，文件中说明一项发明并给予它一种法律上的地位，即此项得到专利的发明，通常只能在专利持有人的授权下，才能予以利用（制造、使用、出售、进口）"。"专利"被理解为三层意思，一是指专利证书这种专利文件；二是指专利机关给发明本身授予的特定法律地位，技术发明获得了这种法律地位就成了专利发明或专利技术；三是，指专利权，即获得法律地位的发明的发明人所获得的使用专利发明的独占权利，它包括专有权（所有权）、实施权（包括制造权和使用权）、许可使用权、销售进口权和放弃权。在我国，专利权是以申请在先原则授予的。

②商标。商标是商品生产者或经营者为了使自己的商品同他人的商品相区别而在其商品上所加的一种具有显著性特征的标记。常见的商标是文字商标和图形商标。商标大体上可分为三类：制造商标、商业商标和服务商标。

③工业产权。工业产权是指法律赋予产业活动中的知识产品所有人对其创造性的智力成果所享有的一种专有权。专利权和商标权均属工业产权。工业产权和版权合称为知识产权。

④专有技术。所谓"专有技术"是指在实践中已使用过了的没有专门的法律保护的具有秘密性质的技术知识、经验和技巧。在实际中，专有技术使援引合同法、防止侵权行为法、反不正当竞争法和刑法取得保护的。但专有技术受法律保护的力度远比专利技术受到专利法保护的力度小。

第二，国际技术贸易的基本方式

国际技术贸易采用单纯的技术贸易与混合的技术贸易两种方式或途径。单纯的技术贸易有许可贸易、专有技术转让、技术协助；混合的技术贸易主要有：合作生产、合资经营、补偿贸易、工程承包、装配生产、交钥匙工程（引进成套设备、技术转让）、租赁贸易、特许专营等。

（1）许可贸易。它是指知识产权或专有技术的所有人作为许可方，通过与被许可方（引进方）签订许可合同，将其所拥有的技术授予被许可方，允许被许可方按照合同约定的条件使用该项技术，制造或销售合同产品，并由被许可方支付一定数额的技术使用费的技术交易行为。许可贸易按其标的内容可分为专利许可、商标许可、计算机软件许可和专有技术许可等形式。根据其授权程度大小，许可贸易可分为独占许可、排他许可、普通许可、可转让许可、互换许可等五种形式。

（2）特许专营。特许专营是指由一家已经取得成功经验的企业，将其商标、商号名称、服务标志、专利、专有技术及经营管理的方式或经验等全盘地转让给另一家企业使用，由被特许人向特许人支付一定金额的特许费的技术贸易行为。特许专营的被特许方与特许方之间仅是一种买卖关系。特许专营合同是一种长期合同。

（3）技术服务和咨询。技术服务和咨询是指独立的专家、专家小组或咨询机构作为服务方应委托方的要求，就某一个具体的技术课题向委托方提供高知识性服务，并由委托方支付一定数额的技术服务费的活动。技术服务和咨询的范围和内容相当广泛，包括产品开发、成果推广、技术改造、工程建设、科技管理等方面。

（4）合作生产。合作生产是指分属不同国家的企业根据它们签订的合同，由一方提供有关生产技术或各方提供不同的有关生产技术，共同生产某种合同产品，并在生产过程中实现国际技术转让的一种经济合作方式。

（5）含有知识产权和专有技术转让的设备买卖。含有知识产权和专有技术转让的设备买卖，其交易标的包含两方面的内容：一是硬件技术，即设备本身；二是软件技术，即设备中所含有的或与设备有关的技术知识。这些技术知识又分为两部分：一部分属于一般的技术知识，另一部分是专利技术和专有技术。这种设备的成交价格中不仅包括设备的生产成本和预期利润，而且也包括有关的专利或专有技术的价值。这种方式的技术转让在发达国家与发展中国家的技术贸易中占有相当大的比重。

11.企业技术创新与知识产权保护

第一，知识产权的含义、内容与特征

（1）含义。知识产权，是指人们对其智力劳动成果所享有的民事权利。

（2）内容。我国承认并以法律形式加以保护的主要知识产权为：①著作权；②专利权；③商标权；④商业秘密；⑤其他有关知识产权。

（3）特征。①专有性。专有性也称垄断或独占性。这种专有性是通过法律来保证的。②地域性。③时间性。④知识产权的获得需要法定的程序。⑤知识产权主体权利具有财产和人身双重权利。

第二，技术创新与知识产权制度的关系

（1）技术创新对知识产权的作用。首先，技术创新促成了知识产权制度的产生。其次，技术创新也推动了知识产权制度的发展。主要体现为：①扩大了知识产权的保护范围。②拓展了知识产权的内涵。③延伸了知识产权保护的区域。

（2）知识产权对技术创新的作用。首先，知识产权保护制度激励企业技术创新。其次，知识产权保护制度为企业技术创新提供法律保护。再次，知识产权保护制度加速了企业技术创新的过程。最后，知识产权保护制度促使企业技术创新成果的公开和交流。

第三，企业知识产权保护策略

（1）企业知识产权保护的法律选择策略。知识产权的法律法规主要由《专利法》、《商标法》、《著作权法》、《反不正当竞争法》、《合同法》等构成。①考虑取得技术权利的排他性程度。以取得技术排他权为目标，企业选择法律的优先顺序是：《专利法》、《技术秘密保护》、《版权法》、《合同法》、《物理技术保护》、《商标法》。②考虑知识产权费用的因素。若考虑知识产权费用因素，法律选择的顺序是《版权法》、《技术秘密保护》、《合同法》、《物理技术保护》、《专利法》、《商标法》。③考虑知识产权的保护期限。我国《专利法》规定，发明专利权保护期限为20年，实用新型和外观设计专利权保护期限均为10年。我国《商标法》规定，注册商标的有效期为10年，但期满前可以续展10年，并且也可以一直续展下去。④考虑知识产权的风险因素。法律选择的顺序是：《专利法》、《技术秘密保护（合同法）》、《版权法》、《商标法》、《物理技术保护》。

（2）企业知识产权保护的阶段策略。①创意的形成阶段。这一阶段的成果属于思想的范畴，因其缺少工业实用性，所以不可获得《专利法》的保护，但可作为技术秘密予以保护或得到《版权法》的保护（仅限于思想表达部分）。②开发中试阶段。这一阶段又可分为两个方面：一是技术开发，二是应用开发。这一阶段的成果表现为技术或产品模型。这一阶段的成果有重要的工业应用价值和固定的表现形式，因而，可能具有专利性、版权性、技术秘密性。③应用开发与市场化。这一阶段的成果具有商品属性，因而，可以申请商标注册。

12.技术合同的类型与管理

第一，技术合同的类型

(1) 技术开发合同。①委托开发合同。委托开发合同是指当事人之间共同就新技术、新产品、新工艺或者新材料及其系统的研究开发所订立的合同。委托开发技术合同的标的是订立合间时双方当事人尚未掌握的技术成果，风险责任一般由委托方承担。②合作开发合同。合作开发合同是指由两个或两个以上的公民、法人或其他组织，共同出资、共同参与、共同研究开发完成同一研究开发项目，共同享受效益、共同承担风险的合同。 (2) 技术转让合同。①专利权转让合同。专利权转让合同是指一方当事人（让与方）将其发明创造专利权转让受让方，受让方支付相应价款而订立的合同。专利权转让合同必须经过专利行政部门登记方才有效。②专利申请权转让合同。专利申请权转让合同是指一方当事人（让与方）将其特定的发明创造申请专利的权利转让受让方，受让方支付相应价款而订立的合同。③专利实施许可合同。专利实施许可合同，是专利权人或者专利权人的授权人作为转让人，许可他人在支付一定的价款后，在规定的范围内实施其专利而订立的合同。专利实施许可合同又细分为独占实施许可合同、排他专利实施许可合同和普通实施许可合同。④技术秘密转让合同。技术秘密转让合同是指一方当事人（让与方）将其拥有的技术秘密提供给受让方，明确相互之间技术秘密使用权和转让权，受让方支付相应使用费而订立的合同。 (3) 技术咨询合同。技术咨询合同是一方当事人（受托方）为另一方（委托方）就特定技术项目提供可行性论证、技术预测、专题技术调查、分析评价所订立的合同。其最主要的特点就在于其履行的结果具有不确定性。 (4) 技术服务合同。技术服务合同是一方当事人（受托方）以技术知识为另一方（委托方）解决特定技术问题所订立的合同。技术服务合同包括技术服务合同、技术培训合同、技术中介合同。

第二，技术合同管理

(1) 合同准备阶段的管理。①做好对方的资信调查。②做好所有权的审核。③要对对方提供的产品、技术、设备的质量、性能、品种、规格等进行调查。④了解法规政策。

(2) 合同签订过程中的管理。①签订技术合同必须符合《中华人民共和国合同法》的一般原则。②签订技术合同，必须符合《合同法》对技术合同的要求。③签订技术合同，还必须符合其他相关的法律和法规要求。

(3) 合同履行阶段的管理。合同依法签订后，即具有法律约束力。签约双方或多方必须认真履行合同。

（二）典型例题解析

【单选题】

1. 我国专利法规定，发明专利权的保护期限为 （   ）年。【2008年真题】

A. 5　　　　　　　B. 10　　　　　　　C. 20　　　　　　　D. 25

【答案】C

【解析】本题企业知识产权的保护策略。我国专利法规定，发明专利权的保护期限为20年。

2. 20世纪60年代以来，国际上出现了若干种具有代表性的技术创新过程模型，下图表示的是 （   ）的技术创新过程模型。【2009年真题】

A. 需求拉动　　　B. 技术推动　　　C. 一体化创新　　　　　D. 系统集成与网络相结合

【答案】A

【解析】此图代表的是需求拉动的创新过程模型。

3. 下列关于技术创新的说法错误的是（　　）。

A. 技术创新既是技术行为，又是一种经济行为

B. 技术创新是一项高风险活动

C. 技术创新时间的差异性　　　　　D. 技术创新具有一定的外部性

【答案】A

【解析】技术创新不是技术行为，而是一种经济行为。

4. 内企业家与企业家的根本差异在于（　　）。

A. 内企业家可以选择自己认为有价值的机会

B. 内企业家的行动不受企业规定的限制

C. 内企业家可以自主决策　　　　　D. 内企业家的活动局限在企业内部

【答案】D

【解析】内企业家与企业家是有差别的，其根本的不同在于，内企业家的活动局限在企业内部，其行动受到企业的规定、政策和制度及其他因素的限制。

5. 在技术创新过程中，存在可控因素和不可控因素，由此可知，技术创新具有（　　）。

A. 确定性　　　　B. 风险性　　　　C. 收益性　　　　D. 扩散性

【答案】B

【解析】技术创新过程中各未知因素往往难以预测，其努力的结果普遍呈随机现象，再加上未来市场的不确定性，给创新带来了极大的风险。

6. 在需求拉动的技术创新模型中，作为 R&D 构思的来源，并在创新过程中起到关键作用的是（　　）。

A. 技术创新信息　　B. 市场竞争　　C. 企业家的理念　　D. 市场需求

【答案】D

【解析】需求拉动的创新过程模型。时期为 1960~1970 年。指明市场需求信息是技术创新活动的出发点。

7. （　　）为科技创新提供动力源泉。

A. 产品创新　　　　　　　　　　　B. 引进消化吸收再创新

C. 原始创新　　　　　　　　　　　D. 集成创新

【答案】C

【解析】原始创新不断地发现新规律，创造新知识，为科技创新提供不竭的动力源泉。

8. 某专利权人同意他人在支付一定的价款后，在规定的范围内使用其专利并订立了合同，此合同称为（　　）。【2007 年真题】

A. 专利权转让合同　　　　　　　　B. 专利申请权转让合同

C. 专利实施许可合同　　　　　　　D. 技术秘密转让合同

【答案】C

【解析】本题考查专利实施许可合同的定义。某专利权人同意他人在支付一定的价款后，在规定的范围内使用其专利并订立了合同，此合同称为专利实施许可合同。

9. 下列关于产品创新与工艺创新关系的表述中，正确的是（　　）。【2008 年真题】

A. 工艺创新是企业创新的核心活动　　B. 产品创新相对系统，工艺创新更为独立

C. 产品创新、工艺创新相互依赖和交互

D. 产品创新成本费用与工艺创新成本费用主要补偿途径是一样的

【答案】C

【解析】本题产品创新与工艺创新的相关内容。产品创新是企业创新的核心活动，所以选项 A 错误。工艺创新相对系统，而产品创新相对更独立，所以选项 B 错误。产品创新成本费用与工艺创新成本费用主要补偿途径是不一样的，所以选项 D 错误。

10.（　　）是最常见、最基本的创新形式。

A. 原始创新　　　B. 集成创新　　　C. 引进消化吸收再创新　D. 工艺创新

【答案】C

【解析】引进、消化吸收再创新是最常见、最基本的创新形式，其核心概念是利用各种引进的技术资源，在消化吸收基础上完成重大创新。

11. 在企业知识产权保护的各个阶段，可以申请商标注册的阶段是（　　）。

A. 创意的形成阶段　B. 技术开发阶段　　C. 应用开发与市场化　D. 开发中试阶段

【答案】C

【解析】应用开发与市场化。这一阶段的成果具有商品属性，因而，可以申请商标注册。

12. 当事人之间共同就新技术、新产品、新工艺或者新材料及其系统的研究开发所订立的合同为（　　）。

A. 合作开发合同　　B. 委托开发合同　　C. 技术服务合同　　　D. 技术转让合同

【答案】B

【解析】委托开发合同是指当事人之间共同就新技术、新产品、新工艺或者新材料及其系统的研究开发所订立的合同。委托开发技术合同的标的是订立合间时双方当事人尚未掌握的技术成果，风险责任一般由委托方承担。

13. 能够代表第五代创新过程模型的是（　　）。

A. 需求拉动创新过程模型　　　　　B. 技术推动技术创新过程

C. 国家创新系统　　　　　　　　　D. 系统集成和网络模型

【答案】D

【解析】系统集成和网络模型。时期为 1990~2000 年。系统集成和网络模型是第五代创新过程模型（5IN），是一体化模型的理想化发展。

【多选题】

1. 技术创新过程可以分为（　　）。

A. 技术推动的创新过程模型　　　　B. 需求拉动的创新过程模型

C. 创新过程的交互作用模型　　　　D. 一体化创新过程模型

E. 系统集成和网络模型

【答案】ABCDE

【解析】第一，技术推动的创新过程模型。时期为 1950~1960 年。第二，需求拉动的创新过程模型。时期为 1960~1970 年。第三，创新过程的交互作用模型。时期为 1970~1980 年。第四，一体化创新过程模型。时期为 1980~1990 年。第五，系统集成和网络模型。时期为 1990~2000 年。系统集成和网络模型是第五代创新过程模型（5IN），是一体化模型的理想化发展。第六，国家创新体系。时期为 21 世纪。

2.企业内部的技术创新组织模式有（　　）。

　　A.内企业家　　　　B.技术创新小组　　　　C.新事业发展部　　　　D.企业技术中心

　　E.企业联盟

【答案】ABCD

【解析】本题考查企业内部的技术创新组织的四种模式。

3.国际技术贸易主要包括的内容有（　　）。

　　A.专利技术　　　　B.版权　　　　　　C.专有技术　　　　　D.商标

　　E.特许经营权

【答案】ACD

【解析】国际技术贸易主要包括的内容有：专有技术、商标、工业产权及专利。

4.根据创新模式的模式的不同，技术创新可以分为（　　）。

　　A.原始创新　　　　　　　　　　　　B.集成创新

　　C.引进、消化、吸收再创新　　　　　D.产品创新

　　E.工艺创新

【答案】ABC

【解析】根据创新模式的不同，可分为原始创新、集成创新和引进消化吸收再创新。

5.根据技术创新的对象来划分，可以将技术创新分为（　　）。

　　A.产品创新　　　　B.工艺创新　　　　C.集成创新　　　　D.原始创新

　　E.引进、消化、吸收再创新

【答案】AB

【解析】根据技术创新的对象来划分，可以将技术创新分为产品创新和工艺创新。

6.直线制组织的优点是（　　）。

　　A.结构比较简单　　　B.回避风险　　　C.责任分明　　　D.命令统一

　　E.内部竞争

【答案】ACD

【解析】直线制组织结构的优点是结构比较简单、责任分明、命令统一。

7.目前我国技术合同主要有（　　）。

　　A.技术转让合同　　　B.技术开发合同　　　C.技术服务合同　　　D.技术管理合同

　　E.技术咨询合同

【答案】ABCE

【解析】本题考查目前我国技术合同的主要类型。

（三）经典案例分析

1.某企业为了促进员工进行创新，在内部形成了一整套技术创新体系，并形成与企业战略、技术、规模及人员素质相适应的技术创新组织结构模式。该企业允许自己的员工在一定时间内离开本岗位工作，从事自己感兴趣的创新活动，并且可以利用企业的现有条件如资金、设备等。

根据以上资料，回答下列下列问题：

（1）该企业采取的企业内部技术创新组织模式是（　　）。

　　A.技术创新小组　　　　　　　　　B.内企业家

　　C.新事业发展部　　　　　　　　　D.技术中心

【答案】B

【解析】内企业家是指企业为了鼓励创新，允许自己的员工在一定限度的时间内离开本岗位工作，从事自己感兴趣的创新活动，并且可以利用企业的现有条件，如资金、设备等。

(2) 上题提及的企业内部技术创新组织模式是由（　　）提出的。

　　　A.吉福德·平肖　　B.德尔菲　　　　　C.马歇尔　　　　　　　D.麦克里兰

【答案】A

【解析】所谓内企业家，最早由美国学者吉福德·平肖第三在其著作《创业者与企业革命》一书中提出。

(3) 关于内企业家说法不正确的是（　　）。

　　　A.内企业家活动限制于企业内部

　　　B.内企业家可以进行自主决策

　　　C.内企业家适用于资金比较匮乏的企业

　　　D.企业内部有较多技术人员时可以采用内企业家

【答案】BC

【解析】内企业家不能像企业家那样自主决策，选择自己认为有价值的机会。企业的资金比较充足，实力雄厚，企业内部又有较多的技术人员，可以采用这种组织形式。

(4) 企业内部技术创新组织模式不包括（　　）。

　　　A.内企业家　　　　　　　　　　　B.企业技术中心

　　　C.产、学、研联盟　　　　　　　　D.企业联盟

【答案】CD

【解析】企业内部技术创新组织模式包括：企业技术中心、技术创新小组、内企业家和新事业发展部。

(5) 为完成某一创新项目临时从各部门抽调若干专业人员而成立的一种创新组织是（　　）。

　　　A.企业家　　　　B.事业发展部　　　　C.业技术中心　　　　D.业技术创新小组

【答案】D

【解析】所谓技术创新小组，是指为完成某一创新项目临时从各部门抽调若干专业人员而成立的一种创新组织。

(6) 内企业家与企业家的根本区别是（　　）。

　　　A.企业家的活动局限在企业内部

　　　B.企业家的行动受到企业的规定、政策和制度及其他因素的限制。

　　　C.企业家不能像企业家那样自主决策，选择自己认为有价值的机会。

　　　D.企业家的活动不局限在企业内部

【答案】ABC

【解析】内企业家与企业家是有差别的，其根本的不同在于，内企业家的活动局限在企业内部，其行动受到企业的规定、政策和制度以及其他因素的限制。

2.某企业为了提高自身的研发能力，投入15亿元建立公司的企业技术中心，开展技术研发活动。

请根据上述资料，回答下列问题：

(1) 企业技术中心又可称为（　　）。

　　A. 技术研发中心　　　　　　　　　B. 技术创新小组
　　C. 内企业家　　　D. 企业科技中心　　　E. 企业发展中心

【答案】AD

【解析】企业技术中心又可称为技术研发中心和企业科技中心。

(2) 企业技术中心适合于(　　)企业。

　　A. 小企业　　　　B. 中型企业　　　　C. 处于衰退期　　　　D. 实行集中化战略

【答案】B

【解析】企业技术中心适合于大中型企业。

(3) 企业技术中心的职责包括(　　)。

　　A. 开展有市场的新产品
　　B. 开展企业重大产品和关键技术的研究开发
　　C. 开展将科技成果转化为生产技术和商品的中间试验
　　D. 参与企业重大技术引进项目
　　E. 参与产品推广

【答案】ABCD

【解析】企业技术中心的职责包括开展有市场的新产品、开展企业重大产品和关键技术的研究开发、开展将科技成果转化为生产技术和商品的中间试验、参与企业重大技术引进项目。

(4) 技术中心不仅从事研究开发，同时还是企业的(　　)。

　　A. 试验检测中心　　　　　　　　B. 情报信息中心
　　C. 数据处理中心　　　　　　　　D. 教育培训中心
　　E. 沟通中心

【答案】ABCD

【解析】技术中心不仅从事研究开发，同时还是企业的试验检测中心、情报信息中心、数据处理中心、教育培训中心。

(5) 与企业技术中心不同类型的是(　　)。

　　A. 企业家　　　B. 事业发展部　　　C. 术创新小组　　　D. 业联盟

【答案】D

【解析】与企业技术中心不同类型的是企业联盟。

3. 某企业在某一领域占有垄断地位，另一生产相同产品的企业为了增加经济效益和竞争力与垄断企业经过谈判协商对技术所有权、使用权和收益权进行转移，并签订相应的合同，得到某一技术的所有权、使用权和收益权。

　　根据材料回答下面的问题

(1) 该企业之间的行为是(　　)。

　　A. 技术交易　　　B. 技术转移　　　C. 技术贸易　　　D. 技术交换

【答案】A

【解析】技术交易是指技术供需双方对技术所有权、使用权和收益权进行转移的契约行为。

(2) 该行为的主要特点是(　　)。

　　A. 技术买卖的标的不是有形的商品，而是无形的技术知识
　　B. 技术贸易转让的是技术的使用权和转让技术的所有权
　　C. 技术出口不是企业的直接目的，企业生产商品的直接目的是向市场销售产品，

企业研制技术的直接目的是为了利用这种技术生产更先进的技术产品，只是当企业认为出售技术会比利用这种技术生产产品带来的利润更大时，它才会出口这种技术

　　D. 技术贸易比一般商品贸易简单

【答案】AC

【解析】该行为的主要特点有：技术买卖的标的不是有形的商品，而是无形的技术知识；技术贸易转让的是技术的使用权，而不能转让技术的所有权；技术出口不是企业的直接目的，企业生产商品的直接目的是向市场销售产品，企业研制技术的直接目的是为了利用这种技术生产更先进的技术产品，只是当企业认为出售技术会比利用这种技术生产产品带来的利润更大时，它才会出口这种技术；技术贸易比一般商品贸易复杂。

　　(3) 该行为的基本程序有（　　　）。

　　A. 买者技术交易的程序　　　　　　　B. 卖者技术交易的程序

　　C. 管理者技术转让程序　　　　　　　D. 卖者技术转让的程序

【答案】AC

【解析】本题考查的是技术交易的基本程序。

四、本章测试题

(一) 单选题

1. 由收音机发展到组合音响是（　　　）。

　　A. 资本节约型技术创新　　　　　　　B. 劳动节约型技术创新

　　C. 产品创新　　　　　　　　　　　　D. 工艺创新

2. 在常见的企业技术创新组织形式中，非正式程度最高的是（　　　）。

　　A. 内企业　　　　B. 创新小组　　　　C. 技术中心　　　　D. 新事业发展部

3. 知识产权制度的本质是通过法律手段把智力成果当做财产来保护，因而，知识产权制度（　　　）。

　　A. 限制了企业技术创新成果的公开　　B. 限制了企业技术创新成果的转移与交流

　　C. 加速了企业技术创新过程　　　　　D. 延长了知识产权的保护时间

4. 知识产权的组成部分中，保护费用最高的是（　　　）。

　　A. 商标　　　　　　B. 专利　　　　　　C. 商业秘密　　　　　D. 技术措施

5. 技术供需双方对技术所有权、使用权和收益权进行的契约行为是（　　　）。

　　A. 技术交易　　　　B. 技术转移　　　　C. 技术合作　　　　　D. 技术开发

6. 企业联盟的主要形式是（　　　）。

　　A. 资金联盟　　　　B. 技术联盟　　　　C. 产品联盟　　　　　D. 资源联盟

7. 技术推动创新过程模型的缺陷之一是（　　　）。

　　A. 对于技术转化和市场的作用不够重视

　　B. 忽视长期研发项目

　　C. 没有考虑技术、需求等要素因时间变化所发生的改变

　　D. 会计和金融问题

8. 标志着从将创新过程看做主要是序列式的、从一种职能过渡到另一种职能的开发活动过程，到将创新看做是同时涉及市场营销、研究开发、原型开发、制造等因素的并行过程的

观念转变的模型的是 (   )。

  A. 一体化创新过程模型   B. 国家创新体系

  C. 系统集成和网络模型   D. 创新过程的交互作用模型

9. 技术交流与人才流动的优点是 (   )。

  A. 有利于防止技术诀窍的转移   B. 有利于单位内部工作循序渐进

  C. 有利于避免知识产权的纠纷

  D. 技术转移中的问题较容易解决，成功率较大，成本也不高

10. 拥有技术的一方通过某种方式将其技术出让给另一方使用的行为是指 (   )。

  A. 技术转移   B. 技术转让   C. 技术交易   D. 技术许可

11. 一个大公司为了获取 R&D 资源，通过一定的渠道和支付手段，将另一个创新公司的整个资产或足以行使经营控制权的股份买下来的行为指的是 (   )。

  A. 技术并购   B. 技术转移   C. 技术转让   C. 技术贸易

12. 产业发展链的开端是 (   )，也是自主知识产权产业化的前提。

  A. 知识创新   B. 管理创新   C. 工艺创新   D. 技术创新

13. 技术推动创新过程模型的缺陷之一是 (   )。

  A. 对于技术转化和市场的作用不够重视

  B. 忽视长期研发项目

  C. 没有考虑技术、需求等要素因时间变化所发生的改变

  D. 会计和金融问题

14. 是一种开放性组织，小组成员随着技术项目的需要增加或减少，此种组织类型是指 (   )。

  A. 技术创新小组   B. 技术研发小组   C. 内企业家   D. 企业技术中心

15. 交互作用创新过程模型的研发组织一般为 (   )。

  A. 企业研究实验室   B. 业务单元

  C. 研发项目   D. 企业联盟

16. 混合的国际技术贸易方式有 (   )。

  A. 技术协助   B. 专有技术转让   C. 交钥匙工程   D. 许可贸易

17. 专利权或专利权人的授权人作为转让人，许可他人在支付一定的价格款后，在规定的范围内实施其专利而订立的合同，这种合同为 (   )。

  A. 专利权转让合同   B. 技术秘密转让合同

  C. 专利申请权合同   D. 专利实施许可合同

18. 在企业知识产权保护策略中，若考虑费用因素、法律选择的顺序是 (   )。

  A. 《版权法》、《物理技术保护》、《合同法》、《专利法》

  B. 《物理技术保护》、《合同法》、《专利法》、《版权法》

  C. 《版权法》、《合同法》、《物理技术保护》、《专利法》

  D. 《专利法》、《合同法》、《版权法》、《物理技术保护》

19. 我国著作权法规定，著作的修改权、署名权及保护作品完整性的权利均不受时间限制，但作品的使用权、发表权、获得报酬的权利为作者终生及死后 (   ) 年。

  A. 10   B. 20   C. 30   D. 50

20. 矩阵式组织结构模式的缺点之一是 (   )。

A. 双重性领导　　　B. 缺乏横向联系　　　C. 权力过于集中　　　D. 内部合作沟通差

（二）多选题

1. 企业技术创新过程的系统集成网络模型最显著的特征有（　　）。

A. 强调企业内部的创新构思、研究与开发、设计制造和市场营销等紧密配合

B. 强调合作企业之间密切的战略联系

C. 重视借助于专家系统进行研究开发

D. 重视技术推动和需求推动在产品生产周期不同阶段的不同作用

E. 利用仿真模型替代实物模型

2. 技术创新中产学研联盟的主要模式有（　　）。

A. 高等院校、科研机构把科技成果有偿转让给企业

B. 高等院校、科研机构自办企业

C. 企业与企业进行联盟

D. 政府投资、企业组织人才，进行技术开发，将研发出的先进技术转卖给企业

E. 高等院校或科研机构和企业组建共同担风险的技术经济组织

3. 企业外部的技术创新组织模式有（　　）。

A. "产"、"学"、"研"联盟　　　　　B. 企业—政府模式

C. 企业联盟　　　　　　　　　　　　D. 政府—政府模式

E. 大学—政府模式

4. 技术创新的特点主要包括（　　）。

A. 技术创新是一种经济行为　　　　　B. 技术创新是一种技术行为

C. 技术创新具有正外部性　　　　　　D. 技术创新时间的差异性

E. 技术创新的一体化与国际化趋势

5. 企业 R&D 管理的内容包括（　　）。

A. R&D 管理战略　　　　　　　　　B. R&D 人员的选择与激励

C. R&D 项目管理　　D. 绩效管理　　E. R&D 内容管理

6. 单纯的技术贸易形式有（　　）。

A. 许可贸易　　　B. 专有技术转让　　　C. 技术协助　　　D. 特许专营

E. 补偿贸易

7. 许可贸易按照其标的内容可分为（　　）。

A. 专利许可　　　B. 商标许可　　　C. 计算机软件许可　　D. 专有技术许可

E. 独占许可

8. 从历史上看，伴随着技术创新和技术进步的历程而引起企业组织结构先后经历了（　　）形态的演变。

A. 直线制　　　B. 职能制　　　C. 事业部制　　　D. 矩阵结构

E. 全球制

9. 原始创新的本质属性是（　　）。

A. 原创性　　　B. 集成性　　　C. 先进性　　　D. 第一性

E. 消化吸收性

10. 国际上出现的具有代表性的企业技术创新过程模型有（　　）。

A. 一体化技术创新过程模型　　　　　B. 技术推动的技术创新过程模型

C. 系统集成和网络模型　　　　　D. 动态联盟模型

E. 需求拉动的技术创新过程模型

【本章测试题答案及解析】

单选题

1.【答案】C

【解析】本题考查技术创新。渐进的产品创新是指在技术原理没有重大变化的情况下，基于市场需要对现有产品所做的功能上的扩展和技术上的改进。由收音机发展到组合音响属于此类创新。

2.【答案】A

【解析】本题考查企业内部技术创新组织模式的差别。

3.【答案】C

【解析】本题考查技术创新与知识产权制度的关系。知识产权加速了企业技术创新过程。

4.【答案】B

【解析】本题考查企业知识产权的保护策略。在实施过程中，专利的保护费用最高，其次是商标、技术措施、商业秘密保护

5.【答案】A

【解析】技术交易是指技术供需双方对技术所有权、使用权和收益权进行转移的契约行为。

6.【答案】B

【解析】企业联盟的主要形式是技术联盟。

7.【答案】B

【解析】它是一种简单的线性关系。其基本过程为：基础研究--应用研究与开发—生产制造—营销—市场需求。

8.【答案】D

【解析】需求拉动的创新过程模型。时期为1960~1970年。指明市场需求信息是技术创新活动的出发点。它对产品和技术提出了明确的要求，通过技术创新活动，创造出适合这一需求的适销产品或服务，这样的需求就会得到满足。创新过程的交互作用模型。时期为1970~1980年。该模型表明，技术创新是技术和市场交互作用共同引发的，技术推动和需求拉动的相对重要性在产业及产品生命周期的不同阶段可能有着显著的不同。该模型内各要素之间存在着交互作用。

9.【答案】D

【解析】这种方式的优点是：这是一种比较直接的技术转移方式，转移中的问题较容易解决，成功率较大，成本也不高；人员交流也有利于增进相互了解，建立更好的合作关系。

10.【答案】B

【解析】技术转让是指拥有技术的一方通过某种方式将其技术出让给另一方使用的行为。

11.【答案】A

【解析】技术并购是指一个大公司为了获取 R&D 资源，通过一定的渠道和支付手段，将另一个创新公司的整个资产或足以行使经营控制权的股份买下来的行为。

12.【答案】D

【解析】技术创新是产业发展链的开端，也是自主知识产权产业化的前提。

13.【答案】A

【解析】技术推动创新过程模型的缺陷之一是对于技术转化和市场的作用不够重视。

14.【答案】A

【解析】技术创新小组是一种开放性组织，小组成员随着技术项目的需要增加或减少。

15.【答案】C

【解析】交互作用创新过程模型的研发组织一般为研发项目。

16.【答案】C

【解析】混合的技术贸易主要有：合作生产、合资经营、补偿贸易、工程承包、装配生产、交钥匙工程（引进成套设备、技术转让）、租赁贸易、特许专营等。

17.【答案】D

【解析】专利实施许可合同，是专利权人或者专利权人的授权人作为转让人，许可他人在支付一定的价款后，在规定的范围内实施其专利而订立的合同。专利实施许可合同又细分为独占实施许可合同、排他专利实施许可合同和普通实施许可合同。

18.【答案】D

【解析】考虑知识产权的风险因素。法律选择的顺序是：《专利法》、《技术秘密保护（合同法）》、《版权法》、《商标法》、《物理技术保护》。

19.【答案】D

【解析】本题考查著作权法的规定。

20.【答案】A

【解析】矩阵式组织结构既有利于产品创新，也适宜开展工艺创新。缺点是：这种组织结构联系太多，层次复杂，只要企业规模稍有扩大，对企业经营者的要求将大大提高，一旦管理不善，组织效率将会大大下降。

多选题

1.【答案】BCE

【解析】本题考查系统集成和网络模型。系统集成和网络模型最为显著的特征是，它代表了创新的电子化和信息化过程，更多地使用专家系统来辅助开发工作，仿真模型技术部分替代实物原形。

2.【答案】ABE

【解析】本题考查产学研联盟的主要模式。

3.【答案】ABC

【解析】企业外部的技术创新组织模式有 3 种："产"、"学"、"研"联盟、企业—政府模式、企业联盟。

4.【答案】ACDE

【解析】技术创新的特点：第一，技术创新不是技术行为，而是一种经济行为；第二，技术创新是一项高风险活动；第三，一体化与国际化；第四，外部性。它是指一件事对于他人产生有利（正外部性）或不利（负外部性）的影响，但不需要他人对此支付报酬或进行补偿；第五，技术创新时间的差异性。

5.【答案】ABCD

【解析】企业 R&D 管理的内容包括:第一，R&D 管理战略；第二，R&D 项目管理；第三，绩效管理；第四，R&D 人员的选择与激励。

6.【答案】ABC

【解析】单纯的技术贸易形式有许可贸易、专有技术转、技术协助。

7.【答案】ABCD

【解析】许可贸易按照其标的内容可分为专利许可、商标许可、计算机软件许可、专有技术许可。

8.【答案】ACD

【解析】从历史上看，伴随着技术创新和技术进步的历程而引起企业组织结构先后经历了直线制、事业部制、矩阵结构形态的演变。

9.【答案】AD

【解析】原始创新是为未来发展奠定坚实基础的创新，其本质属性是原创性和第一性。

10.【答案】ABCE

【解析】本题考查技术创新过程模型的知识。

第七章 人力资源规划与薪酬管理

一、近三年本章考点考频分析

年　份	单选题	多选题	考点分布
2008 年	6 道题 6 分	2 道题 4 分	人力资源需求与供给预测、人力资源规划、员工招聘的原则、渠道及测试方法、薪酬、薪酬制度、员工流动理论
2009 年	5 道题 5 分	2 道题 4 分	人力资源的需求与供给预测、员工招聘、薪酬的概念构成及功能、员工流动的含义及类型
2010 年	8 道题 8 分	2 道题 4 分	人力资源规划的划分、需求预测方法、员工招聘的原则及方法、员工福利制度、员工内部流动

二、本章基本内容结构

人力资源规划与薪酬管理

1. 人力资源规划
 - 人力资源规划的含义与内容
 - 人力资源规划的制定程序
 - 人力资源需求与供给预测

2. 员工招聘
 - 员工招聘的含义、作用与原则
 - 员工招聘的程序
 - 员工招聘的渠道
 - 员工招聘中常用的测试方法

3. 薪酬管理
 - 薪酬的概念、构成与功能
 - 企业薪酬制度设计的原则和流程
 - 企业薪酬制度设计的方法

4. 员工流动管理
 - 员工流动的含义和类型
 - 员工流动的基本理论
 - 员工内部流动管理
 - 员工流出管理

三、本章重要考点及例题

(一) 重要概念归纳

1. 人力资源规划

第一，含义

人力资源规划是指企业根据发展战略、目标和任务的要求，科学地预测与分析企业在不断变化的环境中人力资源的需求和供给状况，并据此制定必要的人力资源政策和措施，以确保企业的人力资源与企业的发展战略、目标和任务在数量、质量、结构等方面保持动态平衡的过程。

第二，内容

(1) 按照规划时间的长短，企业的人力资源规划可以分为短期规划、中期规划和长期规划。一般来说，短期规划是指 1 年或 1 年内的规划，长期规划是指时间跨度为 5 年或 5 年以上的规划，中期规划一般为 1~5 年的时间跨度。

(2) 按照规划的性质，企业的人力资源规划又可分为总体规划和具体计划。具体包括人员补充计划、配备计划、使用计划、培训开发计划、薪酬计划等。

第三，人力资源规划的制订程序

(1) 收集信息，分析企业经营战略对人力资源的要求。

(2) 进行人力资源需求与供给预测。

(3) 制订人力资源总体规划和各项具体计划。

(4) 人力资源规划实施与效果评价。

2. 人力资源需求预测方法

人力资源需求预测是指以企业的战略目标和工作任务为出发点，综合考虑各种因素的影响，而对企业未来某个时期人力资源需求数量、质量和结构等进行估计的活动。

人力资源需求预测主要是根据企业的发展战略规划和本企业的内外部条件选择预测技术，然后对人力资源需求的数量、质量和结构进行预测。在进行企业人力资源需求预测时，应充分考虑以下影响因素：企业未来某个时期的生产经营业务及其对人力资源的需求；预期的人工流动率与由此产生的职位空缺规模；企业生产技术水平的提高和组织管理方式的变革对人力资源需求的影响；企业提高产品或服务质量或进入新市场的决策对人力资源需求的影响；企业财务资源对人力资源需求的约束。

企业可以采用的人力资源的需求预测方法有：

第一，管理人员判断法

它是由企业的各级管理人员，根据自己工作中的经验和对企业未来业务量增减情况的直接考虑，自上而下地确定未来所需人员的方法。是一种粗略的、简便易行的方法。主要适应于短期预测。

第二，德尔菲法

这种方法是由有经验的专家依赖自己的知识、经验和分析判断能力，对企业的人力资源需求进行直觉判断与预测。

第三，转换比率分析法

这种方法是根据历史数据，把企业未来的业务活动量转化为人力资源需求的预测方法。

第四，一元回归分析法

这种方法根据数学中的回归原理对人力资源需求进行预测。关键是要找出与人力资需求高度相关的变量来建立方程。方程为 $Y=a+bX$，其中，X 为自变量，Y 是因变量，即要预测的变量，a、b 为回归系数。

3. 人力资源供给预测

人力资源供给预测包括两个内容：一是内部供给预测，即根据现有人力资源及其未来变动情况，确定未来所能提供的人员数量和质量；另一种是对外部人力资源供给进行预测，确定未来可能的各类人员供给状况。

第一，内部供给预测方法

(1) 人员核查法

当企业规模较小时，进行人员核查相对容易，它是一种静态的方法，不能反映未来人力资源拥有量的变化，多用于短期的人力资源拥有量预测。

(2) 管理人员接续计划法

这种预测技术主要是对某一职务可能的人员流入量和流出量进行估计。该职务的现职人员数加上可能的人员流入量，再减去可能的流出量，就可以得出该职务的内部人力资源供给量。这种预测方法主要适用于对管理人员和工程技术人员的供给预测。

(3) 马尔可夫模型法

它主要用来预测具有时间间隔（如一年）的时间点上，各类人员分布状况的方法。其基本思路是：找出企业过去在某两个职务或者岗位之间的人事变动规律，以此推测未来企业中这些职务或岗位的人员状况。马尔可夫模型法是一种应用广泛的定量预测方法，可用计算机进行大规模处理，因而具有相当的发展前景。

第二，影响企业外部人力资源供给的因素

①本地区的人口总量与人力资源供给率。

②本地区的人力资源的总体构成。

③宏观经济形势和失业率预期。

④本地区劳动力市场的供求状况。

⑤行业劳动力市场供求状况。

⑥职业市场状况。

4. 员工招聘

第一，含义

员工招聘是指企业在人力资源规划的指导下，通过一定的手段和相应的信息，寻找合适的人员来填补职位空缺的过程。

第二，作用

(1) 可以为空缺的职位找到合适的人选。

(2) 可以改善企业的员工结构。

(3) 可以树立良好的企业形象。

(4) 可以节省企业的开发培训费用。

第三，原则

(1) 信息公开原则

指企业在招聘员工是应该将招聘的职位、数量、任职资格与条件、基本待遇、考试的方法与科目等相关信息事先向社会公开。

(2) 公正平等原则

公正平等原则是指企业要对所有应聘者一视同仁，使应聘者能公平地参与竞争。

(3) 效率优先原则

效率优先原则是指企业应根据不同的招聘要求灵活选择适当的招聘形式，用尽可能低的招聘成本吸引高素质的员工。

(4) 双向选择原则

双向选择原则是指企业在招聘员工时，要充分尊重求职者的选择权，以与求职者平等的姿态对待求职者。

员工招聘的程序：

(1) 制订招聘计划。

(2) 制定招聘决策。

(3) 选择招聘渠道。

(4) 选择招聘方法。

(5) 发布招聘信息。

①招聘信息的发布原则。招聘信息的发布应遵循以下原则：广泛原则、及时原则、层次原则、真实原则、全面原则。

②发布招聘信息的渠道。招聘信息发布的渠道有：报纸、杂志、电视、电台、布告、新闻发布会等。企业要选择费用较低、速度较快、覆盖面较广、便于双向交流的渠道。

(6) 收集求职资料

(7) 确定录用人员

5. 企业招聘的渠道

第一，内部招聘

(1) 内部招聘的含义

内部招聘是指当企业出现职位空缺时，从企业内部正在任职的员工中选择人员填补职位空缺的一种方法。

(2) 内部招聘的形式

企业员工内部招聘的形式主要有内部晋升和职位转换。

①晋升。晋升是指企业中有些比较重要的职位出现空缺时，从企业内部挑选较为适宜的人员补充职位空缺，挑选的人员一般是从一个较低职位晋升到一个较高的职位。

②职位转换。职位转换是指当企业中有些比较重要的职位出现空缺时，从与该职位同级别但相对较次要职位的人员中挑选适宜人员填补空缺职位的一种方法。

(3) 内部招聘的优点和不足

内部招聘具有以下优点：

①给员工提供了晋升的机会和空间，不仅有助于调动员工的工作积极性和进取精神，还有助于员工安心工作，防止和减少企业人才的流失。

②由于被聘任员工在企业中有着较长时间的工作经历，管理者对其才能和品质有较准确和深入的了解，能降低误用或错用率。

③不仅能减少招聘工作的宣传费用和差旅费用，而且由于内部员工对企业文化和企业相关制度有着深刻的理解，并能更好地理解职位的要求，减少了企业的培训费用。

④可以提高员工对企业的忠诚度，减少因人才流失导致的各种风险，有助于企业更好地开展研发、营销等各项工作。

⑤有助于企业挑选和培养各层次的管理者和未来的接班人。

内部招聘存在以下不足之处：

①容易导致"近亲繁殖"，使企业选人、用人的视野逐渐狭隘。

②不利于工作创新。

③内部晋升或职位转换的必然结果是产生另一职位的空缺，这个空缺也同时需要弥补；内部晋升和职位转换的一个重要前提是员工在原岗位上表现优秀，对空缺出来的职位再次补缺时容易导致用人标准的降低或人才匮乏。

④容易导致企业内部部门之间或员工之间的矛盾。若协调不好，还会造成员工的不满和

效率的降低。

第二，外部招聘

（1）外部招聘的含义

外部招聘是指企业出现职位空缺时，企业从外部选择适宜的，员补充空缺职位的方法。

（2）外部招聘的形式

①媒体广告招聘。媒体广告招聘是企业最常见的招聘方式。

②人才招聘会招聘。人才招聘会招聘是比较传统的，也是被广泛使用的招聘方式。

③校园招聘。校园招聘是指企业招聘人员直接走进校园，从在校的即将毕业的学生中选拔人才。

④中介机构招聘。利用中介机构招聘节省招聘工作的时间。

⑤猎头公司招聘。猎头公司有专门收集那些正在工作的高级人才的方法，并诱使他们跳槽，推荐给其他企业最高管理者。它可以为企业的最高管理层节省很多招聘和选拔高级主管等专门人才的时间，但是费用也很昂贵，一般为所推荐人才年薪的 1/4 到 1/3。

⑥海外招聘。对一些高级管理人员或从事尖端技术的专门人才，需要在全球范围内进行选拔，这就有必要采取海外招聘的方法。

⑦申请人自荐。

（3）外部招聘的优点和不足

①外部招聘的优点。

外部招聘具有如下优点：a. 能够为企业带来新鲜空气，注入新鲜血液；b. 有利于企业拓展视野；c. 可能招聘到更优秀的人才；d. 能够使企业快速招聘到所需要的人才。

②外部招聘的不足。

外部招聘存在如下不足之处：a. 外部招聘具有一定的风险性；b. 给内部应聘员工的积极性造成打击；c. 新员工需要较长的"调整期"，以熟悉工作、人员和企业。

6. 员工招聘中常用的测试方法

第一，心理测验

（1）含义

心理测验是对求职者的心理素质和能力的测试。

（2）内容

①成就测验。成就测验适用于对专业管理人员、科技人员和熟练工人某一方面实际能力的测验。

②倾向测验。倾向测验的目的，是测量一个人如果经过适当训练，能否成功地掌握某项工作技能。

③智力测验。智力测验主要用来测验一个人的思维能力、学习能力和适应环境能力。

④人格测验。人格测验主要是对人的体格与生理特质、气质、能力、动机、兴趣、价值观与社会态度等的测验。人格测验的主要方法有自陈量法和投射法。

⑤能力测验。能力测验是指企业为了测验求职者某方面的能力，而有针对性地设计和实施的测验。

第二，知识考试

知识考试简称笔试，主要指通过纸笔测验的形式对求职者的知识广度、知识深度和知识结构进行了解的一种方法。常见的有百科知识考试、专业知识考试和相关知识考试等类型。

第三，情景模拟考试

情景模拟考试主要针对的是求职者明显的行为及实际的操作，其主要测试内容是公文处理、角色扮演和即席发言等。

第四，面试

面试又称面试测评或专家面试。面试是员工招聘中常用的一种方法，也是争议较多的一种方法。

7. 薪酬

含义：

薪酬是指员工从事企业所需要的劳动而得到的各种形式的经济收入、福利、服务和待遇。

构成：

第一，经济性薪酬

(1) 直接薪酬是以货币形式支付的报酬，它可以分为基本薪酬、补偿薪酬和激励薪酬。①基本薪酬是企业依据员工的职位、级别、能力和工作结果支付给员工的比较稳定的报酬。一般来说，企业是根据员工所承担的工作的重要性、难度和其对企业的价值来确定员工的基本薪酬。基本薪酬是员工工作收入的主要部分，也是其他薪酬设置或变动的主要依据。②补偿薪酬是企业对员工非正常工作时间、特殊或困难工作条件下额外的劳动付出和承担工作风险所给予的报酬，主要包括加班费、津贴、补贴等形式。比如夜班工作津贴、出差补贴、特殊工作条件补贴等。补偿薪酬也是一种比较稳定的收入。③激励薪酬是企业为激励员工更有成效地劳动或愿意为企业提供更长时间的服务支付给员工的报酬，主要指奖金、员工持股、员工分红、经营者年薪制与股权激励等形式。

(2) 间接薪酬是企业给予员工的一般不直接以货币形式发放，但可以转化为货币或可以用货币计量的各种福利、待遇、服务和消费活动，也称福利薪酬或员工福利。比如企业为员工缴纳的各种社会保险、免费工作午餐、班车接送、免费体检、公费进修培训、带薪休假、集体组织旅游等。

第二，非经济性薪酬

非经济性薪酬是指无法用货币等手段衡量的由企业的工作特征、工作环境和企业文化带给员工的愉悦的心理效用。比如工作本身的趣味性和挑战性、个人才能的发挥和发展的可能、团体的表扬、舒适的工作条件及团结和谐的同事关系等。

功能：

(1) 薪酬对员工的功能。①保障功能；②激励功能；③调节功能。

(2) 薪酬对企业的功能。①增值功能；②改善用人活动功效的功能；③协调企业内部关系和塑造企业文化的功能；④促进企业变革和发展的功能。

(3) 薪酬对社会的功能。①直接影响到国民经济的正常运行；②影响到人民的生活质量；③会影响到社会的稳定等；④薪酬也调节人们择业和就业的流向。

8. 企业薪酬制度

第一，企业薪酬制度设计的原则

(1) 公平原则。

(2) 竞争原则。

(3) 激励原则。

(4) 量力而行原则。

（5）合法原则。

第二，影响企业薪酬制度的因素

（1）外在因素

外在因素主要包括：①劳动力和人才市场；②地区及产业的特点和惯例；③企业所在地区的生活水平；④国家的有关法律和法规。

（2）内在因素

内在因素主要包括：①企业的业务性质与内容；②企业的经营状况与财力；③企业的管理哲学与企业文化；④企业员工自身的差别。

第三，企业薪酬制度设计的流程

（1）明确现状和需求。

（2）确定员工薪酬策略。

（3）工作分析。

（4）职位评价。

（5）等级划分。

（6）建立健全配套制度。

（7）市场薪酬调查。

（8）确定薪酬结构与水平。

（9）薪酬制定的实施与修正。

9. 企业薪酬制度设计的方法

第一，基本薪酬制度的设计方法

（1）以职位为导向的基本薪酬制度的设计

①以职位等级法。

这种方法是将员工的职位划分为若干级别（即职级），按其所处的职级确定其基本薪酬的水平和数额。这种方法的优点是简单易行，成本较低。缺点是不能有效地激励员工，尤其是当许多职位不能简单地划分等级时其缺点更加明显。因此，这种方法仅适用于规模较小、职位类型较少而且员工对本企业各职位都较为了解的小型企业。

②职位分类法。

这种方法是将企业中的所有职位划分为若干类型，然后根据各类职位对企业的重要程度和贡献，确定每一类职位中所有员工的薪酬水平。它适用于专业化程度高、分工较细、技术单一、工作目标比较固定的产业和工种。这种方法的优点是简单易行，可做到同职同薪，且能较好地发挥薪酬对员工在企业内部流动的调节作用。其缺点是将各职位划分到某一类职位中时，有的科学依据不足，容易造成内部不公平。因而该方法适用于专业化程度较高、分工较细、工作目标较为明确的企业。

③计点法。

这种方法首先将各种职位划分为若干种职位类型，找出各类职位中所包含的共同的"付酬因素"，然后把各"付酬因素"划分为若干等级，并对每一"付酬因素"指派分数，以及其在该因素各等级间的分配数值。最后，利用一张转换表将处于不同职级上的职位所得的"付酬因素"数值转换成具体的薪酬金额。这种方法的优点是较为客观地找出了各类职位中的"付酬因素"，并进行较为科学的分级，能够更好地体现出内部公平性的原则。但是其操作较为复杂，而且在进行"付酬因素"等级划分和指派分数时一般需要聘请人力资源管理专家帮助，因而成本较高。这种方法是国外企业普遍使用的一种薪酬制度设计方法。

④因素比较法。

这种方法与计点法有相同之处，也是需要首先找出各类职位共同的"付酬因素"。但是与计点法的不同之处是，它舍弃了代表职位相对价值的抽象分数，而直接用相应的具体薪金值来表示各职务的价值。这种方法的优点是既较为全面地考虑了各职位的价值，又具有较强的灵活性，是一种较为完善的基本薪酬设计方法。但是这种方法复杂且难度大，需要人力资源管理专家，指导才能完成，成本较高，而且不易被员工完全理解，对其公平性也常有质疑。

（2）以技能为导向的基本薪酬制度设计

①以知识为基础的基本薪酬制度设计方法。这种设计方法的理论依据是具有较高文凭的员工工作效果会更好，而且还可以承担更高要求的工作。这种方法比较适用于企业职能管理人员基本薪酬的确定。

②以技能为基础的基本薪酬制度设计方法。这种方法根据员工能够胜任的工作的种类数目，即员工技能的广度来确定员工的基本薪酬。企业在运用这种方法时，一般应按员工已经掌握的技能的最高水平来确定其基本薪酬数额。

第二，激励薪酬制度的设计方法

（1）奖金制度的设计

奖金是企业以现金的形式给予付出超额劳动的员工的薪酬，具有单一性、灵活性、及时性和荣誉性等优点。奖金的类型主要有：①绩效奖金；②建议奖金；③特殊贡献奖金；④节约奖金。

（2）员工持股制度的设计

员工持股制度是一种企业向内部员工提供公司股票所有权的制度，是利润分享的重要形式。股票期权是员工持股制度的一种重要表现形式。股票期权和持有股票的共同点是，都可以激励持有者的长期化行为，但前者的激励作用更大，同时风险也更大。

（3）员工分红制度的设计

员工分红制度也称"利润分享计划"，指的是用盈利状况的变化来对整个企业的业绩进行衡量，把超过目标利润的部分在企业全体员工之间进行分配的制度。不足之处是：员工得到的奖励与个人绩效之间可能缺少必要的联系，并且容易使工作绩效和激励之间的关系减弱。

第三，员工福利制度

（1）含义与作用

福利是企业通过福利设置建立各种补贴、为员工生活提供方便、减轻员工经济负担的一种非直接支付。福利的提供与员工的工作绩效及贡献无关。福利具有维持劳动力再生产、激励员工和促使员工忠实于企业的作用。

（2）构成

①安全福利。

②保险福利。

③各种津贴。

④带薪休假。

⑤其他福利。

第四，非经济性薪酬

员工的非经济性薪酬主要包括三方面，一是工作本身，二是工作环境，三是企业文化。

10. 员工流动的含义和类型

第一，含义

员工流动有广义和狭义之分。广义的员工流动是指员工与企业相互选择而实现职业、就职企业或就职地区的变换。狭义的员工流动则是指以岗位为基准而由于员工岗位的变化所形成的员工从一种工作状态到另一种工作状态的变化现象。

第二，类型

(1) 按照员工流动的主动性与否，通常分为自愿性流动和非自愿性流动。

(2) 按照员工流动的边界是否跨越企业可分为员工流入、员工内部流动和员工流出3种形式。

(3) 按照员工流动的走向可以分为地区流动、层级流动和专业流动。

(4) 按照员工流动个人主观原因分为人事不适流动、人际不适流动和生活不适流动。

(5) 按照流动的范围划分，可分为国际流动和国内流动。

(6) 按流动的方向可以分为单向流动、双向流动和多向流动。

(7) 按流动的规模可以分为个体流动、批量流动、集团流动等。

11. 员工流动的基本理论

第一，勒温的场论

美国著名心理学家勒温认为，个人能力与个人条件及其所处的环境直接影响个人的工作绩效，个人绩效与个人能力、条件、环境之间存在着一种类似于物理学中的场强函数关系。由此他提出了个人与环境关系的公式：$B=f(p, e)$ 式中："B 为个人的绩效，p 为个人的能力和条件；e 为所处的环境"。一般而言，个人对环境往往无能为力，改变的方法是离开这个环境，转到一个较好的环境工作，这就是人才流动。

第二，卡兹的组织寿命学说

美国学者卡兹对科研组织的寿命进行了研究，发现组织寿命的长短与组织内信息沟通情况及获得成果的情况有关。认为：组织的最佳年龄区为 1.5~5 年。卡兹的组织寿命学说从组织活力角度证明了人才流动的必要性，同时也指出人员流动也不宜过快。流动间隔应大于两年，这是适应组织环境和完成一个项目所需的时间下限。

第三，库克曲线

美国学者库克（Katz）提出了另外一条曲线，从如何更好地发挥人的创造力的角度，论证了人才流动的必要性。该曲线表明研究生毕业后创造能力发挥程度与其在一个单位工作时间之间的关系——创造力发挥程度先升后降，创造力较强的时间大约为 4 年。

第四，中松义郎的目标一致理论

日本学者中松义郎的目标一致理论较好地解释了人才流动的成因和必然性。该理论认为：当个人目标与组织目标完全一致时，个人的潜能得到充分发挥。当两者不一致时，个人潜能收到抑制。解决这一问题有两个途径：个人目标主动向组织目标靠拢、进行人才流动。

第五，马奇和西蒙模型

马奇和西蒙模型可以被称为"参与者决定"模型。他们的模型实际上是由两个模型共同构成的。一个模型分析的是感觉到的从企业中流出的合理性，一个模型分析的是感觉到的从企业中流出的容易性。

第六，普莱斯模型

普莱斯是美国对员工流失问题研究卓有成就的专家。他建立了有关员工流出的决定因素和干扰变量的模型。普莱斯模型指出，工作满意度和调换工作的机会是员工流失和其决定因素之间的中介变量。工作满意度可以用来反映企业内员工对企业持有好感的程度。得到工作的机会显示出员工在外部环境中角色转换的可行性。普莱斯理论模型的前提条件是：只有当员工调换工作的机会相当高时，员工对工作的不满意才会导致流失。也就是说，工作满意度与工作机会的多少是相互影响和作用的。

第七，莫布雷中介链模型

莫布雷在马奇和西蒙模型的研究基础上提出。莫布雷认为，应该研究发生在员工工作满意度与实际流出之间的行为和认知过程，并用这种研究来代替对工作满意度与流出关系的简单复制。

第八，扩展的莫布雷模型

扩展的莫布雷模型结合了前面几种模型的内容，试图尽可能全面地捕捉影响员工流出的各类复杂因素。

12.员工内部流动管理

第一，内部调动及其管理

（1）内部调动含义

内部调动是指员工在企业中横向流动，在不改变薪酬和职位等级的情况下变换工作。内部调动可以由企业提出，也可以由员工提出。

（2）内部调动原因

a. 是内部调动可以满足企业调整组织结构的需要；

b. 是为了使企业中更多的员工获得奖励；

c. 是内部调动可以使企业员工的晋升渠道保持畅通。

第二，职务轮换及其管理

（1）职务轮换含义

职务轮换又称轮岗，指根据工作要求安排新员工或具有潜力的管理人员在不同的工作部门工作一段时间，时间通常为一到两年，以丰富新员工或管理人员的工作经验。

（2）职务轮换的优点

能丰富培训对象的工作经历，也能较好地识别培训对象的长处和短处，还能增强培训对象对各部门管理工作的了解并增进各部门之间的合作。

（3）职务轮换的不足之处

由于受训员工在每一工作岗位上停留的时间较短，因而容易缺乏强烈的岗位意识和高度的责任感；由于受训者的水平不高，容易影响整个部门或小组工作效率或工作效果；由于受训者的表现还会影响其身边的其他员工，容易在多个部门造成更坏的影响。

（4）企业为提高职务轮换的有效性应着重注意的问题

首先，在为新员工安排职务轮换时，应考虑培训对象的个人能力及他的需要、兴趣、态度和职业偏爱，从而选择与其相适应的工作；其次，职务轮换时间长短取决于培训对象的学习能力及学习效果，而不是机械地规定某一时间；再次，职务轮换所在的部门经理应受过专门的有关培训，具有较强的沟通、指导和督促能力。

第三，晋升及其管理

（1）晋升含义

晋升是指员工由于工作业绩出色和企业工作的需要，沿着企业等级，由较低职位等级上升到较高的职位等级。

（2）有效的晋升管理应遵循三项原则

①是晋升过程正规、平等和透明。

②是晋升选拔注重能力。

③是对能力的评价，要注重对员工技能、绩效、经验、适应性及素质等因素的综合考查。

第四，降职及其管理

降职是一个员工在企业中由原有职位向更低职位的移动。这一方法是与晋升相对的，晋升是员工职位等级的向上流动，而降职则是向下流动。

13. 员工流出管理

第一，员工非自愿流出及其管理

（1）解聘及其管理

①解聘政策的实施会带来一些危险。首先，解聘员工可能会引起被解聘员工的控告和起诉。其次，由于被解聘员工受到各方面的极大压力，可能会对企业的管理人员或与此相关人员进行人身伤害。

②解聘应该遵循一些原则。首先，要遵守公平原则。其次，建立必要的制度，规范解聘员工的工作和行为。再次，一旦员工被解聘，企业尽可能地提供一些再就业的咨询等等，以此来减轻因解聘员工带来的不良后果。

（2）人员精简及其管理

人员精简是一个包括人事裁减、招聘冻结、组织重组和兼并的术语，是企业为降低成本而采取的一系列行为。企业对人员精简管理的特征主要体现在其特殊的目的、人事政策、效率和对工作过程的影响方面。

（3）提前退休及其管理

提前退休是指员工在没有达到国家或企业规定的年龄或服务期限时就退休的行为。提前退休常常是由企业提出来的，以提高企业的运营效率。这是当今许多企业在面临市场激烈竞争时，使自身重现活力而采取的用于管理员工流出的一种很流行的方法。

第二，员工自愿流出及其管理

（1）含义

企业员工的自愿流出是一种损失，因此它又被称为"企业员工的流失"。一种流失是员工与企业彻底脱离工资关系或者员工与企业脱离任何法律承认的契约关系的过程，如辞职、自动离职；另一种流失是指员工虽然未与企业解除契约关系，但客观上已经构成离开企业的事实的行为过程，如主动型在职失业。

（2）第二，特点

①群体性。

②时段性。

③趋利性。

（3）给企业造成的损失

①员工流失使企业成本增加。

②员工流失使人心不稳，挫伤其他员工的工作积极性。

③掌握关键技术或销售渠道的核心员工的流失，将给企业带来无法估量和难以挽回的损失。

（4）影响员工流失的因素

①外部宏观因素主要有世界各国和地区之间的经济社会发展水平、收入等;

②企业因素主要包括:工资水平、职位的工作内容、企业管理模式和企业对员工流失的态度;

③与工作相关的个人因素主要包括:职位满足程度、职业生涯抱负和预期、对企业的忠诚度、对寻找其他职位的预期和压力等。

(5) 对员工流失的管理和控制

①谋求发展,事业留人。

②健全体制,管理留人。

③绩效管理,目标留人。

④合理薪酬,激励留人。

⑤公平公正,环境留人。

⑥感情沟通,文化留人。

员工自然流出的形式有多种,如退休、伤残、死亡等。这里只讨论第一种情况。企业的退休管理一般包括两个方面:一方面,为退休者提供与退休有关的信息;另一方面,为员工提供心理支持,企业允许退休的员工进行兼职工作也成为一种趋势,以此作为正式退休的一种变通方法。

(二)典型例题解析

【单选题】

1.主要是对某一职务可能的人员流入量和流出量进行估计的供给预测方法是 ( )。

　　A.管理人员接续计划法　　　　　　B.管理人员判断法

　　C.一元回归分析法　　　　　　　　D.马尔可夫模型法

【答案】 A

【解析】 本题考查供给预测方法。应准确区分人力资源供给预测方法和需求预测方法,题中的 B 和 C 项属于供给需求预测方法,D 项则是用来预测具有时间间隔的时间点上,各类人员分布状况的方法。

2.企业人力资源短期规划是指时间为 ( ) 的规划。

　　A.1年或1年内　　　B.1~5年　　　　C.半年内　　　　　　D.5年或5年以上

【答案】 A

【解析】 本题考查人力资源规划按照规划时间长短的划分情况。一般来说,短期规划是指1年或1年内的规划,长期规划是5年或5年以上的规划,中期规划是1~5年的时间跨度。

3.企业在招聘员工时,要充分尊重求职者的选择权,以与求职者平等的姿态对待求职者体现的是 ( ) 原则。

　　A.信息公开　　　　B.公正平等　　　　C.效率优先　　　　D.双向选择

【答案】 D

【解析】 本题考查员工招聘时所遵循的原则。题中较容易混淆的是 B 项,公正平等原则是指企业要对所有应聘者一视同仁,使应聘者能公平的参与竞争。C 项是指用尽可能低的招聘成本吸引高素质的员工。

4.对一些高级管理人员或从事尖端技术的专门人才,需要在全球范围内进行选拔,这时需要采取的招聘方法是 ( )。

　　A.媒体广告招聘　　　B.中介机构招聘　　　C.猎头公司招聘　　　D.海外招聘

【答案】D

【解析】本题考查企业外部招聘的形式。其中A项是企业最常见的招聘方式。B项可以节省招聘工作的时间。C项可以为企业最高管理层节省很多时间，但是费用比较昂贵。

5.计点法与因素比较法的共同之处是（　　）。

　　A.需要首先找出各类职位共同的"付酬因素"

　　B.舍弃了大半职位相对价值的抽象分手

　　C.直接用相应的具体薪金值来表示各职务的价值

　　D.方法复杂且难度大

【答案】A

【解析】本题考查企业基本薪酬制度设计方法中的计点法和因素比较法。二者都需要首先找出各类职位共同的"付酬因素"，而B、C、D项则是因素比较法的特点，也是区别于计点法的地方。

6.（　　）是有关员工与昂流出的决定因素和干扰变量的模型。

　　A.组织寿命学说　　　B.目标一致理论　　　C.马奇和西蒙模型　　　D.普莱斯模型

【答案】D

【解析】本题考查的是员工流动的基本理论。员工流动基本理论包括勒温的场论、卡兹的组织寿命学说、库克曲线、中松义郎的目标一致理论、马奇和西蒙模型、普莱斯模型、莫布雷中介链模型和扩展的莫布雷模型，考生应掌握各个理论的基本观点。

7.将员工流动划分为地区流动、层级流动和专业流动的依据是（　　）。

　　A.员工流出的主动性与否　　　　　　B.员工流出的个人主观原因

　　C.员工流动的走向　　　　　　　　　D.员工流动的规模

【答案】C

【解析】本题考查员工流动的类型。根据A项通常划分为自愿性流动和非自愿性流动。根据B项可以分为人事不适流动、人际不适流动和生活不适流动。按D项则可以分为个体流动、批量流动和集团流动。

8.下列不属于奖金的优点的是（　　）。

　　A.统一性　　　　　B.灵活性　　　　　C.荣誉性　　　　　D.及时性

【答案】A

【解析】本题考查奖金制度的设计。奖金是企业以现金的形式给予付出超额劳动的员工的薪酬，具有单一性、灵活性、及时性和荣誉性等优点，并不具有统一性。

9.员工内部流动的（　　）能增强培训对象对各部门管理工作的了解并增进各部门之间合作。

　　A.内部调动　　　　B.职位轮换　　　　C.晋升　　　　D.降职

【答案】B

【解析】本题考查员工内部流动管理。题中四项均为内部流动形式。其中A项可以使企业员工的晋升渠道保持畅通。C项是员工由较低职位等级上升到较高的职位等级。D项与C项是相对的。

10.某企业现有业务员120人，业务主管10人，销售经理4人，销售总监1人，该企业人员变动矩阵如下：

	人员调动概率				离职率
	销售总监	销售经理	业务主管	业务员	
销售总监	0.8				0.2
销售经理	0.1	0.7			0.2
业务主管	0.1	0.7			0.2
业务员	0.1	0.6			0.3

由此，可以预测该企业一年后业务主管内部供给量为（　　）。【2009年真题】

　　A. 12　　　　　　　B. 19　　　　　　　C. 60　　　　　　　D. 72

【答案】B

【解析】一年后业务主管内部供给量 =10×0.7+120×0.1=19人。本题考核马尔科夫模型。

11. 企业给员工发放的加班费属于（　　）。

　　A. 基本薪酬　　　　B. 补偿薪酬　　　　C. 激励薪酬　　　　D. 间接薪酬

【答案】B

【解析】加班费属于补偿薪酬。本题考核薪酬的构成。

12. 企业依据员工的岗位、职级、能力和工作结果支付给员工的比较稳定的报酬是（　　）。【2007年真题】

　　A. 基本薪酬　　　　B. 激励薪酬　　　　C. 间接薪酬　　　　D. 补偿薪酬

【答案】A

【解析】本题考查基本报酬的概念。基本报酬是指企业依据员工的岗位、职级、能力和工作结果支付给员工的比较稳定的报酬。

【多选题】

1. 内部招聘将会（　　）。

　　A. 给员工提供晋升的机会和空间　　　B. 为企业带来新鲜空气，注入新鲜血液

　　C. 降低误用或错用率　　　　　　　　D. 不利于公正创新

【答案】ACD

【解析】本题考查企业招聘的内容。内部招聘是当企业出现职位空缺时，从企业内部正在任职的员工中选择人员填补职位空缺的一种方法。A项与C项是其优点，D项是其缺点，而B项则是外部招聘的优点。

2. 福利具有（　　）的作用。

　　A. 维持劳动力在成产　　　　　　　　B. 激励员工

　　C. 促使员工忠实于企业　　　　　　　D. 提高工作绩效

【答案】ABC

【解析】本题考查福利的作用。福利的提供与员工的工作绩效及贡献无关。

3. 员工的非经济薪酬包括（　　）三个方面。

　　A. 安全福利　　　　B. 工作本身　　　　C. 工作环境　　　　D. 企业文化

【答案】BCD

【解析】本题考查非经济性薪酬的内容。A项则是员工福利的构成，应准确区分。

4. 人力资源规划的制定程序包括（　　）。

　　A. 收集信息　　　　　　　　　　　　B. 进行需求和供给分析

　　C. 制定具体计划　　　　　　　　　　D. 实施与效果评价

【答案】ABCD

【解析】本题考查人力资源规划的制定程序。考查的是课本中的重要要点。

5. 企业薪酬制度设计的原则有（　　）。

　　A. 公平原则　　　　B. 竞争原则　　　　C. 激励原则　　　　D. 量力而行原则

　　E. 合法原则

【答案】ABCDE

【解析】本题考查薪酬制度设计的原则，应注意与员工招聘、发布招聘信息等原则相区分。

6. 影响企业外部人力资源供给的因素是（　　）。

　　A. 宏观经济形势　　　　　　　　　　B. 该企业的组织制度

　　C. 该企业的人才流失率　　　　　　　D. 该企业所在地区的人口总量

【答案】AD

【解析】本题考查影响企业外部人力资源供给的因素。选项BC属于影响企业内部人力资源供给的因素。

7. 下列关于马尔可夫模型的表述正确的是（　　）。

　　A. 周期越长，预测越准确　　　　　B. 是一种应用广泛的定性预测方法

　　C. 是一种人力资源供给预测方法

　　D. 用来预测具有时间间隔（如一年）的时间点上，各类人员分布状况的方法

【答案】ACD

【解析】本题考查马尔代夫模型。马尔代夫模型是一种应用广泛的定量预测方法而不是定性预测方法。

8. 企业人力资源规划中员工使用计划的目标主要有（　　）。

　　A. 明确部门编制　　　　　　　　　B. 确定职务轮换幅度

　　C. 提高员工素质　　　　　　　　　D. 改善企业文化

【答案】AB

【解析】本题考查人力资源规划的内容。企业人力资源规划员工使用计划的目标主要有部门编制、员工结构优化、绩效改善、合理配置、职务轮换幅度等。

（三）经典案例分析

1. 某企业正在对自己的销售部门人力资源供给进行分析与预测，通过对 2001～2006 年销售部门人力资源人员变动情况的分析，得到销售部门人员变动矩阵表如下：

职务	人员调动概率				离职率
	销售总监	销售经理	业务主管	业务员	
销售总监	0.8				0.2
销售经理	0.1	0.7			0.2
业务主管		0.2	0.7		0.1
业务员			0.2	0.6	0.2

该企业 2006 年有业务员 30 人，业务主管 10 人，销售经理 3 人，销售总监 1 人。【2007 年真题】

根据上述资料，回答下列问题：

（1）该企业可以采用的人力资源供给预测方法是（　　）。

　　A. 人员核查法　　　B. 德尔菲法　　　C. 管理人员接续计划法　　D. 管理人员判断法

【答案】AC

【解析】本题考查人力资源供给预测方法。而选项BD属于人力资源的需求预测方法。

(2) 该企业2007年业务主管的内部供给量预计为（　　）人。

A. 10　　　　　　　'B. 13　　　　　　　C. 24　　　　　　　D. 28

【答案】B

【解析】本题考查马尔科夫模型法的计算。2007年业务主管的内部供给量=$0.7 \times 10 + 0.2 \times 30 = 13$人。

(3) 该企业2007年业务人员离职人数预计为（　　）人。

A. 2　　　　　　　B. 4　　　　　　　C. 6　　　　　　　D. 8

【答案】C

【解析】本题考查马尔科夫模型法的计算。2007年业务人员离职人数=$30 \times 0.2 = 6$人。

(4) 如果该企业采用外部招聘的方式补充销售经理，将（　　）。

A. 有助于企业减少招聘费用　　　　　B. 有利于企业拓展视野

C. 使企业快速招聘到所需人才　　　　D. 提高内部员工对企业的忠诚度

【答案】BC

【解析】本题考查外部招聘方式的优点。而选项AD则是内部招聘的优点。

2. 某企业根据自身业务发展需要，制定了企业整体发展战略，确定企业员工总数在未来3年内由100名增加到1000名，其中具有大学以上学历的专业技术人员比例由5%增加到25%，全员劳动生产率达到人均10万元以上，其整体发展总策略包括加大员工培训力度、加强人力资源激励机制、提高专业技术人员待遇等。

根据以上资料，回答下列问题：

(1) 该企业根据整体发展战略制定的总目标、总策略、实施步骤及总预算安排构成了（　　）。

A. 人力资源各项业务计划　　　　　B. 人力资源开发

C. 人力发展计划　　　　　　　　　D. 人力资源总体规划

【答案】D

【解析】本题考查的是人力资源规划的基本含义。

(2) （　　）包括员工招聘计划、员工使用计划、员工培训计划、报酬计划、劳动关系等。

A. 人力资源具体计划　　　　　　　B. 人力资源开发

C. 人力发展计划　　　　　　　　　D. 人力总体规划

【答案】A

【解析】本题考查的是人力资源规划的基本内容。

(3) 人力资源需求预测时，需要考虑的变量包括（　　）。

A. 企业财务资源　　　　　　　　　B. 劳动力市场供给情况

C. 管理方式和生产技术　　　　　　D. 人员劳动生产率

【答案】ACD

【解析】本题考查人力资源预测时需要考虑的因素，是课本中的重要内容。

(4) 人力资源规划包括（　　）。

A. 人力资源总体规划　　　　　　　B. 人力资源总体预算

C. 人力资源具体计划　　　　　　　　　　D. 员工培训计划

【答案】AC

【解析】考查人力资源的构成，人力资源包括人力资源总体规划和人力资源具体计划。

3. 某企业进行人力资源需求与供给预测。经过调查研究与分析，确认本企业的销售额（单位：万元）和所需销售人员数（单位：人）成一元线性正相关关系，并根据过去10年的统计资料建立了一元线性回归预测模型 $Y=a+bX$，其中：x 代表销售额，Y 代表销售人员数，回归系数 $a=20$，$b=0.03$。同时，该企业预计2010年销售额将达到1000万元，2011年销售额将达到1500万元。通过统计研究发现，销售额每增加500万元，需增加管理人员、销售人员和客服人员共40人；新增人员中，管理人员、销售人员和客服人员的比例是1：6：3。根据人力资源需求与供给情况，该企业制定了总体规划及相关计划。

(1) 根据一元回归分析法计算，该企业2010年需要销售人员（　　）人。

A. 20　　　　　　　B. 30　　　　　　　C. 50　　　　　　　D. 64

【答案】C

【解析】该企业预计2010年销售额将达到1000万元，所以2010年需要销售人员 $y=20+0.03x=20+0.03\times1000=50$人。

(2) 根据转换比率分析法计算，该企业2011年需要增加管理人员（　　）人。

A. 4　　　　　　　B. 12　　　　　　　C. 24　　　　　　　D. 32

【答案】A

【解析】销售额每增加500万元，需增加管理人员、销售人员和客服人员共40人，该企业预计2010年销售额将达到1000万元，2011年销售额将达到1500万元，2011年的销售额比2010年的增加1500－1000=500万元，所以需增加管理人员、销售人员和客服人员共40人。在新增人员中，管理人员、销售人员和客服人员的比例是1：6：3。根据转换比率分析法，第一步计算分配比率40/（1+6+3）=4，第二步分配：管理人员为1×4=4人。

(3) 影响该企业外部人力资源供给的因素是（　　）。

A. 宏观经济形势　　　　　　　　　　B. 该企业的组织制度

C. 该企业的人才流失率　　　　　　　D. 该企业所在地区的人口总量

【答案】AD

【解析】选项BC属于影响企业内部人力资源供给的因素。

(4) 该企业进行人力资源供给预测时可以采用的方法是（　　）。

A. 转换比率法　　B. 因素比较法　　C. 管理人员接续计划法　D. 马尔可夫模型法

【答案】CD

【解析】选项A属于人力资源需求预测方法。选项B属于薪酬制度设计方法。

(5) 该企业应以（　　）为编制员工招聘计划的内容。

A. 员工数量　　B. 员工类型　　C. 员工知识技能的改善　D. 员工结构

【答案】ABD

【解析】该企业应以员工数量、类型和结构为编制员工招聘计划的内容。

四、本章测试题

1. 企业人力资源规划制订过程中最后一步是（　　）。

A. 人力资源规划实施与效果评价

B. 进行人力资源需求与供给预测

C. 收集信息，分析企业经营战略对人力资源的要求

D. 制订人力资源总体规划和各项具体计划

2. 对于管理人员来说，最有效的选拔技术是（　　）。

  A. 面试   B. 笔试   C. 测评   D. 评价中心技术

3. 有由经营的专家依赖自己的知识、经验和分析判断能力，对企业的人力资源需要进行直觉的判断和预测的方法是（　　）。

  A. 转换比率分析法 B. 管理人员判断法 C. 人员核查法   D. 德尔菲法

4. 主要是对某一职务可能的人员流入量和流出量进行估计的供给预测方法是（　　）。

  A. 管理人员接续计划法   B. 管理人员判断法

  C. 一元回归分析法   D. 马尔可夫模型法

5. 企业在招聘员工时，要充分尊重求职者的选择权，以与求职者平等的姿态对待求职者体现的是（　　）原则。

  A. 信息公开   B. 公正平等   C. 效率优先   D. 双向选择

6. 下列不属于招聘信息发布应遵循的原则是（　　）。

  A. 广泛和及时原则 B. 层次和真实原则 C. 效率优先原则   D. 全面原则

7. 对一些高级管理人员或从事尖端技术的专门人才，需要在全球范围内进行选拔，这时需要采取的招聘方法是（　　）。

  A. 媒体广告招聘 B. 中介机构招聘 C. 猎头公司招聘 D. 海外招聘

8. 适用于对专业管理人员、科技人员和熟练工人某一方面实际能力的测验是（　　）。

  A. 成就测验   B. 倾向测验   C. 智力测验   D. 人格测验

9. 直接薪酬是以（　　）形式支付的报酬。

  A. 基金   B. 货币   C. 公费进修   D. 社会保险

10. （　　）适用于专业化程度较高、分工较细、工作目标较为明确的企业的基本薪酬制度设计。

  A. 职位等级法 B. 职位分类法 C. 计点法   D. 因素比较法

11. 计点法与因素比较法的共同之处是（　　）。

  A. 需要首先找出各类职位共同的"付酬因素"

  B. 舍弃了大半职位相对价值的抽象分手

  C. 直接用相应的具体薪金值来表示各职务的价值

  D. 方法复杂且难度大

12. 将员工流动划分为地区流动、层级流动和专业流动的依据是（　　）。

  A. 员工流出的主动性与否   B. 员工流出的个人主观原因

  C. 员工流动的方向   D. 员工流动的规模

13. （　　）是有关员工流出的决定因素和干扰变量的模型。

  A. 组织寿命学说 B. 目标一致理论 C. 马奇和西蒙模型 D. 普莱斯模型

14. 不属于员工自愿流出的特点的是（　　）。

  A. 群体性   B. 时段性   C. 延续性   D. 趋利性

15. 员工内部流动的（　　）能增强培训对象对各部门管理工作的了解并增进各部门之间合作。

    A. 内部调动   B. 职位轮换   C. 晋升   D. 降职

16 当今许多企业在面临市场激烈竞争时，使自身重现活力而采取的用于管理员工流出的一种流行方法是（　　）。

    A. 解聘   B. 人员精简   C. 自动离职   D. 提前退休

17. 某企业的机加工车间内，一名机械维修工可以负责10台设备的维修工作。该车间现有机械维修工8名、设备120台，企业还需要招聘机械维修工（　　）名。

    A. 0   B. 1   C. 2   D. 4

18. 人力资源规划的第一步是（　　）。

    A. 人力资源信息收集   B. 人力资源供给预测

    C. 人力资源需求预测   D. 制订人力资源管理目标

19. 员工自愿流动开始时的表现为（　　）。

    A. 不辞而别   B. 先说后走   C. 工作撤出   D. 不与人交往

20. 在员工自愿流动管理中，工作撤出的关键推动力是（　　）。

    A. 工作性质   B. 工作任务   C. 工作满意度   D. 工作自由度

21. 企业可采用的人力资源需求预测方法有（　　）。

    A. 管理人员判断法   B. 德尔菲法

    C. 马尔可夫模型法   D. 转换比率分析法

    E. 一元回归分析法

22. 员工招聘的原则是（　　）。

    A. 信息公开原则   B. 公正平等原则   C. 效率优先原则   D. 双向选择原则

23. 员工招聘中常用的测试方法有（　　）。

    A. 心理测试   B. 知识考试   C. 情景模拟考试   D. 面试

24. 影响员工流失的企业因素包括（　　）。

    A. 工资水平   B. 工作内容   C. 激励原则   D. 管理模式

    E. 企业对员工流失的态度

25. 企业可以通过（　　）措施加强对员工流失的管理和控制。

    A. 谋求发展   B. 健全体制   C. 绩效管理   D. 合理薪酬

    E. 公平公正

26. 职务轮换的优点是（　　）。

    A. 丰富培训对象的工作经历

    B. 较好的识别培训对象的长处与短处

    C. 增强培训对象对个部门工作管理的了解并增进各部门的合作

    D. 增强培训对象的岗位意识和高度的责任感

27. 薪酬对员工的智能有（　　）。

    A. 增值功能   B. 保障功能   C. 激励功能   D. 调节功能

28. 需要首先找各类职位共同的"付酬因素"的薪酬制度设计方法是（　　）。

    A. 职位等级法   B. 职位分类法   C. 计点法   D. 因素比较法

29. 下列属于员工非自愿流出的是（　　）。

    A. 退休   B. 解聘   C. 死亡   D. 人员精简

    E. 提前退休

30. 企业可以根据自身的需要设立各种奖金，奖金的类型主要有（　　）。

　　A. 节约奖金　　　　　B. 建议奖金　　　　　C. 绩效奖金　　　　　D. 优秀奖金

　　E. 特殊贡献奖金

【本章测试题答案及解析】

单选题

1. 【答案】A

　　【解析】考查企业人力资源规划制订过程。

2. 【答案】D

　　【解析】对于管理人员来说，最有效的选拔技术是评价中心技术，面试则是企业招聘常用的测试方法。

3. 【答案】D

　　【解析】考查预测方法的含义。

4. 【答案】A

　　【解析】考查人力资源需求预测方法的含义。

5. 【答案】D

　　【解析】公正平等原则。公正平等原则是指企业要对所有应聘者一视同仁，使应聘者能公平地参与竞争。双向选择原则是指企业在招聘员工时，要充分尊重求职者的选择权，以与求职者平等的姿态对待求职者。

6. 【答案】C

　　【解析】招聘信息的发布应遵循以下原则：广泛原则、及时原则、层次原则、真实原则、全面原则。

7. 【答案】D

　　【解析】本题对外部招聘形式进行考查。

8. 【答案】A

　　【解析】员工招聘中常用的测试方法中的成就测验适用于对专业管理人员、科技人员和熟练工人某一方面实际能力的测验。

9. 【答案】B

　　【解析】直接薪酬是以货币形式支付的报酬。

10. 【答案】B。

　　【解析】职位等级法适用于规模较小、职位类型较少而且员工对本企业各职位都较为了解的小型企业。

11. 【答案】A

　　【解析】因素比较法与计点法有相同之处，也是需要首先找出各类职位共同的"付酬因素"。

12. 【答案】B

　　【解析】按照员工流动的走向可以分为地区流动、层级流动和专业流动按流动的方向可以分为单向流动、双向流动和多向流动。

13. 【答案】D

【解析】普莱斯是美国对员工流失问题研究卓有成就的专家。他建立了有关员工流出的决定因素和干扰变量的模型。普莱斯模型指出，工作满意度和调换工作的机会是员工流失和其决定因素之间的中介变量。

14.【答案】C

【解析】特点包括（1）群体性；（2）时段性；（3）趋利性。

15.【答案】B

【解析】职务轮换的优点是：能丰富培训对象的工作经历，也能较好地识别培训对象的长处和短处，还能增强培训对象对各部门管理工作的了解并增进各部门之间的合作。

16.【答案】D

【解析】提前退休是指员工在没有达到国家或企业规定的年龄或服务期限时就退休的行为。提前退休常常是由企业提出来的，以提高企业的运营效率。这是当今许多企业在面临市场激烈竞争时，使自身重现活力而采取的用于管理员工流出的一种很流行的方法。

17.【答案】D

【解析】一名员工可以负责维修 10 台设备，现有设备 120 台，则需要 10 名员工，而企业只有 8 名维修员工，所以需要增加 4 名。

18.【答案】A

【解析】考查人力资源规划的程序。

19.【答案】C

【解析】一种流失是员工与企业彻底脱离工资关系或者员工与企业脱离任何法律承认的契约关系的过程，如辞职、自动离职；另一种流失是指员工虽然未与企业解除契约关系，但客观上已经构成离开企业的事实的行为过程，如主动型在职失业。

20.【答案】C

【解析】在员工自愿流动管理中，工作撤出的关键推动力是工作满意度，与工作相关的个人因素主要包括：职位满足程度、职业生涯抱负和预期、对企业的忠诚度、对寻找其他职位的预期和压力等。

多选题

21.【答案】ABDE

【解析】区分人力资源需求预测方法和供给预测方法。

22.【答案】ABCD

【解析】员工招聘的原则包括信息公开原则、公正平等原则、效率优先原则、双向选择原则。

23.【答案】ABCD

【解析】员工招聘中常用的测试方法有：第一，心理测验；第二，知识考试；第三，情景模拟考试；第四，面试。

24.【答案】ABCDE

【解析】影响员工流失的企业因素主要包括：工资水平、职位的工作内容、企业管理模式和企业对员工流失的态度。

25.【答案】ABCDE

【解析】对员工流失的管理和控制包括：（1）谋求发展，事业留人。（2）健全体制，管理留人。（3）绩效管理，目标留人。（4）合理薪酬，激励留人。（5）公平公正，环境留人。 (6) 感情沟通，文化留人。

26.【答案】ABC

【解析】由于受训员工在每一工作岗位上停留的时间较短，因而容易缺乏强烈的岗位意识和高度的责任感。

27.【答案】BCD

【解析】薪酬对员工的智能没有增值功能。

28.【答案】CD

【解析】计点法首先将各种职位划分为若干种职位类型，找出各类职位中所包含的共同的"付酬因素"然后把各"付酬因素"划分为若干等级，并对每一"付酬因素"指派分数以及其在该因素各等级间的分配数值。因素比较法与计点法有相同之处，也是需要首先找出各类职位共同的"付酬因素"。

29.【答案】BDE

【解析】员工非自愿流出包括解聘及其管理、人员精简及其管理、提前退休及其管理。

30.【答案】ABCE

【解析】不包括优秀奖金。

第八章　企业投融资决策及重组

一、近三年本章考点考频分析

年　份	单选题	多选题	考点分布
2008 年	5 道题 5 分	2 道题 4 分	资本成本、杠杆理论、企业重组含义和方式、价值评估方法
2009 年	7 道题 7 分	2 道题 4 分	资本成本、杠杆理论、资本结构理论、企业重组方式、价值评估方法
2010 年	6 道题 6 分	2 道题 4 分	资本成本率现金流量的计算、企业重组的方式及价值评估方法

二、本章基本内容结构

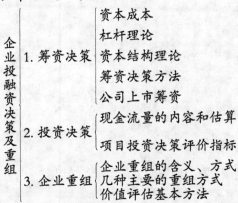

企业投融资决策及重组

1. 筹资决策
　　资本成本
　　杠杆理论
　　资本结构理论
　　筹资决策方法
　　公司上市筹资

2. 投资决策
　　现金流量的内容和估算
　　项目投资决策评价指标

3. 企业重组
　　企业重组的含义、方式
　　几种主要的重组方式
　　价值评估基本方法

三、重要考核点归纳

(一) 重要概念归纳

1. 资本成本

第一，概念

资本成本是企业筹资和使用资本而承付的代价。此处的资本是指企业所筹集的长期资本，包括股权资本和长期债权资本。从投资者的角度看，资本成本也是投资者要求的必要报酬或最低报酬。

第二，内容

资本成本从绝对量的构成来看，包括用资费用和筹资费用两部分。

(1) 用资费用。用资费用是指企业在生产经营和对外投资活动中因使用资本而承付的费用。用资费用是资本成本的主要内容。长期资本的用资费用是经常性的，并随使用资本数量的多少和时期的长短而变动，因而属于变动性资本成本。

(2) 筹资费用。筹资费用是指企业在筹集资本活动中为获得资本而付出的费用。通常是在筹资时一次全部支付的，在获得资本后的用资过程中不再发生，因而属于固定性的资本成本。

第三，属性

（1）资本成本是企业的一种耗费，需由企业的收益补偿，但它是为获得和使用资本而付出的代价。

（2）通常并不直接表现为生产成本，且资本成本一般只需计算预测数或估计数，用于投融资决策。资本成本与货币的时间价值既有联系又有区别。

（3）货币的时间价值是资本成本的基础，而资本成本既包括货币的时间价值又包括投资的风险价值。在有风险的条件下，资本成本率也是投资者要求的必要回报率。资本成本 = 货币的时间价值 + 投资的风险价值。

第四，作用

（4）资本成本是选择筹资方式、进行资本结构决策和选择追加筹资方案的依据。

①个别资本成本率是企业选择筹资方式的依据。

②综合资本成本率是企业进行资本结构和追加筹资决策的依据。

（2）资本成本是评价投资项目，比较投资方案和进行投资决策的经济标准。

（3）资本成本可以作为评价企业整个经营业绩的基准。

2. 资本成本成本率的计算

第一，个别资本成本率

定义：

个别资本成本率是某一项筹资的用资费用与净筹资额的比率。

作用：

个别资本成本率是企业选择筹资方式的依据。长期筹资方式的个别资本成本率的高低不同，可作为比较选择各种筹资方式的一个依据。

公式：$K=\dfrac{D}{P-f}$ 或 $K=\dfrac{D}{P(1-F)}$

其中，K 为资本成本率，D 为用资费用额，P 为筹资额，F 为筹资费用率，f 为筹资费用额。

决定因素：

用资费用、筹资费用和筹资额

长期债权：

（1）长期借款。

①利息在税前支付，具有减税作用。

②公式：$K_l=\dfrac{I_l(1-T)}{L(1-F_l)}$ 或者 $K_l=R_l(1-T)$（筹资费用很少，可以忽略不计时采用此公式）

其中，I_l 为年利息额，L 为筹资额，F_l 筹资费用率，R_l 为借款利率，T 为税率。

（2）长期债券。

①利息费用在所得税前列支。

②债券的筹资费用，即发行费用，包括申请费、注册费、印刷费和上市费以推销费等。

③公式：$K_b=\dfrac{I_b(1-T)}{B(1-F_b)}$，其中，$I_b$ 为每年支付的利息，B 为筹资额，F_b 为筹资费用率。

股权：

（1）普通股。

两种测算思路：

①用股利折现模型：即先估计普通股的现值，再计算其成本。

公式：$P_0 = \sum\limits_{t=1}^{\infty} \dfrac{D_t}{(1+K_e)^t}$

其中，P_0 为融资净额，D_t 为第 t 年的股利，K_e 为资本成本率。

a. 如果公司采用固定股利政策，即每年分派现金股利 D 元，其资本成本率的计算公式为：$K_e = \dfrac{D}{P_0}$

b. 如果公司采用固定增长股利的政策，股利固定增长率为 G，其资本成本率的计算公式为：$K_e = \dfrac{D}{P_0} + G$

②资本资产定价模型，即股票的资本成本为普通股投资的必要报酬率，而普通股投资的必要报酬率等于无风险报酬率加上风险报酬率。

计算公式为：$K_e = R_f + \beta\ (R_m - R_f)$

其中，R_f 为无风险报酬率，R_m 为市场报酬率，β 为风险系数。

（2）优先股。

公式：$K_p = \dfrac{D}{P_0}$

其中，D 为每股年股利、P_0 为筹资净额。

（3）留用利润。

①由公司税后利润形成，属于股权资本。

②它的资本成本是一种机会成本。

③其资本成本率的测算方法与普通股基本相同，只是不考虑筹资费用。

第二，综合资本成本率

（1）概念。

又称加权平均资本成本率，是指一个企业全部长期资本的成本率，通常是以各种长期成本的比例为权重，对个别资本成本率进行加权平均测算。

（2）作用。

综合资本成本率是企业进行资本结构和追加筹资决策的依据。企业全部长期资本通常是由多种长期资本筹资类型的组合构成。不同筹资组合的综合资本成本率的高低，可以用做比较各个筹资组合方案、做出资本结构决策的一个依据。

（3）决定因素。

个别资本成本率、各种资本结构

（4）公式 $K_w = \sum\limits_{j=1}^{n} K_j W_j$。

其中，K_w 为综合资本成本率，K_j 为第 j 种资本成本率，W_j 为第 j 种资本比例。

资本成本是评价投资项目，比较投资方案和进行投资决策的经济标准。一个投资项目，只有当其投资收益率高于资本成本率，在经济上才是合理的。资本成本可以作为评价企业整个经营业绩的基准。企业的整个经营业绩可以用企业全部投资的利润率来衡量，并可与企业全部资本的成本率相比较，如果利润率高于资本成本率，可以认为经营有利。反之，可以认为经营不利，业绩不佳。

3. 杠杆理论

自然界中的杠杆效应，是指人们通过利用杠杆，可以用较小的力量移动较重物体的现象。财务管理中也存在着类似的杠杆效应，表现为：由于特定费用（如固定成本或固定财务费用）的存在而导致的、当某一财务变量以较小的幅度变动时，另一相关财务变量以较大幅度变动。杠杆的作用程度，我们可以借助于杠杆系数来描述。杠杆系数越大，说明因素变动以后目标值变动的幅度越大，杠杆作用程度相应越高。杠杆利益是影响资本结构建立的一个重要因素。

第一，营业杠杆

（1）定义。

营业杠杆又称经营杠杆或营运杠杆，是指在某一固定成本比重的作用下，销售量变动对息税前利润产生的作用。运用营业杠杆可以获得一定的营业杠杆利益，同时也承受相应的营业风险。营业杠杆的利益和风险一般可用营业杠杆系数来衡量。

（2）利益。

营业杠杆利益是指在扩大销售额（营业额）的条件下，由于单位经营成本中固定成本相对降低，所带来的增长程度更大的息税前利润。在一定产销规模内，由于固定成本并不随销售量（营业量）的增加而增加，反之随着销售量（营业量）的增加，单位销量所负担的固定成本会相对减少，从而给企业带来额外的收益。

（3）营业风险。

含义：

营业风险也称经营风险，是指与企业经营相关的风险，尤其是指利用营业杠杆而导致息税前利润变动的风险。

影响因素：

产品需求的变动、产品售价的变动、单位产品变动成本的变动、营业杠杆变动等。营业杠杆对营业风险的影响最为综合，企业要取得营业杠杆利益，就需承担由此引起的营业风险，需要在营业杠杆利益与风险之间作出权衡。

（4）营业杠杆系数。

定义：

营业杠杆系数，也称营业杠杆程度，是息税前利润的变动率相当于销售额（营业额）变动率的倍数。

公式：$DOL = \dfrac{\Lambda EBIT/EBIT}{\Lambda S/S}$

式中，DOL——营业杠杆系数。

　　　$\Lambda EBIT$——息税前利润的变动额。

　　　$EBIT$——息税前利润。

　　　ΛS——营业额的变动额。

　　　S——营业额。

营业杠杆系数测算公式可变换如下：$DOL_Q = \dfrac{Q(P-V)}{Q(P-V)-F}$　$DOL_S = \dfrac{S-C}{S-C-F}$

式中：DOL_Q：按销售数量确定的营业杠杆系数。

DOL_S：按销售金额缺的营业杠杆系数。

Q——销售数量。

P——销售单价。

V——单位销量的变动成本额。

F——固定成本总额。

C——变动成本总额。

营业风险分析：

营业风险分析是指与企业经营有关的风险，尤其是指企业在经营活动中利用营业杠杆而导致息税前利润下降的风险。由于营业杠杆的作用，当营业额下降时，息税前利润下降得更快，从而给企业带来营业风险，即息税前利润的降低幅度高于营业总额的降低幅度。营业杠杆度越高，表示企业息税前利润对销售量变化的敏感程度越高，经营风险也越大；营业杠杆度越低，表示企业息税前利润受销售量变化的影响越小，经营风险也越小。

第二，财务杠杆

财务杠杆也称融资杠杆，是指由于固定财务费用的存在，使权益资本净利率（或每股利润）的变动率大于息税前利润（EBIT）变动率的现象。它有两种基本形态：其一，在现有资本与负债结构不变的情况下，由于息税前利润的变动而对所有者权益产生影响；其二，在息税前利润不变的情况下，改变不同的资本与负债的结构比例而对所有者权益产生的影响。

财务杠杆利益：

（1）含义。

财务杠杆利益，是指利用债务筹资（具有节税功能）给企业所有者带来的额外收益。在资本结构一定、债务利息保持不变的条件下，随着息税前利润的增长，税后利润会以更高的水平增长。

（2）与经营杠杆的区别。

营业杠杆影响息税前利润，财务杠杆影响税后利润。

财务风险：

（1）含义。

也称融资风险或筹资风险，是指与企业筹资相关的风险。

由于财务杠杆的作用，当息税前利润下降时，税后利润下降得更快，从而给带来收益变动，甚至导致企业破产的风险。

（2）影响因素。

资本供求关系的变化、利润水平的变动、获利能力的变化、资本结构的变化、财务杠杆利用的程度等。财务杠杆对财务风险的影响最为综合。

财务杠杆系数：

（1）含义。

DFL，是指普通股每股税后利润（EPS）变动率相当于息税前利润变动率的倍数。

（2）公式 $DOL=\dfrac{EBIT}{EBIT-I}$。

其中，$EBIT$ 为息税前利润额，I 为债务年利息额。

第三，总杠杆

（1）含义。

指营业杠杆和财务杠杆联合作用，也称联合杠杆。

（2）意义。

普通股每股税后利润变动率相当于销售额（营业额）变动率的倍数。

（3）公式：

总杠杆系数（DTL）= 营业杠杆系数 × 财务杠杆系数 $DOL=\dfrac{\Lambda EBIT/EPS}{\Lambda S/S}$

4. 资本结构理论

资本结构是指企业各种资金的构成及其比例关系，其中重要的是负债资金的比率问题。关于资本结构富有成效的理论研究是企业筹资决策的重要基础。

第一，早期资本结构理论

（1）净收益观点。

这种观点认为，在公司的资本结构中，债权资本的比例越大，公司的净收益或税后利润就越多，从而公司的价值就越高。由于债权资本成本率一般低于股权资本成本率，因此，公司的债权资本越多，债权资本比例就越高，综合资本成本率就越低，从而公司的价值就越大。

这种观点忽略了财务风险，如果公司的债权资本过多，债权资本比例过高，财务风险就会很高，公司的综合资本成本率就会上升，公司的价值反而下降。

（2）净营业收益观点。

这种观点认为，在公司的资本结构中，债权资本的多少、比例的高低，与公司的价值没有关系。决定公司价值的真正因素，应该是公司的净营业收益。

这种观点虽然认识到债权资本比例的变动会产生公司的财务风险，也可能影响公司的股权资本成本率，但实际上公司的综合资本成本率不可能是一个常数。公司净营业收益的确会影响公司价值，但公司价值不仅仅取决于净营业收益。

（3）传统观点。

按照这种观点，增加债权资本对提高公司价值是有利的，但债权资本规模必须适度。如果公司负债过度，综合资本成本率就会升高，并使公司价值下降。

第二，MM 资本结构理论

基本观点：

资本结构理论的基本结论：在符合该理论的假设之下，公司的价值与其资本结构无关。公司的价值取决于其实际资产，而不是其各类债权和股权的市场价值。资本结构理论得出的重要命题有两个：

命题一——无论公司有无债权资本，其价值（普通股资本与长期债权资本的市场价值之和）等于公司所有资产的预期收益额（息税前利润）按适合该公司风险等级的必要报酬率（综合资本成本率）予以折现。

命题二——利用财务杠杆的公司，其股权资本成本率随筹资额的增加而增加，因此公司的市场价值不会随债权资本比例的上升而增加。资本成本较低的债务给公司带来的财务杠杆利益会被股权资本成本率的上升而抵消，最后使有债务公司的综合资本成本率等于无债务公司的综合资本成本率，所以公司的价值与其资本结构无关。

修正观点：

该观点也有两个重要命题：

命题———MM 资本结构理论的公司所得税观点：有债务公司的价值等于有相同风险但无债务公司的价值加上债务的节税利益。按照修正的资本结构理论，公司债权比例与公司价值成正相关关系。

命题二——MM 资本结构理论的权衡理论观点：随着公司债权比例的提高，公司的风险也会上升，因而公司陷入财务危机甚至破产的可能性也就越大，由此会增加公司的额外成本，降低公司的价值。因此，公司最佳资本结构应当是节税利益和债权资本比例上升而带来的财务危机成本或破产成本之间的平衡点。财务危机成本取决于公司危机发生的概率与危机的严重程度。

第三，新的资本结构理论

（1）代理成本理论。

代理成本理论指出，公司债务的违约风险是财务杠杆系数的增函数；随着公司债权资本的增加，债权人的监督成本随之提升，债权人会要求更高的利率。这种代理成本最终由股东承担，公司资本结构中债权比率过高会导致股东价值的降低。这种资本结构的代理成本理论仅限于债务的代理成本。

（2）信号传递理论。

信号传递理论认为，公司可以通过调整资本结构来传递有关获利能力和风险方面的消息，以及公司如何看待股票市场的信息。按照这种理论，公司被低估时会增加债权资本。反之，公司价值被高估时会增加股权资本。

（3）啄序理论。

资本结构的啄序理论认为，公司倾向于首先采用内部筹资，因而不会传递任何可能对股价不利的信息。如果需要外部筹资，公司将先选择债权筹资，再选择其他外部股权筹资，这种筹资顺序的选择也不会传递对公司股价产生不利影响的信息。按照啄序理论，不存在明显的目标资本结构。

5. 筹资决策方法

定性分析：

第一，企业财务目标的影响分析

（1）利润最大化目标的影响分析。

作为企业财务目标的利润应当是企业的净利润额即企业所得税后利润额。在以利润最大化作为企业财务目标的情况下，企业应当在资本结构决策中，在财务风险适当的情况下合理地安排债权资本比例，尽可能地降低资本成本，以提高企业的净利润水平。

（2）每股盈余最大化目标的影响分析。

应把企业的利润和股东投入的资本联系起来考察，用每股利润来概括企业的财务目标，以避免利润最大化目标的缺陷。

（3）公司价值最大化目标的影响分析。

它综合了利润最大化和每股利润最大化目标的影响，主要适用于公司的资本结构决策。公司在资本结构决策中以公司价值最大化为目标，应当在适度财务风险条件下合理确定债权资本比例，尽可能地提高公司的总价值。

第二，投资者动机的影响分析

债权投资者对企业投资的动机主要是在按期收回投资本金的条件下获取一定的利息收益。股权投资者的基本动机是在保证投资本金的基础上获得一定的股利收益并使投资价值不断增值。

第三，债权人态度的影响分析

如果企业过高地安排债务融资，贷款银行未必会接受大额贷款的要求，或者只有在担保抵押或较高利率的前提下才同意增加贷款。

第四，经营者行为的影响分析

如果企业的经营者不愿让企业的控制权旁落他人，则可能尽量采用债务融资的方式来增加资本，而不发行新股增资。

第五，企业财务状况和发展能力的影响分析

在其他因素相同的条件下，企业的财务状况和发展能力较差，则可以主要通过留存收益来补充资本；而企业的财务状况和发展能力越强，越会更多地进行外部融资，倾向于使用更多的债权资本。

第六，税收政策的影响分析

通常企业所得税税率越高，借款举债的好处越大。税收政策对企业债权资本的安排产生一种刺激作用。

第七，资本结构的行业差别分析

在资本结构决策中，应掌握本企业所处行业的特点以及该行业资本结构的一般水准，并以此作为确定企业资本结构的参照。

定量方法：

企业资本结构决策即确定最佳资本结构。最佳资本结构是指企业在适度财务风险的条件下，使其预期的综合资本成本率最低，同时使企业价值最大的资本结构。

第一，资本成本比较法

企业的资本结构决策可分为初始筹资的资本结构决策和追加筹资的资本结构决策。

定义：

资本成本比较法是指在适度财务风险的条件下，测算可供选择的不同资本结构或筹资组合方案的综合资本成本率，并以此为标准相互比较确定最佳资本结构的方法。

优点：

资本成本比较法的测算原理容易理解，测算过程简单。

缺点：

但仅以资本成本率最低为决策标准，没有具体测算财务风险因素。

目标：

其决策目标实质上是利润最大化而不是公司价值最大化。

适用范围：

一般适用于资本规模较小，资本结构较为简单的非股份制企业。

第二，每股利润分析法

定义：

每股利润分析法是利用每股利润无差别点进行资本结构决策的方法。每股利润无差别点是指两种或两种以上筹资方案下每股利润相等时的息税前利润点。根据每股利润无差别点，可以分析判断什么情况下可以利用债权筹资来安排及调整资本结构，进行资本结构决策。

公式：$\dfrac{(EBIT-I_1)(1-T)-D_{P1}}{N_1}=\dfrac{(EBIT-I_2)(1-T)-D_{P2}}{N_2}$

其中，*EBIT*——息税前利润平衡点，即每股利润无差别点。

I_1、I_2——两种增资方式下的长期债务年利息。

*DP*1、*DP*2——两种增资方式下的优先股年股利。

决策规则：

当实际 EBIT 大于每股利润无差异点处的息税前利润时，利用报酬固定型（负债、优先股）筹资方式筹资较为有利；反之则选择报酬非固定型（留存收益、普通股）筹资方式。

6. 公司上市筹资

动机：

（1）可获取巨大股权融资的平台。

（2）提高股权流动性。

（3）提高公司的并购活动能力。

（4）丰富员工激励机制。

（5）提高公司评估水平。

（6）完善公司法人治理结构。

（7）如境外上市，可满足公司对不同外汇资金的需求，提升公司国际形象和信誉，增加国际商业机会。

方式：

公司上市方式有自主上市和买壳上市两种。

第一，自主上市

自主上市是指企业依法改造为股份有限公司或依法新组建起股份有限公司后，经中国证监会核准，公开发行股票，从而成为上市公司的上市模式。

自主上市的好处表现在：

（1）改制和上市重组过程，能够使公司获得一个"产权清晰，权责明确，政企分开，管理科学"的平台，并能够优化公司治理结构，明确业务发展方向，为公司日后健康发展打下良好基础。

（2）改制、建制、上市重组通常发生在企业内部或关联企业，整合起来相对容易。

（3）在公开发行股票上市环节会筹集到大量资金，并获得大量的溢价收入。

（4）上市过程不存在大量现金流支出，因为不存在购买其他企业股权的行为。大股东的控股比例通常较高，容易实现绝对控股。

自主上市的不利之处表现在：

（1）改制、建制、上市重组、待批、辅导等过程繁杂，需要时间较长，费用较高。

（2）自主上市门槛较高。

（3）整个公司的保密性差。

第二，买壳上市

所谓买"壳"上市是指非上市公司通过并购上市公司的股份来取得上市地位，然后利用反向收购方式注入自己的相关资产，最后通过合法的公司变更手续，使非上市公司成为上市公司。

与直接上市相比，买"壳"上市的好处表现在：

（1）速度快。

(2) 不需经过改制、待批、辅导等过程，程序相对简单。

(3) 保密性好于直接上市。

(4) 有巨大的广告效应。

(5) 借亏损公司的"壳"可合理避税。

(6) 可作为战略转移或扩张（产业转型、产业扩张）的实施途经。

买"壳"上市的不利之处表现在：

(1) 整合难度大，特别是人事整合和文化整合。

(2) 不能同时实现筹资功能。

(3) 可能有大量现金流流出。

(4) 由于实施绝对控股难度大，成本高，入主后通常只能达到相对控股。

(5) 可能面临"反收购"等一些变数。

第三，上市地的选择

公司可选择在境内上市，也可选择在境外上市。若选择在海外上市，主要好处体现在：

(1) 有利于打造国际化公司。

(2) 有利于改善公司经营机制和公司治理。

(3) 有利于实施股票期权。

(4) 上市核准过程透明，上市与否及时间安排清楚。

(5) 融资额大，没有相应再融资约束。

(6) 能够筹集外币。对于国际化程度高、主要产品和服务面临的是国际市场、本身具有的概念题材符合国际投资者"口味"、规模较大的公司可选择在境外上市。

7. 现金流量

第一，含义

投资中的现金流量是指一定时间内由投资引起各项现金流入量、现金流出量及现金净流量的统称。通常按项目期间，将现金流量分为初始现金流量、营业现金流量和终结现金流量。

第二，内容

(1) 初始现金流量。

初始现金流量是指开始投资时发生的现金流量。

包括：①固定资产投资；②流动资产投资；③其他投资费用；④原有固定资产的变价收入。

(2) 营业现金流量。

含义：

指投资项目投入使用后，在其寿命周期内由于生产经营所带来的现金流入和流出的数量。一般按年度来计算。

现金流入指营业现金收入，现金流出指营业现金支出和缴纳的税金。

假设投资项目的每年销售收入等于营业现金收入，付现成本（不包括折旧的成本）等于营业现金支出，则

每年净现金流量（NCF）＝每年营业收入—付现成本—所得税

每年净现金流量（NCF）＝净利＋折旧

(3) 终结现金流量。

含义：

指投资项目完结时所发生的现金流量。

内容：

①固定资产的残值收入或变价收入。

②原来垫支在各种流动资产上的资金的收回。

③停止使用的土地的变价收入等。

第三，估算

估算遵循的最基本原则：只有增量现金流量才是与项目相关的现金流量。

8. 项目投资决策评价指标

非贴现现金流量指标

非贴现现金流量指标是指不考虑资金时间价值的各种指标。

第一，投资回收期（PP）

含义：

投资回收期（PP）是指回收初始投资所需要的时间，一般以年为单位。

公式：

如果每年的营业净现金流量（NCF）相等，则投资回收期可按下列公式计算：

投资回收期 = 原始投资额 / 每年 NCF

如果每年的 NCF 不等，那么要根据每年年末尚未收回的投资额计算回收期。

优点：

容易理解，计算简便。

缺点：

（1）没有考虑资金的时间价值。

（2）没有考虑回收期满后的现金流量状况。

第二，平均报酬率（ARR）

含义：

平均报酬率（ARR）是指投资项目寿命周期内平均的年投资报酬率。

公式：

平均报酬率 = 平均现金流量 / 初始投资额 × 100%

决策原则：

采用平均报酬率时，应事先确定一个企业要求达到的平均报酬率（必要平均报酬率）。在进行决策时，只有高于必要平均报酬率的方案才能入选。而在有多个方案的互斥选择中，则选用平均报酬率最高的方案。

优点：

简明、易算、易懂。

缺点：

没有考虑资金的时间价值。

第三，贴现现金流量指标

贴现现金流量指标是指考虑了资金的时间价值，并将未来各年的现金流量统一折算为现值再进行分析评价的指标。这类指标计算精确、全面，并且考虑了投资项目整个寿命期内的报酬情况，但计算方法比较复杂。

（1）净现值（NPV）。

含义：

净现值（*NPV*）是指投资项目投入使用后的净现金流量，按资本成本或企业要求达到的报酬率折算为现值，减去初始投资以后的余额。

公式：$NPV = \sum\limits_{t=1}^{n} \dfrac{NCF_t}{(1+k)^t} - C$

从投资开始至项目寿命终结时所有一切现金流量（包括现金流入和现金流出）的现值之和：$NPV = \sum\limits_{t=0}^{n} \dfrac{CFAT_t}{(1+k)^t}$

决策规制：

只有一个备选方案。净现值为正者采纳。

多个备选方案的互斥选择模型。选用净现值是正值中的最大者。

（2）内部报酬率（*IRR*）。

含义：

内部报酬率（*IRR*），即使投资项目的净现值等于零时的贴现率。

公式：$\sum\limits_{t=1}^{n} \dfrac{NCF_t}{(1+r)^t} - C = 0$

决策规制：

只有一个备选方案。计算出的内部报酬率大于或等于企业的资本成本或必要报酬率就采纳；反之，则拒绝。

多个备选方案的互斥选择模型。应选用内部报酬率超过资本成本或必要报酬率最多的投资项目。

（3）获利指数。

第一，含义

又称利润指数（*PI*），是投资项目未来报酬的总现值与初始投资额的现值之比。

公式：$PI = \left[\sum\limits_{t=1}^{n} \dfrac{NCF_t}{(1+k)^t} \right] / C$

决策规制：

只有一个备选方案。获利指数大于等于1，就采纳，反之则拒绝。

多个备选方案的互斥选择模型。选用获利指数大于1最多的投资项目。

9. 企业重组的含义、方式

第一，含义

广义的企业重组，包括企业的所有权、资产、负债、人员、业务等要素的重新组合和配置。从经济学角度看，企业重组是一个稀缺资源的优化配置过程。对企业来说，通过对企业自身拥有的各种要素资源的再调整和再组合，提高企业自身的运行效率，同时实现社会资源在不同企业间的优化组合，提高经济整体运行效率。从法律角度看，是企业为降低交易成本而构建的一系列契约的联结。在市场经济条件下，这些契约关系以法律形式体现，因此企业的重组，在实际运作中又表现为这些法律关系的调整。

狭义的企业重组是指企业以资本保值增值为目标，运用资产重组、负债重组和产权重组方式，优化企业资产结构、负债结构和产权结构，以充分利用现有资源，实现资源优化配置。

第二，方式

根据企业改制和资本营运总战略及企业自身特点，企业重组可采取原续型企业重组模式、并购型企业重组模式和分立型企业重组模式。企业重组有时表现为扩张，有时表现为收缩。企业重组的具体途径或方式包括资产置换、资产注入、债转股、收购、吸收合并、新设合并、股票回购、分立、分拆、资产剥离等。

第三，关键

企业重组的关键在于选择合理的企业重组模式和重组方式，而合理的重组模式和重组方式选择标准是创造企业价值，实现资本增值。

10. 几种主要的重组方式

第一，收购与兼并

（1）收购。

企业收购是指一个企业用现金、有价证券等方式购买另一家企业的资产或股权，以获得对该企业控制权的一种经济行为。

（2）兼并。

企业兼并是指一个企业购买其他企业的产权，并使其他企业失去法人资格的一种经济行为。

两者区别与联系：

企业兼并与收购是有差别的，主要表现在：

①在兼并中，被兼并企业丧失法人资格，而在企业收购中，被收购企业的法人地位仍可继续存在。

②兼并后，兼并企业成为被兼并企业债权债务的承担者，是资产和债权、债务的一同转让，而在收购后，收购企业是被收购企业新的所有者，以收购出资的股本为限承担被收购企业的风险。

③兼并多发生在被兼并企业财务状况不佳、生产经营停滞或半停滞之时，兼并后一般需要调整其生产经营、重新组合资产，而收购则一般发生在被收购企业正常经营的情况下。

尽管兼并与收购存在着许多差异，但两者更有着许多联系，尤其是两者所涉及的财务问题并无差异。因此在以下讨论中，将二者混用，统称"企业并购"。兼并也称吸收合并，吸收合并与新设合并统称为合并。

第三，企业并购

（1）类型。

①按照并购双方的业务性质来划分，企业并购可分为纵向并购、横向并购、混合并购。

纵向并购，即处于同类产品且不同产销阶段的两个或多个企业所进行的并购。这种并购可以是向前并购，也可以是向后并购。所谓向前并购，是指向其最终客户的并购。例如，一家纺织公司并购使用其产品的客户——印刷厂。所谓向后并购，是指向其供应商的并购。例如，一家钢铁公司并购其原材料供应商——铁矿公司。纵向并购可以加强企业对销售和采购的控制，以稳定生产经营活动和节约交易成本。

横向并购即处于同一行业的两个或多个企业所进行的并购。例如，两家航空公司或石油公司的并购等。横向并购可以消除重复设施，提供系列产品，有效地实现规模经营。

混合并购即处于不相关行业的企业所进行的并购。例如，房地产开发企业与商业企业之间的并购。混合并购可以通过多元化投资，降低企业的经营风险。

②按并购双方是否友好协商来划分，企业并购可分为善意并购、敌意并购两种。

善意并购，即并购企业与被并购企业双方通过友好协商来确定相关事宜的并购。这种并购有利于降低并购风险和额外支出，但不得不牺牲并购企业的部分利益，以换取被并购企业的合作。

敌意并购，即在友好协商遭到拒绝时，并购企业不顾被并购企业的意愿而采取非协商性并购的手段，强行并购被并购企业。被并购企业在得知并购企业的意图后，出于不愿意接受较为苛刻的并购条件等原因，通常会做出拒绝接受并购的反应，并可能采取一切反并购的措施，如发行新股票以分散股权或收购已发行的股票等。在这种情况下，并购企业也可能采取一些措施，以实现其并购的目的。常见的措施有两种：一是获取委托投票权，即并购企业设法收购或取得足够多的被并购企业股东的投票委托书或投票委托权，使之能以多数地位胜过被并购企业的管理当局，以改组被并购企业的董事会，最终达到并购的目的。当然，在这场争取"委托投票权的战斗"中，并购企业需要付出较大的代价，而且作为被并购企业的局外人来争夺投票权常常会遇到被并购企业大部分股东的拒绝，因而这种方法常常不易达到并购的目的。二是收购被并购企业的股票，即并购企业在股票市场上公开购买一部分被并购企业的股票作为摸底行动后，宣布直接从被并购企业股东手中用高于股票市价的（通常比股价高10%~50%）接受价格收购其部分或全部股票。

③按照并购的支付方式来划分，企业并购可分为承担债务式并购、现金购买式并购、股权交易式并购三种。

承担债务式并购，即在被并购企业资不抵债或资产与债务相等的情况下，并购企业以承担被并购企业全部或部分债务为条件，取得被并购企业的资产所有权和经营权。采用这种并购方式，可以减少并购企业在并购中的现金支出，但有可能影响并购企业的资本结构。

现金购买式并购，即并购企业用现金购买被并购企业的资产或股权（股票）。采用这种并购方式，将会加大并购企业在并购中的现金支出，但一般不会影响并购企业的资本结构。

股权交易式并购，即并购企业用其股权换取被并购企业的股权或资产。其中，以股权交换股权是指并购企业向被并购企业的股东发行其股票，以换取被并购企业的大部分或全部股票，以达到控制被并购企业的目的；以股权交换资产是指并购企业向被并购企业股东发行其股票，以换取被并购企业的资产，并在有选择的情况下承担被并购企业的全部或部分债务。采用股权交易式并购虽然可以减少并购企业的现金支出，但要稀释并购企业的原股东股权。

④按涉及被并购企业的范围来划分，企业并购可分为整体并购、部分并购两种。

整体并购，即将被并购企业的资产和产权整体转让的并购。采用这种并购方式，有利于加快资源集中的速度，迅速提高规模水平和规模效益。

部分并购，即将被并购企业的资产和产权分割成若干部分进行交易而实现的并购。具体包括3种形式：一是对被并购企业的部分实物资产进行并购，二是将被并购企业的产权划分为若干部分进行并购，三是将被并购企业的经营权分为若干部分进行并购。采用部分并购，有利于扩大企业的并购范围，弥补大规模整体并购的巨额资金流出；有利于企业设备更新换代，被并购企业将不需要的厂房设备转让给其他并购者，更容易调整和盘活存量资产。

⑤按照是否利用被并购企业本身资产来支付并购资金划分，企业并购可分为杠杆并购、非杠杆并购两种。

杠杆并购，即并购企业利用被并购企业资产的经营收入，来支付并购价款或作为此种支付的担保。在这种并购中，并购企业不必拥有巨额资金，只需要准备少量现金（用以支付并购过程必需的律师、会计师等费用），加上被并购企业的资产及营运所得作为融资担保和还贷资金，便可并购任何规模的企业。

非杠杆并购，即并购企业不用被并购企业资金及营运所得来支付或担保并购价格的并购方式。但是，采用这种并购方式并不意味着并购企业不用举债即可承担并购价格，在实践中，几乎所有的并购都是利用贷款来完成的，只是借款数额的多少、贷款抵押的对象不同而已。

⑥按并购的实现方式划分，企业并购可分为协议并购、要约并购、二级市场并购3种。

协议并购是指买卖双方经过一系列谈判后达成共识，通过签署股权转让、受让协议实现并购的方式。

要约并购是买方向目标公司的股东就收购股票的数量、价格、期限、支付方式等发布公开要约，以实现并购目标公司的并购方式。

二级市场并购是指买方通过股票二级市场并购目标公司的股权，从而实现并购目标公司的并购方式。

（2）动机。

①谋求管理协同效应。

②谋求经营协同效应。

③谋求财务协同效应，财务能力提高、合理避税、预期效应。

④实现战略重组，开展多元化经营。

⑤获得特殊资产。

⑥降低代理成本。

（3）财务分析。

并购成本收益分析：

①是否进行并购决策首先决定于并购的成本与效益。企业并购应该分析的成本项目有并购完成成本、整合与营运成本、并购机会成本。

②狭义的并购成本仅仅指并购完成成本。并购收益分析中一般用狭义概念。并购收益是指并购后新公司的价值超过并购前各公司价值之和的差额。

③$S=V_{ab}-(V_a+V_b)$ 其中，S 为并购收益，V_{ab} 为并购后新公司的价值，V_a 为 A 公司的价值，V_b 为 B 公司的价值。

如果 $S>0$，表示并购在财务方面具有协同效应。

④在一般情况下，并购方将以高于被并购方价值的价格 P_b 作为交易价，以促使被并购方股东出售其股票，$P=P_b-V_b$ 称为并购溢价。并购溢价反映了获得对目标公司控制权的价值，并取决于被并购企业前景、股市走势和并购双方讨价还价的情况。对于并购方来说，并购净收益（NS）等于并购收益减去并购溢价、并购费用的差额。

风险分析：

①营运风险。

②信息风险。

③融资风险。

④反收购风险。

⑤法律风险。

⑥体制风险。

总之，并购风险非常复杂和广泛，企业应谨慎对待，多谋善选，尽量避免风险，将风险消除在并购的各个环节中，最终实现并购的成功。

第三，分立

(1) 分立的含义和动机。

含义：

与公司合并相对应的行为是公司分立，即一家公司依照法律规定、行政命令或公司自行决策，分解为两家或两家以上的相互独立的新公司，或将公司某部门资产或子公司的股权出售的行为。

公司分立主要有标准的分立、出售和分拆 3 种形式。

标准分立是指一个母公司将其在某子公司中所拥有的股份，按母公司股东在母公司中的持股比例分配给现有母公司的股东，从而在法律上和组织上将子公司的经营从母公司的经营中分离出去。

出售是指将公司的某一部分股权或资产出售给其他企业。表现为减持或全部出售对某一公司的股权或公司的资产，伴随着资产剥离过程。

分拆也称持股分立，是将公司的一部分分立为一个独立的新公司的同时，以新公司的名义对外发行股票，而原公司仍持有新公司的部分股票。

分立与分拆的差异分析：

分立与分拆的不同之处在于：分立后的公司相互之间完全独立，可能有共同的股东，但公司间没有控股和持股关系，分拆后的新公司虽然也是独立的法人单位，但同时原公司又是新公司的主要股东之一，原公司与新公司之间存在着持股甚至控股关系，新老公司形成一个由股权联系的集团企业。

动机：

①适应战略调整的需要。

②减轻负担的需要。

③筹集资金的需要。

④清晰主业的需要。

⑤化解内部竞争性冲突的需要。

⑥有利于投资者和分析师评估公司价值从而有利于母公司和独立出来的子公司的价值提高的需要。

⑦反并购的需要。

⑧处置并购后的资产的需要。

(2) 分立的类型。

①标准设立。

优点：各个独立的公司会全力以赴发挥各自优势，发展各自的主业，无须本着"一盘棋"的思想服从全局利益；使管理者比在一个较大公司的一个部门工作时有更大的自主权、责任和利益，从而会激发他们经营的积极性；上市公司在宣布实施公司标准分立计划后，二级市场对此消息的反应一般较好，该公司的股价在消息宣布后会有一定幅度的涨升；随着标准分立的完成，原来处理庞大企业内部各部门、各分公司之间的协作，以及协调相互冲突的主业策略所需的大量时间、人力、资金消耗将被省掉，标准分立后的各公司会有更大的资本运作空间。公司可以通过并购、联合寻求更快发展。

缺点：标准分立这种分立手段的问题主要包括：随着股权分割的完成，庞大的规模和产品多样化所创造的企业优势将消失；标准分立过程将伴随资源的重新分配过程，也包括债务的分配过程，由此企业将面临动荡和冲突，标准分立不会产生现金流；标准分立后，各公司之间合作的基础将变得衰弱，在共同面对同一市场时，彼此间的竞争将不可避免。

②出售。

优点：出售不涉及公司股本变动，也不涉及大量现金流出，不会面临股东与债权人的压力；可以直接获得现金或等量的证券收入，这对于企业来说很有吸引力，会计处理最为简单，无论在国外还是国内的会计制度中对资产出售的会计处理有简洁明确的规定，通常不会伴有资产重组过程，所以过程简单且不会造成企业内部动荡和冲突；可以直接产生利润；通过出售，企业可以把不良投资彻底处理掉，也可以把一项优良投资在合适的时机变现，这是其他分立手段所不能实现的。

缺点：出售产生利润，企业须交纳所得税；出售的易于操作性，使得企业轻易选择这种手段，而后反省时发现，企业很可能是在不合适的时机，以不合适的价格卖出了本不该卖出的资产。

③分拆。

优点：母公司会分享到分立后的子公司的发展成果，被拆分出去的公司会有一个更好地发展，这是因为子公司可获得自主的融资渠道，可有效激励子公司管理层的积极性；减轻母公司的资金压力；有利于压缩母公司的层阶结构，使企业更灵活地面对挑战。

缺点：由于母公司对分拆上市的子公司有控股地位，使得母公司对子公司的经营活动会有不少干预和影响。一些分拆后的子公司的高层管理人员要做一些努力以摆脱母公司的更多干预。另外，子公司分拆上市后，资金比较充足，母公司有可能想让子公司来分担母公司的债务或为母公司贷款提供担保。在上述情况下是不利于子公司发展的。

第四，其他几种重组方式

(1) 资产注入与资产置换是狭义资产重组的主要、直接方式，往往发生在关联公司或即将成为关联公司之间。

资产注入是指交易双方中的一方将公司账面上的资产，可以是流动资产、固定资产、无形资产、股权中的某一项或某几项，按评估价或协议价注入对方公司。如果对方支付现金，则意味着资产注入方的资产变现；如果对方出股权，则意味着资产注入方得以资产出资进行投资或并购。

资产置换是指交易者双方（有时可由多方）按某种约定价格（如谈判价格、评估价格等）在某一时期内相互交换资产的交易。资产置换的双方均出资产，通常意味着业务的互换。资产置换意味着集团内部战略目标、业务结构、资产结构及各公司战略地位的调整。

(2) 债转股与以股抵债。

债转股：

含义：

债转股是指将企业的债务资本转成权益资本，出资者身份由债权人转变为股权人。

积极意义：

①使债务企业摆脱破产，并卸下沉重的债务负担，减少利息支出，降低债务比率，提高营利能力，从而使债务企业经营者获得再次创业的机会。

②使债权人获得收回全额投资的机会。

③使新股东（由于购买债权而变为股权人的股东）可以在企业状况好转时，通过上市、

转让或回购形式收回投资。

④为更多的人提供就业机会，稳定社会秩序。

⑤使原债权人解脱赖账困扰，提高资产质量，改善运营状况。

⑥对于未转为股权的债权人来说，由于企业债务负担减轻，使按期足额受偿本息的保证加强。

以股抵债：

含义：

以股抵债是指公司以其股东"侵占"的资金作为对价，冲减股东持有的本公司股份，被冲减的股份依法注销。以股抵债为缺乏现金清偿能力的股东解决侵占公司资金问题，提供了现实选择的途径。以股抵债通常会发生在控股股东和公司之间。

积极意义：

①可以改善公司的股本结构，降低控股股东的持股比例。

②能有效提升上市公司的资产质量，提高每股收益水平，提高净资产收益率水平。

③避免了"以资抵债"给企业带来的包袱，有利于企业轻装上阵，同时也为企业的进一步发展创造了条件。

11. 价值评估方法

第一，价值评估方法

（1）资产价值基础法。

含义：

资产价值基础法指通过对目标企业的资产进行估价来评估其价值的方法。

相关内容：

确定目标企业资产的价值，关键是选择合适的资产评估价值标准。目前国际上通行的资产评估价值标准主要有以下 3 种：

①账面价值。账面价值是指会计核算中账面记载的资产价值。

②市场价值。市场价值与账面价值不同，是指把该资产视为一种商品在市场上公开竞争，在供求关系平衡状态下确定的价值。

③清算价值。清算价值是指在企业出现财务危机而破产或歇业清算时，把企业中的实物资产逐个分离而单独出售的资产价值。

（2）收益法。

含义：

收益法就是根据目标企业的收益和市盈率确定其价值的方法，也可称为市盈率模型。

相关内容：

应用收益法（市盈率模型）对目标企业估值的步骤如下：

①检查、调整目标企业近期的利润业绩。

②选择、计算目标企业估价收益指标。

③选择标准市盈率。

④计算目标企业的价值。

目标企业的价值 = 估价收益指标 × 标准市盈率

适用于通过证券二级市场进行并购的情况。

（3）贴现现金流量法。

含义：

这一模型由美国西北大学阿尔弗雷德·拉巴波特创立，是用贴现现金流量方法确定最高可接受的并购价格，这就需要估计由并购引起的期望的增量现金流量和贴现率（或资本成本），即企业进行新投资市场所要求的最低的可接受的报酬率。

相关内容：

拉巴波特认为有五个重要因素决定目标企业价值：销售和销售增长率、销售利润、新增固定资产投资、新增营运资本、资本成本率。

贴现现金流量法以现金流量预测为基础，充分考虑了目标公司未来创造现金流量能力对其价值的影响，在日益崇尚"现金至尊"的现代理财环境中，对企业并购决策具有现实的指导意义。

第二，资产评估价值标准

(1) 账面价值。

含义：

会计核算中账面记载的资产价值。

相关内容：

①这种估价方法不考虑现时资产市场价格的波动，也不考虑资产的收益情况，因而是一种静态的估价标准。

②优点。取数方便。

③缺点。只考虑了各种资产在入账时的价值而脱离现实的市场价值。

(2) 市场价值。

含义：

把该资产视为一种商品在市场上公开竞争，在供求关系平衡状态下确定的价值。

相关内容：

①它可以高于或低于账面价值。

②最著名的是托宾的 Q 模型，即一个企业的市值与其资产重置成本的比率。

企业价值 =Q × 资产重置成本

在实践中，被广泛使用的是 Q 值的近似值为"市净率"，它等于股票市值与企业净资产的比率。

(3) 清算价值。

含义：

在企业出现财务危机而破产或歇业清算时，把企业中的实物资产逐个分离而单独出售的资产价值。

相关内容：

这是在企业作为一个整体已经丧失增值能力情况下的资产估计方法。

(二) 重要公式解析

1. 个别资本成本率

公式：$K=\dfrac{D}{P-f}$ 或 $K=\dfrac{D}{P(1-F)}$

其中，K 为资本成本率，D 为用资费用额，P 为筹资额，F 为筹资费用率，f 为筹资费用额。

长期债权：

长期借款:

公式: $K_l = \dfrac{I_l(1-T)}{L(1-F_l)}$ 或者 $K_l = R_l(1-T)$ (筹资费用很少,可以忽略不计时采用此公式)

其中, I_l 为年利息额, L 为筹资额, F_l 筹资费用率, R_l 为借款利息率, T 为税率。

长期债券:

公式: $K_b = \dfrac{I_b(1-T)}{B(1-F_b)}$,其中, I_b 为每年支付的利息, B 为筹资额, F_b 为筹资费用率。

第一,普通股

两种测算思路:

(1) 用股利折现模型:即先估计普通股的现值,再计算其成本。

公式: $P_0 = \sum\limits_{t=1}^{\infty} \dfrac{D_t}{(1+K_e)^t}$,其中, P_0 为融资净额, D_t 为第 t 年的股利, K_e 为资本成本率。

①如果公司采用固定股利政策,即每年分派现金股利 D 元,其资本成本率的计算公式为: $K_e = \dfrac{D}{P_0}$

②如果公司采用固定增长股利的政策,股利固定增长率为 G ,其资本成本率的计算公式为: $K_e = \dfrac{D}{P_0} + G$

(2) 资本资产定价模型,即股票的资本成本为普通股投资的必要报酬率,而普通股投资的必要报酬率等于无风险报酬率加上风险报酬率。

计算公式为: $K_e = R_f + \beta (R_m - R_f)$

其中, R_f 为无风险报酬率, R_m 为市场报酬率, β 为风险系数。

第二,优先股

公式: $K_p = \dfrac{D}{P_0}$

其中, D 为每股年股利、 P_0 为筹资净额。

2. 综合资本成本率

公式: $K_w = \sum\limits_{j=1}^{n} K_j W_j$

其中, K_w 为综合资本成本率, K_j 为第 j 种资本成本率, W_j 为第 j 种资本比例。

3. 营业杠杆系数

公式: $DOL = \dfrac{\Delta EBIT/EBIT}{\Delta S/S}$

式中, DOL ——营业杠杆系数。

$\Delta EBIT$ ——息税前利润的变动额。

$EBIT$ ——息税前利润。

ΔS ——营业额的变动额。

S ——营业额。

营业杠杆系数测算公式可变换如下：$DOL_Q = \dfrac{Q(P-V)}{Q(P-V)-F}$　　$DOL_S = \dfrac{S-C}{S-C-F}$

式中：DOL_Q：按销售数量确定的营业杠杆系数。

DOL_S：按销售金额缺的营业杠杆系数。

Q——销售数量。

P——销售单价。

V——单位销量的变动成本额。

F——固定成本总额。

C——变动成本总额。

4. 财务杠杆系数

公式：$DFL = \dfrac{EBIT}{EBIT-I}$

其中，$EBIT$ 为息税前利润额，I 为债务年利息额。

5. 总杠杆系数

总杠杆系数（DTL）= 营业杠杆系数×财务杠杆系数

$DFL\dfrac{\Delta EPS/EPS}{\Delta S/S}$

6. 每股利润分析法

公式：$\dfrac{(\overline{EBIT}-I_1)(1-T)-D_{p1}}{N_1} = \dfrac{(\overline{EBIT}-I_2)(1-T)-D_{p2}}{N_2}$。其中，$\overline{EBIT}$——息税前利润平衡点，即每股利润无差别点。

I_1、I_2——两种增资方式下的长期债务年利息。

D_{p1}、D_{p2}——两种增资方式下的优先股年股利。

7. 营业现金流量

每年净现金流量（NCF）= 每年营业收入 – 付现成本 – 所得税

每年净现金流量（NCF）= 净利 + 折旧

8. 投资回收期

投资回收期 = 原始投资额 / 每年 NCF

9. 平均报酬率

平均报酬率 = 平均现金流量 / 初始投资额 ×100%

10. 净现值（NPV）

公式：$NPV = \displaystyle\sum_{t=1}^{n} \dfrac{NCF_t}{(1+k)^t} - C$

从投资开始至项目寿命终结时所有一切现金流量（包括现金流入和现金流出）的现值之和。

$NPV = \displaystyle\sum_{t=0}^{n} \dfrac{NCF_t}{(1+k)^t}$

11. 内部报酬率（IRR）

公式：$\displaystyle\sum_{i=1}^{n} \dfrac{NCF_t}{(1+r)^t} - C = 0$

12. 获利指数

公式: $PI=\left[\sum_{i=1}^{n}\dfrac{NCF_t}{(1+r)^t}\right]/C$

13. 并购成本收益分析

$S=V_{ab}-(V_a+V_b)$

其中, S 为并购收益, V_{ab} 为并购后新公司的价值, V_a 为 A 公司的价值, V_b 为 B 公司的价值。如果 $S>0$, 表示并购在财务方面具有协同效应。

14. 托宾的 Q 模型

企业价值 $=Q\times$ 资产重置成本二、重要考核点归纳

(三) 典型例题解析

【单选题】

1. (　　) 是由用资费用、筹资费用、和筹资额决定的。

　A.个别资本成本率　　B.综合资本成本率　　C.营业杠杆系数　　　D.财务杠杆系数

【答案】A

【解析】个别资本成本率是某一项筹资的用资费用与净筹资额的比率。决定因素是用资费用、筹资费用和额。

2. (　　) 是指在某一固定成本比重的作用下, 销售量变动对息税前利润产生的作用。

　A. 财务杠杆　　　　B. 营业杠杆　　　　C. 营业杠杆系数　　　D. 财务杠杆系数

【答案】B

【解析】营业杠杆又称经营杠杆或营运杠杆, 是指在某一固定成本比重的作用下, 销售量变动对息税前利润产生的作用。

3. 一家钢铁公司并购其原材料供应商——铁矿公司属于 (　　)。

　A. 横向并购　　　　B. 纵向并购　　　　C. 混合并购　　　　D. 单独并购

【答案】B

【解析】纵向并购可以是向前并购, 也可以是向后并购, 所谓向后并购, 是指向其供应商的并购。

4. 资本成本是企业筹资和使用资本而承付的代价。此处的资本包括 (　　)。

　A. 短期资本和长期资本　　　　　　　　B. 股权资本和长期资本

　C. 股权资本和长期债权资本　　　　　　D. 短期资本和长期债权资本

【答案】C

【解析】资本成本是企业筹资和使用资本而承付的代价。此处的资本是指企业所筹集的长期资本, 包括股权资本和长期债权资本。

5. 企业获取某项特殊财产往往是 (　　) 的重要动因。

　A. 重组　　　　　　B. 并购　　　　　　C. 合作　　　　　　D. 合资

【答案】B

【解析】并购是企业获取某项特殊财产的重要动因。

6. 营业杠杆的利益和风险一般可用 (　　) 来衡量。

　A. 营业风险　　　　B. 营业杠杆利益　　C. 营业杠杆系数　　D. 营业风险分析

【答案】C

【解析】营业杠杆的利益和风险一般可用营业杠杆系数来衡量。

7. 在公司资本结构中，债权资本的比例越大，公司的净收益或税后利润就越多，从而公司的价值就越高，这种观点是（　　）。

　　A. 净收益观点　　　B. 净营业收益观点　　C. 传统观点　　　　D. MM 资本结构理论

【答案】A

【解析】净收益观点认为，在公司资本结构中，债权资本的比例越大，公司的净收益或税后利润就越多，从而公司的价值就越高。

8. 在公司资本结构中，债权资本的多少，比例的高低，与公司的价值没有关系，此种观点是（　　）。

　　A. 净收益观点　　　　B. 净营业收益观点　　C. 传统观点　　　　D. MM 资本结构理论

【答案】B

【解析】净营业收益观点认为在公司资本结构中，债权资本的多少，比例的高低，与公司的价值没有关系。

9. 在其他条件不变的情况下，公司所得税税率上升，会使公司发行债券的资本成本（　　）。

　　A. 上升　　　　　　B. 下降　　　　　　C. 不变　　　　　　D. 无法确定

【答案】B

【解析】$K = R_2(1-T)$ 由公式知二者呈负相关。

10. 下列说法不正确的是（　　）。

　　A. 被兼并企业丧失法人资格

　　B. 被收购企业丧失法人资格

　　C. 收购一般发生在被收购企业正常经营的情况下

　　D. 兼并企业是被兼并企业债权债务的承担者

【答案】B

【解析】企业收购是指一个企业用现金、有价证券等方式购买另一家企业的资产或股权，以获得对该企业控制权的一种经济行为，被收购企业并不丧失法人资格。

11. 处于同类产品且不同产销阶段的两个或多个企业所进行的并购是（　　）。

　　A. 纵向并购　　　　B. 横向并购　　　　　C. 混合并购　　　　D. 善于并购

【答案】A

【解析】纵向并购，即处于同类产品且不同产销阶段的两个或多个企业所进行的并购。这种并购可以是向前并购，也可以是向后并购。

12. 某公司 2005 年股本为 1000 万元，息税前盈余为 20 万元，债务利息为 9 万元，则该公司的财务杠杆系数为（　　）。**【2006 年真题】**

　　A. 1.67　　　　　　B. 1.82　　　　　　C. 2.23　　　　　　D. 2.46

【答案】B

【解析】本题考查财务杠杆系数。财务杠杆系数 = 息税前利润 /(息税前利润 − 债务利息)$=20/(20-9)=1.82$。

13. 某企业计划投资某项目，总投资为 39000 元，5 年收回投资。假设资金成本率为 10%，每年的营业现金流量情况如下表：**【2006 年真题】**

t	各年的 NCF	现值系数 PVIFl0%.n	现值
1	9000	0.909	1818
2	8820	0.826	7285
3	8640	0.751	6489
4	8460	0.683	5778
5	17280	0.621	10731

则该项投资的净现值为（   ）元。

A. -536   B. -468   C. 457   D. 569

【答案】A

【解析】本题考查净现值的计算。在题干中已经将各年的净现金流量作以折现，所以净现值 =（8181+7285+5778+10731）-39000=-536。

【多选题】

1.影响财务风险的主要要素包括（   ）。

A.资本供求关系的变化   B.利润率水平的变动

C.获利能力的变化   D.资本结构的变化

E 营运杠杆

【答案】ABCD

【解析】影响财务风险的主要要素包括资本供求关系的变化、利润率水平的变动、获利能力的变化、资本结构的变化

2.具体来说，企业并购应该分析的成本项目有（   ）。

A.并购信息成本   B.并购完成成本   C.整合营运营成本   D.并购机会成本

E.并购资金成本

【答案】BCD

【解析】具体来说，企业并购应该分析的成本项目有并购完成成本、整合营运营成本、并购机会成本。

3.按照并购的支付方式来划分，企业并购可以分为（   ）。

A.承担债务式并购   B.现金购买式并购   C.二级市场并购   D.股权交易式并购

E.混合并购

【答案】ABD

【解析】按照并购的支付方式来划分，企业并购可分为承担债务式并购、现金购买式并购、股权交易式并购3种。

4.并购的动机是（   ）。

A.谋求管理协同效应   B.谋求经营协同效应

C.谋求财务协同效应   D.实现战略重组

E.降低代理成本

【答案】ABCDE

【解析】并购的动机有6个，除了上述5个外，还有获得特殊资产。

5.公司分立的形式有（   ）。

A.标准分立   B.出售   C.出租   D.分拆

E.并购

【答案】ABC

【解析】公司分立的形式只有标准分立、出售和分拆 3 种形式。

6. 下列投资决策评价指标中。属于贴现现金流量指标的有（　　）。【2007 年真题】

　A. 投资回收期　　　　　B. 净现值　　　　　C. 内部报酬率　　　　　D. 获利指数

　E. 平均报酬率

【答案】BCD

【解析】本题考查贴现现金流量指标。选项 AE 属于非贴现现金流量指标。

7. 在企业直接融资中，债券资本成本低的原因有（　　）。【2008 年真题】

　A. 筹资费用低　　　　　　　　　　B. 无需担保

　C. 能够抵税　　　　　　　　　　　D. 股东要求的报酬率低

　E. 用资费用低

【答案】ACE

【解析】本题考查债券的资本成本的内容。在企业直接融资中，债券资本成本低的原因有筹资费用低、能够抵税、用资费用低。

（四）经典案例分析

1. 某公司营业杠杆系数为 1.5，息税前利润为 225 万元，资产总额为 350 万元，资产负债率为 35%，综合债务利率为 12.5%，公司的所得税税率为 25%。预计 3 年内新增贷款 500 万元，期限 3 年，贷款年利率为 13.5%，每年付息一次，筹集费率为 0.5%。

根据上述资料，回答下列问题：

（1）公司当前的财务杠杆系数为（　　）。

　A. 1.07　　　　　　B. 1.24　　　　　　C. 1.38　　　　　　D. 1.43

【答案】A

【解析】财务杠杆系数 = 息税前利润额(息税前利润额 − 债务年利息额)。

（2）该公司当前的总杠杆系数为（　　）。

　A. 2.145　　　　　　B. 2.07　　　　　　C. 1.86　　　　　　D. 1.61

【答案】D

【解析】总杠杆系数（DTL）= 营业杠杆系数 × 财务杠杆系数

（3）该公司预计新增贷款的资本成本率为（　　）。

　A. 9.09%　　　　　　B. 10.18%　　　　　　C. 13.56%　　　　　　D. 17.91%

【答案】B

【解析】根据公司 $K_l = \dfrac{I_l(1-T)}{L(1-F_l)}$ 或者 $K_l = R_l(1-T)$

2. 某公司准备上一个新产品的生产项目，项目的经济寿命为 10 年。项目固定资产投资：厂房为 50 万元，购置设备为 80 万元，流动资金净增加额为 70 万元。采用直线法折旧，无残值。项目终结时建筑物按 20 万元售出。项目建成投产后，预计年销售额增加 205 万元，每年固定成本（不包括折旧）增加 45 万元，变动成本总额增加 100 万元。设税率为 33%。

根据上述资料，回答下列问题：

（1）该项目的初始现金流量为（　　）万元。

　A. 200　　　　　　B. 180　　　　　　C. 150　　　　　　D. 220

【答案】A

【解析】根据已知条件，初始现金流量 =50+80+70=200（万元）

（2）该项目的终结现金流量为（　　）万元。

　　A.70　　　　　　　　B.65　　　　　　　　C.90　　　　　　　　D.100

【答案】C

【解析】终结现金流量 =20+70=90（万元）

（3）没有考虑资金的时间价值是（　　）的主要缺点。

　　A.内部报酬率　　　B.平均报酬率　　　C.外部报酬率　　　D.获利指数

【答案】A

【解析】内部报酬率的主要缺点是没有考虑资金的时间价值

（4）不能揭示各个投资方案本身可能达到的实际报酬率是多少的方法指的是（　　）。

　　A.内部报酬率法　　B.平均报酬率法　　C.净现值法　　　D.获利指数法

【答案】C

【解析】净现值法不能揭示各个投资方案本身可能达到的实际报酬率是多少

（5）估算投资方案的现金流量应遵循的最基本的原则是：只有（　　）才是与项目相关的现金流量。

　　A.营业现金流量　　B.初始现金流量　　C.终结现金流量　　D.增量现金流量

【答案】A

【解析】估算投资方案的现金流量应遵循的最基本的原则是：只有营业现金流量才是与项目相关的现金流量。

3.某公司准备购入一台设备以扩充生产能力。现有甲乙两方案可供选择，两个方案的现金流量表如下：【2006 年真题】

某公司投资项目现金流量计量表

单位：元

t	0	1	2	3	4	5
甲方案：固定资产投资	−10000					
营业现金流量		3340	3340	3340	3340	3340
现金流理合计	−10000	3340	3340	3340	3340	3340
乙方案：固定资产投资	−12000					
营运资金垫支	−3000					
营业现金流量		4010	3742	3474	3206	2938
固定资产残值						2000
营运资金回收						3000
现金流量合计	−15000	4010	3742	3474	3206	7938

根据上述资料，回答下列问题：

（1）甲、乙两个方案的投资回收期相差（　　）年。

　　A.1.08　　　　　　B.1.26　　　　　　　C.1.53　　　　　　D.1.59

【答案】A

【解析】本题考查投资回收期的计算。甲方案的投资回收期 =10000/3340=2.99 年；乙方案投资回收期 =4+（15000−4010−3742−3474−3026)/7938=4.07 年；两个方案相差 4.07−2.

99=1.08 年。

(2) 乙方案的平均报酬率为 (   )。

A. 25.6%   B. 29.8%   C. 30.2%   D. 32.5%

【答案】B

【解析】 本题考查平均报酬率的计算。平均报酬率＝平均现金流量／初始投资额×100%＝[4010+3742+3474+3206+7938]/5]/1500=29.8%。

(3) 若该公司采用投资回收期指标来选择方案，则下列表述正确的是 (   )。

A. 投资回收期考虑了资金的时间价值   B. 投资回收期是非贴现现金流量指标

C. 投资回收期适用于对方案的初选评估 D. 投资回收期能准确地反映方案的经济效益

【答案】BC

【解析】 本题考查投资回收期的相关内容。投资回收期没有考虑资金的时间价值，没有考虑回收期满后的现金流量状况。故选项 AD 是错误的。

(4) 若该公司采用平均报酬率指标来选择方案，则下列表述正确的是 (   )。

A. 在进行决策时，只有高于必要平均报酬率的方案才能入选

B. 平均报酬率是投资项目寿命周期内平均的年投资报酬率

C. 平均报酬率是贴现现金流量指标

D. 平均报酬率只适用于对两个以上方案的比较选择

【答案】AB

【解析】 本题考查平均报酬率的相关内容。平均报酬率属于非贴现现金流量指标，所以选项 C 是错误的。平均报酬率也适用于一个备选方案的采纳与否。所以选项 D 也是错误的。

四、本章测试题

(一) 单选题

1. (   ) 是指向其供应商的并购。

A. 纵向并购   B. 向前并购   C. 向后并购   D. 混合并购

2. 下列 (   ) 是按并购的范围来划分的。

A. 整体并购   B. 协议并购   C. 要约并购   D. 二级市场并购

3. 下列说法错误的是 (   )。

A. 在解散式分立中，原母公司不复存在 B. 分立后的公司相互之间不完全独立

C. 分立后的公司相互之间完全独立   D. 分拆后，原公司仍持有新公司的部分股票

4. 个别资本成本率是某一项筹资的 (   ) 的比率。

A. 筹资费用与筹资数额   B. 筹资费用与净筹资额

C. 用资费用与净筹资额   D. 用资费用与筹资费用

5. 如果公司采用固定增长股利政策，则资本成本率的计算公式是 (   )。

A. Kc=D/P0   B. Kc=P0/D   C. Kc=(D/P0)+G   D. Kc=(P0/D)+G

6. 在计算下列资本成本时，需考虑所得税因素的有 (   )。

A. 普通股成本   B. 优先股成本   C. 留存利润成本   D. 长期债券成本

7. 如果某企业的营业杠杆系数为 3，则说明 (   )。

A. 当公司息税前利润增长 1 倍时，普通股每股收益将增长 3 倍

B. 当公司普通股每股收益增长 1 倍时，息税前利润应增长 3 倍

C. 当公司息税前利润增长 1 倍时，销售额应增长 3 倍

D. 当公司销售额增长 1 倍时，息税前利润将增长 3 倍

8. 下列关于营业杠杆度与经营风险的关系表述正确的是 (　　)。

A. 营业杠杆度越高，经营风险也越小　　B. 营业杠杆度越高，经营风险也越大

C. 营业杠杆度与经营风险无关　　　　　D. 营业杠杆度与经营风险的关系无法确定

9. 由于固定财务费用的存在，使权益资本净利率 (或每股利润) 的变动率大于息税前利润变动率的现象，称为 (　　)。

A. 营运杠杆　　　　B. 经营杠杆　　　　C. 债务杠杆　　　　D. 财务杠杆

10. 财务杠杆系数是指 (　　)。

A. 息税前利润变动率相当于优先股每股税后利润变动率的倍数

B. 息税前利润变动率相当于销售额 (营业额) 变动率的倍数

C. 普通股每股税后利润变动率相当于息税前利润变动率的倍数

D. 销售额 (营业额) 利润变动率相当于息税前利润变动率的倍数

11. 某公司全部债务资本为 150 万元，负债利率为 10%，当销售额为 200 万元，息税前利润为 50 万元，则财务杠杆系数为 (　　)。

A. 1. 43　　　　　B. 1. 48　　　　　C. 1. 57　　　　　D. 1. 67

12. 当营业杠杆系数和财务杠杆系数分别为 1. 5、2. 5 时，总杠杆系数为 (　　)。

A. 1　　　　　　B. 1. 67　　　　　C. 3. 75　　　　　D. 4

13. 下列不属于新的资本结构理论的是 (　　)。

A. 净营业收益观点　　　　　　　　　B. 代理成本理论

C. 信号传递理论　　　　　　　　　　D. 啄序理论

14. 资本结构的啄序理论认为，公司倾向于首先采用的筹资方式是 (　　)。

A. 外部筹资　　　　B. 内部筹资　　　　C. 股权筹资　　　　D. 债权筹资

15. 资本成本比较法的决策目标实质上是 (　　)。

A. 综合资本成本最低　　　　　　　　B. 公司价值最大化

C. 财务风险最小化　　　　　　　　　D. 利润最大化

16. 下列关于每股利润分析法决策规则的表述，正确的是 (　　)。

A. 当实际每股利润无差别点大于无差别点时，选择报酬固定型的筹资方式

B. 当实际每股利润无差别点大于无差别点时，选择报酬非固定型筹资方式

C. 当实际每股利润无差别点等于无差别点时，选择报酬非固定型筹资方式

D. 当实际每股利润无差别点小于无差别点时，选择报酬固定型筹资方式

17. 公司上市动机不包括 (　　)。

A. 提高股权流动性　　　　　　　　　B. 丰富员工激励机制

C. 尽快实现公司目标　　　　　　　　D. 完善公司法人治理结构

18. S 公司准备上一个新产品的生产项目，项目的经济寿命为 6 年。项目固定资产投资：厂房为 100 万元，购置设备为 64 万元，流动资金净增加额为 50 万元。采用直线法折旧，无残值。项目终结时建筑物按 30 万元售出。项目建成投产后，预计年销售额增加 320 万元，每年固定成本 (不包括折旧) 增加 52 万元，变动成本总额增加 182 万元。设税率为 33%。该项目的初始现金流量为 (　　) 万元。

A. 214　　　　　B. 64. 99　　　　　C. 92　　　　　D. 80

19. 下列每年净现金流量的公式正确的是 (   )。

  A. 每年净现金流量 = 每年营业收入 + 付现成本 − 所得税

  B. 每年净现金流量 = 每年营业收入 + 付现成本 + 所得税

  C. 每年净现金流量 = 每年营业收入 − 付现成本 − 所得税

  D. 每年净现金流量 = 每年营业收入 − 付现成本 + 所得税

20. 估算投资方案的现金流量应遵循的最基本的原则是：只有 (   ) 才是与项目相关的现金流量。

  A. 全部现金流量   B. 增量现金流量   C. 投资现金流量   D. 经营现金流量

(二) 多选题

1. 按照并购的支付方式来划分，企业并购可以分为 (   )。

  A. 承担债务式并购 B. 现金购买式并购 C. 二级市场并购   D. 股权交易式并购

  E. 混合并购

2. 并购的动机是 (   )。

  A. 谋求管理协同效应   B. 谋求经营协同效应

  C. 谋求财务协同效应   D. 实现战略重组

  E. 降低代理成本

3. 企业并购过程中的风险主要有 (   )。

  A. 融资风险   B. 营运风险   C. 信息风险   D. 反收购风险

  E. 体制风险

4. 公司分立的形式有 (   )。

  A. 标准分立   B. 出售   C. 出租   D. 分拆

  E. 并购

5. 下列各项属于出售的优点的有 (   )。

  A. 会计处理最为简单   B. 可以直接产生利润

  C. 减轻母公司的资金压力   D. 各公司会有更大的资本运作

  E. 可以直接获得现金或等量的证券收入

6. 目前国际上通行的资产评估价值标准主要有 (   )。

  A. 公平价值   B. 账面价值   C. 市场价值   D. 续营价值

  E. 清算价值

7. 下列属于狭义资产重组的主要、直接方式的有 (   )。

  A. 资产注入   B. 资产置换   C. 债转股   D. 以股抵债

  E. 标准分立

8. 债转股的积极意义有 (   )。

  A. 使债权人获得收回全额投资的机会

  B. 为更多的人提供就业机会，稳定社会秩序

  C. 可以改善公司的股本结构，降低控股股东的持股比例

  D. 避免了"以资抵债"给企业带来的包袱，有利于企业轻装上阵

  E. 使原债权人解脱赖账困扰，提高资产质量，改善运营状况

9. 标准分立这种分立手段的问题有 (   )。

  A. 各公司之间合作的基础将变得衰弱，在共同面对同一市场时，彼此间的竞争将不可

避免

B. 随着股权分割的完成，庞大的规模和产品多样化所创造的企业优势将消失

C. 可能导致企业的动荡和冲突

D. 分立后的各公司的资本运作空间变小

E. 会产生现金流

10. 与直接上市相比，买"壳"上市的不利之处有（　　　）。

A. 不能同时实现筹资功能　　　　　　B. 可能有大量现金流流出

C. 上市门槛较高　　　　　　　　　　D. 整合难度大

E. 保密性差

【本章测试题答案及解析】

单选题

1.【答案】C

【解析】纵向并购，即处于同类产品且不同产销阶段的两个或多个企业所进行的并购。这种并购可以是向前并购，也可以是向后并购。所谓向前并购，是指向其最终客户的并购向后并购，是指向其供应商的并购。

2.【答案】A

【解析】按照并购的支付方式来划分，企业并购可分为承担债务式并购、现金购买式并购、股权交易式并购 3 种。

3.【答案】B

【解析】分立后的公司相互之间不完全独立

4.【答案】C

【解析】个别资本成本率是某一项筹资的用资费用与净筹资额的比率。

5.【答案】C

【解析】如果公司采用固定增长股利的政策，股利固定增长率为 G，其资本成本率的

计算公式为：$K_e = \dfrac{D}{P_0}$

6.【答案】D

【解析】长期债券的利息费用在征收所得税前支出，因此需要考虑，其余的均不需考虑。

7.【答案】D

【解析】营业杠杆系数，也称营业杠杆程度，是息税前利润的变动率相当于销售额（营业额）变动率的倍数。

8.【答案】B

【解析】营业杠杆度越高，表示企业息税前利润对销售量变化的敏感程度越高，经营风险也越大。

9.【答案】D

【解析】财务杠杆也称融资杠杆，是指由于固定财务费用的存在，使权益资本净利率（或每股利润）的变动率大于息税前利润（EBIT）变动率的现象。

10.【答案】C

【解析】DFL，是指普通股每股税后利润（EPS）变动率相当于息税前利润变动率的倍数。

11.【答案】A

【解析】财务杠杆系数 = 息税前利润额 /（息税前利润额 –1）

12.【答案】C

【解析】总杠杆系数（DTL）= 营业杠杆系数 × 财务杠杆系数

13.【答案】A

【解析】新的资本结构理论包括代理成本理论、信号传递理论、啄序理论。

14.【答案】C

【解析】资本结构的啄序理论认为，公司倾向于首先采用内部筹资，因而不会传递任何可能对股价不利的信息，如果需要外部筹资，公司将先选择债权筹资，再选择其他外部股权筹资。

15.【答案】D

【解析】资本成本比较法的决策目标实质上是利润最大化而不是公司价值最大化。

16.【答案】A

【解析】每股利润分析法是利用每股利润无差别点进行资本结构决策的方法，当实际EBIT 大于每股利润无差异点处的息税前利润时，利用报酬固定型（负债、优先股）筹资方式筹资较为有利；反之则选择报酬非固定型（留存收益、普通股）筹资方式。

17.【答案】A

【解析】公司上市动机：（1）可获取巨大股权融资的平台。（2）提高股权流动性。（3）提高公司的并购活动能力。（4）丰富员工激励机制。（5）提高公司估水平。（6）完善公司法人治理结构。（7）如境外上市，可满足公司对不同外汇资金的需求，提升公司国际形象和信誉，增加国际商业机会。

18.【答案】A

【解析】初始现金流量是指开始投资时发生的现金流量。包括：固定资产投资、流动资产投资、其他投资费用和原有固定资产的变价收入。本题中厂房为 100 万元，购置设备为64 万元，每年固定成本（不包括折旧）增加 52 万元。

19.【答案】C

【解析】每年净现金流量（NCF）= 每年营业收入—付现成本—所得税

20.【答案】B

【解析】估算遵循的最基本原则：只有增加现金流量才是与项目相关的现金流量。

多选题

1.【答案】ABD

【解析】按照并购双方的业务性质来划分，企业并购可分为纵向并购、横向并购、混合并购。

2.【答案】ABCDE

【解析】并购的动机：谋求管理协同效应；谋求经营协同效应；谋求财务协同效应；实现战略重组，开展多元化经营；获得特殊资产；降低代理成本。

3.【答案】ABCDE

【解析】风险分析：营运风险；信息风险；融资风险；收购风险；法律风险；体制风险。

4.【答案】ABC

【解析】公司分立主要有标准的分立、出售和分拆3种形式。

5.【答案】ABC

【解析】出售的优点：出售不会面临股东与债权人的压力；可以直接获得现金或等量的证券收入，会计处理最为简单，无；可以直接产生利润；通过出售，企业可以把不良投资彻底处理掉，也可以把一项优良投资在合适的时机变现。

6.【答案】BCE

【解析】资产评估价值标准有：账面价值、清算价值、市场价值。

7.【答案】AB

【解析】企业重组的具体途径或方式包括资产置换、资产注入、债转股、收购、吸收合并、新设合并、股票回购、分立、分拆、资产剥离等，而本题考查主要、直接方式。

8.【答案】ABE

【解析】积极意义包括：

①使债务企业摆脱破产，并卸下沉重的债务负担，减少利息支出，降低债务比率，提高营利能力，从而使债务企业经营者获得再次创业的机会。

②使债权人获得收回全额投资的机会。

③使新股东（由于购买债权而变为股权人的股东）可以在企业状况好转时，通过上市、转让或回购形式收回投资。

④为更多的人提供就业机会，稳定社会秩序。

⑤使原债权人解脱赖账困扰，提高资产质量，改善运营状况。

⑥对于未转为股权的债权人来说，由于企业债务负担减轻，使按期足额受偿本息的保证加强。

9.【答案】ABC

【解析】标准分立这种分立手段的问题主要包括：随着股权分割的完成，庞大的规模和产品多样化所创造的企业优势将消失；标准分立过程将伴随资源的重新分配过程，也包括债务的分配过程，由此企业将面临动荡和冲突，标准分立不会产生现金流；标准分立后，各公司之间合作的基础将变得衰弱，在共同面对同一市场时，彼此间的竞争将不可避免。

10.【答案】ABD

【解析】买"壳"上市的不利之处表现在：整合难度大，特别是人事整合和文化整合；不能同时实现筹资功能；可能有大量现金流流出；由于实施绝对控股难度大，成本高，入主后通常只能达到相对控股；可能面临"反收购"等一些变数。

第 二 部 分

2011 年题库版过关练习（一）

一、单项选择题（共 60 题，每题 1 分。每题的备选项中，只有 1 个最符合题意）。

1. 在分析潜在进入者对产业内现有企业的威胁时，应重点分析（   ）。

    A. 产业进入壁垒　　　　　　　　　　　　B. 产业内现有企业数量

    C. 产业生命周期　　　　　　　　　　　　D. 买方及卖方集中度

2. 在制定企业战略的过程中，企业内部环境分析的核心内容是（   ）。

    A. 核心能力　　　　B. 资金状况　　　　C. 核心产品　　　　D. 设备状况

3. 企业战略是指企业在市场经济竞争激烈的环境中，在总结历史、调查现状、预测未来的基础上，为谋求生存和发展而做出的（   ）的谋划或方案。

    A. 长远性、竞争性　B. 长远性、风险性　C. 长远性、全局性　D. 全局性、灵活性

4. 在紧缩战略中，（   ）是指企业在现有经营领域不能完成原油产销规模和市场规模，不得不将其缩小；或者企业有了新的发展机会，压缩原有领域的投资，控制成本支出以改善现金流为其他业务领域提供资金的战略方案。

    A. 发展战略　　　　B. 转向战略　　　　C. 放弃战略　　　　D. 清算战略

5. 根据企业内部资源条件和外部环境，确定企业的经营范围是（   ）要解决的主要问题。

    A. 竞争战略　　　　B. 公司层战略　　　C. 业务层战略　　　D. 职能层战略

6. 主要解决资源利用效率问题，是企业资源利用效率最大化的战略是（   ）。

    A. 企业总体战略　　B. 企业业务战略　　C. 企业职能战略　　D. 事业部战略

7. 通过提供与众不同的产品与服务，满足顾客的特殊需求，从而形成一种独特的优势。这种战略是（   ）。

    A. 差异化战略　　　B. 成本领先战略　　C. 集中战略　　　　D. 普通战略

8. （   ）是指评估备选战略的成功对这个战略的主要假设条件依赖程度的一种十分有用的分析技术。

    A. 敏感性分析　　　B. 分析型报告　　　C. 咨询型报告　　　D. 决策矩阵

9. 战略控制权由企业最高层掌握，对企业进行总体考虑，关注长期绩效和基本的战略方向，这种控制是指（   ）。

    A. 分散控制　　　　B. 集中控制　　　　C. 反馈控制　　　　D. 直接控制

10. 企业战略管理的对象不包括（   ）。

    A. 职能部门　　　　B. 战略要素　　　　C. 战略管理模式　　D. 管理过程中的各环节

11. 公司财产权能的第一次分离是指（   ）。

    A. 法人产权与经营权的分离　　　　　　　B. 原始所有权与法人产权的分离

    C. 法人产权与债权的分离　　　　　　　　D. 原始所有权与一般所有权的分离

12. 企业领导体制的核心是（   ）。

    A. 权力划分　　　　B. 组织机构　　　　C. 领导选择　　　　D. 制度规范

13. 公司制企业有明晰的产权管理，其中对全部法人财产依法拥有独立支配权力的主体是（　　）。

　　A. 股东　　　　　　　　B. 公司　　　　　　　　C. 董事会　　　　　　　　D. 经营层

14. 能够满足公司领导者个人发展需要和尊重需要的激励机制是（　　）。

　　A. 声誉激励机制　　　B. 报酬激励机制　　　C. 控制权激励机制　　　D. 股票期权

15. 企业领导机制是企业自主建立的、通过企业领导权限划分而形成的组织结构和规章制度的总和，其基础是（　　）。

　　A. 组织机构　　　　B. 权力划分　　　　C. 制度规范　　　　D. 领导选择

16. 市场调研是调研者对商品及服务市场相关问题的全部数据，有计划、有组织地进行系统的（　　）的过程。

　　A. 收集、整理、记录　　　　　　　B. 收集、记录、分析

　　C. 记录、判断、分析　　　　　　　D. 整理、记录、判断

17. 营销者通过市场调研，依据消费者的需要和欲望、购买行为和购买习惯等方面的差异，把某一产品的市场整体划分为若干消费者群的市场分类过程是（　　）。

　　A. 市场定位　　　　B. 市场细分　　　　C. 渠道设计　　　　D. 销售调研

18. 市场调研程序的起点是（　　）。

　　A. 实施调研和数据采集　　　　　　B. 数据的处理与分析

　　C. 设计调研方案　　　　　　　　　D. 确定调研性质

19. 撰写综合分析报告的主要目的是（　　）。

　　A. 调研报告的方向　　　　　　　　B. 调研报告的正文

　　C. 调研报告的性质　　　　　　　　D. 结论与建议

20. 用企业的销售额占全行业销售额的百分比来表示的指标是（　　）。

　　A. 全部市场占有率　　　　　　　　B. 相对市场占有率

　　C. 市场覆盖率　　　　　　　　　　D. 绝对市场占有率

21. 在市场调研的原始资料收集方法中，能够实现实时对数据进行整体统计或图表统计的是（　　）。

　　A. 网络调研系统　　　B. 街头访问　　　C. 入户访问　　　D. 电话调查

22. 整群抽样的最大缺点是（　　）。

　　A. 样本分布不均匀，样本的代表性差　　　B. 不易取得抽样框

　　C. 不便于组织　　　　　　　　　　　　　D. 耗费大量人力、物力和财力

23. 某产品在 7 个地区的销售量分别为 1000、1000、1500、1500、2000、1000、3000。这组数据的中位数是（　　）。

　　A. 1000　　　　　　B. 1500　　　　　　C. 2000　　　　　　D. 3000

24. 一组数据中出现次数最多的变量值是（　　）。

　　A. 众数　　　　　　B. 中位数　　　　　C. 均值　　　　　　D. 峰值

25. 反映数值型数据离散程度最主要、最常用的方法是（　　）。

　　A. 方差　　　　　　B. 标准差　　　　　C. 方差与标准差　　　D. 极差与平均差

26. 单一品种生产条件下，设备组生产能力的计算公式是（　　）。

　　A. $M = F \cdot S \cdot P$　　　B. $M = F \cdot S$　　　C. $M = F \cdot P$　　　D. $M = F \cdot P / t$

27. 生产控制的核心是（　　）。

A. 进度管理　　　　B. 在制品控制　　　C. 库存控制　　　　D. 生产调度

28. 适用单件小批生产类型企业的生产作业计划编制的是（　　）。

A. 生产周期法　　B. 累计编号法　　　C. 提前期法　　　　D. 在制品定额法

29. 生产计划编制的第一步是（　　）。

A. 综合平衡　　　B. 调查研究　　　　C. 统筹安排　　　　D. 收集资料

30. 某企业今年计划生产一种产品，该产品单价为 300 元，单位产品的变动费用为 100 元，其固定成本为 550 万元，根据以上资料确定该企业今年产销量不赔的最低量是（　　）。

A. 2750　　　　　B. 13750　　　　　C. 27500　　　　　D. 55000

31. 成品储存的作业内容除仓储作业和物品养护外，还应包括（　　）。

A. 包装加固　　　B. 库存控制　　　　C. 产品检验　　　　D. 合理分类

32. 在准时制生产方式定义的浪费类型中，过程的浪费是指（　　）。

A. 在设备自动加工时或工作量不足时的等工浪费

B. 制造过量产品产生的浪费

C. 不合格产品本身的浪费

D. 附加值不高的工序造成的浪费

33. 现代物流的发展趋势是（　　）。

A. 协同配送　　　　　　　　　　　B. 专业化的配送中心

C. 配送中心形成区域性布局　　　　D. 电子商务下的物流配送

34. 关于回收物流与废弃物流特点的说法，正确的是（　　）。

A. 回收物流与废弃物流的物流成本高昂

B. 回收物流与废弃物流常使用大型化、通用化装运设备

C. 回收物流与废弃物流存储、包装要求复杂

D. 回收物流与废弃物流流通加工方式多样化

35. 搞好物流管理的先决条件是（　　）。

A. 高效的流通加工　　　　　　　　B. 顺畅的装卸搬运

C. 准确掌握物流信息　　　　　　　D. 安全的储存

36. 供应物流与社会物流的衔接点是（　　）。

A. 采购　　　　　B. 供应　　　　　C. 库存管理　　　　D. 仓库管理

37. 企业物流是以（　　）为核心的物流活动。

A. 企业服务　　　B. 企业经营　　　C. 客户满意　　　　D. 客户需求

38. 在企业的技术创新中，内企业家区别于企业家的根本之处是（　　）。

A. 内企业家可自主决策

B. 内企业家活动局限于企业内部，受多因素制约

C. 内企业家无须征得所在企业的认同和许可

D. 内企业家可选择自己认为有价值的机会

39. 根据我国专利法，发明专利权的保护期为（　　）年。

A. 5　　　　　　B. 10　　　　　　C. 20　　　　　　D. 25

40. 在产品随生命周期的成长变化中，产品创新和工艺创新频率的变化规律是（　　）。

A. 产品创新频率由低到高递增，工艺创新频率呈谷状延伸

B. 产品创新频率由高到低递减，工艺创新频率呈峰状延伸

C. 产品创新频率呈峰状延伸，工艺创新频率由高到低递减

D. 产品创新频率呈谷状延伸，工艺创新频率由低到高递增

41. 下列关于技术创新的说法错误的是（　　）。

A. 技术创新既是技术行为，又是一种经济行为

B. 技术创新是一项高风险活动

C. 技术创新时间的差异性

D. 技术创新具有一定的外部性

42. 企业联盟的主要形式是（　　）。

 A. 资金联盟   B. 技术联盟   C. 产品联盟   D. 资源联盟

43. 当事人之间共同就新技术、新产品、新工艺或者新材料及其系统的研究开发所订立的合同为（　　）。

 A. 合作开发合同 B. 委托开发合同 C. 技术服务合同 D. 技术转让合同

44. 在技术创新过程中，存在可控因素和不可控因素，由此可知，技术创新具有（　　）。

 A. 确定性   B. 风险性   C. 收益性   D. 扩散性

45.（　　）是经济可持续发展的一个重要组成部分。

 A. 销售物流   B. 绿色物流   C. 管理物流   D. 仓储物流

46. 一年或一年内的人力资源规划属于（　　）。

 A. 短期规划   B. 中期规划   C. 中长期规划   D. 长期规划

47. 不是福利作用的选项是（　　）。

 A. 维持劳动力在成产   B. 激励员工

 C. 促使员工忠实于企业   D. 提高工作绩效

48. 其基本思路是：找出企业过去在某两个职务或者岗位之间的人事变动规律，以此推测未来企业中这些职务或岗位的人员状况的供给预测方法是（　　）。

 A. 人员核查法   B. 管理人员接续计划法

 C. 马尔克夫模型法   D. 一元回归分析法

49. 不属于影响企业外部人力资源供给的因素是（　　）。

 A. 人力资源的总体构成   B. 宏观经济形势

 C. 本地区劳动力市场供求状况 D. 企业生产经营状况

50. 对一些高级管理人员或从事尖端技术的专门人才，需要在全球范围内进行选拔，这时需要采取的招聘方法是（　　）。

 A. 媒体广告招聘 B. 中介机构招聘 C. 猎头公司招聘 D. 海外招聘

51. 将员工流动划分为地区流动、层级流动和专业流动的依据是（　　）。

 A. 员工流出的主动性与否 B. 员工流出的个人主观原因

 C. 员工流动的走向   D. 员工流动的规模

52. 容易使工作绩效和激励之间的关系减弱的薪酬制度设计方法是（　　）。

 A. 奖金制度设计   B. 员工持股制度设计

 C. 员工分红制度设计   D. 福利制度

53. 为缺乏现金清偿能力的股东解决侵占公司资金问题，提供了现实选择的途径的重组方式是（　　）。

A. 资产注入　　　B. 资产置换　　　C. 债转股　　　D. 以股抵债

54. （　）是选择筹资方式、进行资本结构决策和选择追加筹资方案的依据。

A. 资本成本　　　B. 营业杠杆系数　　C. 财务杠杆系数　　D. 现金流量

55. 关于净营业收益观点不正确的是（　）。

A. 这种观点认为，在公司的资本结构中，债权资本的多少与公司的价值没有关系。

B. 认为决定公司价值的真正因素，应该是公司的净营业收益。

C. 这种观点虽然认识到债权资本比例的变动会产生公司的财务风险，也可能影响公司的股权资本成本率，但实际上公司的综合资本成本率不可能是一个常数。

D. 公司净营业收益的确不会影响公司价值。

56. 一家钢铁公司并购其原材料供应商——铁矿公司属于（　）。

A. 横向并购　　　B. 纵向并购　　　C. 混合并购　　　D. 单独并购

57. 企业在生产经营和对外投资活动中因使用资本而承付的费用为（　）。

A. 筹资费用　　　B. 用资费用　　　C. 股权资本　　　D. 债券资本

58. 某公司 2010 年股本为 2000 万元，息税前盈余为 50 万元，债务利息为 10 万元，则该公司的财务杠杆系数为（　）。

A. 1.2　　　B. 1.25　　　C. 2.2　　　D. 2.25

59. 资本结构的啄序理论认为，公司倾向于首先采用的筹资方式是（　）。

A. 外部筹资　　　B. 内部筹资　　　C. 股权筹资　　　D. 债权筹资

60. 有利于降低并购风险和额外支出，但不得不牺牲并购企业的部分利益，以换取被并购企业的合作的是（　）。

A. 横向并购　　　B. 混合并购　　　C. 善意并购　　　D. 敌意并购

二、多项选择题（共 20 题，每题 2 分。每题的备选项中，有 2 个或 2 个以上符合题意，至少有 1 个错项。错选，本题不得分；少选，所选的每个选项得 0.5 分）。

61. 在企业经营战略体系中，企业战略一般可以分为（　）。

A. 业务战略　　B. 总体战略　　C. 营销战略　　D. 职能战略

E. 发展战略

62. 进行产业竞争性分析时除了要考虑产业内现有企业间的竞争程度外，还要考虑（　）。

A. 潜在进入者的威胁　　　　B. 替代品的威胁

C. 市场价格水平　　　　　　D. 供方讨价还价能力

E. 买方讨价还价能力

63. 实施差异化竞争战略应具备的条件有（　）。

A. 较强的研究与开发能力　　　B. 产品质量好或技术领先的声望

C. 强大的市场营销能力　　　　D. 大规模生产制造系统

E. 全面的成本控制体系

64. 评价和确定企业战略方案时，需遵循的基本原则有（　）。

A. 择优原则　　B. 民主协调原则　　C. 综合平衡原则　　D. 统一指挥原则

E. 权变原则

65. 企业审计按技术手段可分为（　）。

A. 顺查法　　　B. 审阅法　　　C. 盘存法　　　D. 分析法

E. 逆查法

66. 市场调研的基本特点包括（　　）。

A. 系统性　　　　　　B. 时效性　　　　　　C. 主观性　　　　　　D. 多样性

E. 不确定性

67. 与原始数据收集方法相比，二手数据收集方法的优点有（　　）。

A. 成本较低　　　　B. 直观性强　　　　C. 资料容易获取　　　　D. 更加具体

E. 收集时间较短

68. 下列属于概率抽样方法的有（　　）。

A. 主观抽样　　　　B. 滚雪球抽样　　　　C. 简单随机抽样　　　　D. 等距抽样

E. 整群抽样

69. 编制生产计划的步骤有（　　）。

A. 调查研究　　　　B. 收集资料　　　　C. 统筹安排，初步提出生产计划指标

D. 综合平衡，编制计划草案　　　　　　E. 生产计划大纲定稿与报批

70. 对生产调度工作的基本要求是（　　）。

A. 及时　　　　　　B. 快速　　　　　　C. 准确　　　　　　D. 简单

E. 有效

71. 下列物品可采用回送复用物流系统进行回收的有（　　）。

A. 废玻璃瓶　　　　B. 废纸　　　　　　C. 金属加工碎屑　　　　D. 包装箱

E. 碎废布

72. 库存的目标是（　　）。

A. 使库存投入最少　　　　　　　　　　B. 使库存量最大

C. 使采购批量最经济　　　　　　　　　D. 对用户服务水平最高

E. 保证企业的有效经营

73. 单纯的技术贸易形式有（　　）。

A. 许可贸易　　　　B. 专有技术转让　　　　C. 技术协助　　　　D. 特许专营

E. 补偿贸易

74. 企业内部的技术创新组织模式有（　　）。

A. 企业家　　　　　B. 内企业家　　　　C. 技术创新小组　　　　D. 新事业发展部

E. 企业技术中心

75. 较为重要的技术转移机制包括（　　）。

A. 技术许可证　　　B. 产、学、研联盟　　C. 设备和软件购置　　D. 信息传播

E. 技术研发

76. 企业在发布招聘信息时应遵循的原则有（　　）。

A. 广泛和及时原则　　　　　　　　　　B. 层次和全面原则

C. 真实原则　　　　　　　　　　　　　D. 信息公开原则

E. 效率优先原则

77. 下列关于内部招聘说法正确的是（　　）。

A. 内部招聘是指当企业出现职位空缺时，从企业内部正在任职的员工中选择人员填补职位空缺的一种方法

B. 企业员工内部招聘的形式主要有内部晋升和职位转换

C. 容易导致"近亲繁殖"，使企业选人、用人的视野逐渐狭隘

D. 能够使企业快速招聘到所需要的人才

E. 内部招聘具体又分为提拔晋升、工作调换、工作重换和人员重聘等方法

78. 关于职务轮换的说法正确的是（　　）。

A. 能丰富培训对象的工作经历

B. 能较好地识别培训对象的长处和短处

C. 增强培训对象对各部门管理工作的了解并增进各部门之间的合作

D. 容易缺乏强烈的岗位意识和高度的责任感

E. 由于受训者的表现还会影响其身边的其他员工，容易在多个部门造成更坏的影响

79. 通常按项目期间，将现金流量分为（　　）。

A. 初始现金流量　　B. 营业现金流量　　C. 固定资产投资　　D. 终结现金流量

E. 固定现金流量

80. 下列各项属于出售优点的有（　　）。

A. 会计处理最为简单　　　　　　　　B. 可以直接产生利润

C. 减轻母公司的资金压力　　　　　　D. 各公司会有更大的资本运作

E. 可以直接获得现金或等量的证券收入

三、案例分析题（共20题，每题2分。由单选和多选组成。错选，本题不得分；少选，所选的每个选项得0.5分）。

（一）

某牙膏厂几十年来一直只生产牙膏，产品质量卓越，顾客群体稳定。目前为扩大经营规模，企业增加牙刷生产，需要确定牙刷的产量。根据预测估计，这种牙刷市场状况的概率是：畅销为0.3，一般为0.4，滞销为0.3。牙刷产品生产采取大、中、小3种批量的生产方案，有关数据如下表所示。

	畅销	一般	滞销
大批量 I	35	30	20
中批量 II	30	28	24
小批量 III	25	25	25

根据以上资料，回答下列问题：

81. 该企业原来一直实施的战略属于（　　）。

A. 集中型战略　　B. 稳定型战略　　C. 多元化战略　　D. 一体化战略

82. 目前该企业实施的战略属于（　　）。

A. 不相关多元化　　B. 一体化　　C. 集团多元化　　D. 相关多元化

83. 此项经营决策属于（　　）。

A. 确定型决策　　B. 风险型决策　　C. 不确定型决策　　D. 无风险决策

84. 使该厂取得最大经济效益的决策方案为（　　）。

A. 大批量　　B. 中批量　　C. 小批量　　D. 不增加牙刷生产

85. 该公司实施战略控制时可选择的方法是（　　）。

A. 生产进度控制　　B. 统计分析控制　　C. 预算控制　　　　D. 财务控制

（二）

小丽在一家婴儿服装店工作，由于销售淡季，小丽打算组织一次小型的"买一送一"的促销活动，并邀请专业的婴儿专家为妈妈们现场解答，如何选择婴儿衣服，不同质地的衣服适合于不同年龄的婴儿，以及如何更有助于婴儿发育等。为了保证促销活动效果，小丽决定事先组织一次消费者市场调研。目前零售店的竞争十分激烈，必须在举办活动前充分了解市场环境和竞争对手的现状，并制定出一套组织对手跟进的方案。

86. 消费者调研是根据（　　）进行分类的。
    A. 时间层次　　　　　　　　　B. 购买的商品目的不同
    C. 商品流通环节　　　　　　　D. 市场调研目的和深度

87. 小丽在调研前应进行调研方案的设计，调研方案的步骤包括（　　）。
    A. 确定调研目标　　　　　　　B. 确定调查对象和调查单位。
    C. 制订调查提纲和调查表　　　D. 确定调查时间和调查工作期限

88. 小丽经过比较分析，决定采用街头定点访问的方式进行市场调研，这是由于街头定点访问主要适合于（　　）。
    A. 比较烦琐的访问　　　　　　B. 2 个小时以上的访问
    C. 问卷较长的访问　　　　　　D. 比较敏感的话题

89. 根据市场调研的问题，可将市场调研分为（　　）。
    A. 探索性调研　　B. 描述性调研　　C. 因果关系调研　　D. 二手数据调研

90. 下列是市场调研的内容的是（　　）。
    A. 市场竞争调研　　B. 市场细分调研　　C. 产品定位调研　　D. 不确定性调

（三）

某家具厂每月木材的需求量是 25 万立方米，每次订货的费用为 200 元，每立方米木材的保管费用为单价的 6%，假设每立方米木材的单价为 400 元。

根据上述资料，回答下列问题：

91. 该家具厂生产过程中产生的废弃木料，应采取何种处理方式（　　）。
    A. 掩埋　　　　　　B. 焚烧　　　　　　C. 堆放　　　　　D. 回收利用

92. 在运输家具过程中，为防止加具损坏，对其包装的时候使用了大量纸箱，这些纸箱在家具到达目的地拆除包装后（　　）。
    A. 成为了流通过程中的排泄物　　B. 可以直接回收使用
    C. 必须焚烧处理　　　　　　　　D. 可以进入物资大循环再生利用
    E. 不做任何处理

93. 回收物流的物流方式主要有（　　）。
    A. 以废玻璃瓶为代表的回送复用物流系统
    B. 以废纸为代表的收集集货物流系统
    C. 以粉煤灰为代表的联产供应物流系统

D. 以废玻璃为代表的终结物流系统

94. 该家具厂生产过程中产生的废弃物属于（　　　）。

　　A. 工艺性废弃物　　　　　　　　B. 可回收使用废弃物

　　C. 工业废弃物　　　　　　　　　D. 一般废弃物

95. 下列废弃物产生于生产过程的是（　　　）。

　　A. 造纸厂排出的废水　　　　　　B. 货物拆包后遗弃的纸箱

　　C. 汽车尾气　　　　　　　　　　D. 办公室遗弃的旧报刊

（四）

　　某公司准备上一个新的生产项目，项目的经济寿命为 20 年。项目固定资产投资：厂房为 80 万元，购置设备为 80 万元，流动资金净增加额为 50 万元。采用直线法折旧，无残值。项目终结时建筑物按 40 万元售出。每年固定成本（不包括折旧）增加 45 万元，变动成本总额增加 100 万元。设税率为 33%。

　　根据上述资料，回答下列问题：

96. 按项目期间，将现金流量分为（　　　）。

　　A. 初始现金流量　　B. 现金净流量　　　C. 营业现金流量　　　D. 终结现金流量

97. 该项目的初始现金流量为（　　　）万元。

　　A. 160　　　　　　　B. 180　　　　　　C. 200　　　　　　　D. 210

98. 该项目的终结现金流量为（　　　）万元。

　　A. 60　　　　　　　B. 65　　　　　　　C. 90　　　　　　　　D. 100

99. 没有考虑资金的时间价值是（　　　）的主要缺点。

　　A. 内部报酬率　　　B. 平均报酬率　　　C. 外部报酬率　　　　D. 投资回收期

100. 估算投资方案的现金流量应遵循的最基本的原则是：只有（　　　）才是与项目相关的现金流量。

　　A. 营业现金流量　　B. 初始现金流量　　C. 终结现金流量　　　D. 增量现金流量

2011 年题库版过关练习（一）参考答案及解析

一、单项选择题

1. 【答案】A

【解析】在分析潜在进入者对产业内现有企业的威胁时，应重点分析产业进入壁垒。

2. 【答案】A

【解析】在制定企业战略的过程中，企业内部环境分析的核心内容是核心能力。

3. 【答案】C

【解析】企业战略是指企业在市场经济竞争激烈的环境中，在总结历史、调查现状、预测未来的基础上，为谋求生存和发展而做出的长远性、全局性的谋划或方案。

4. 【答案】B

【解析】在紧缩战略中，转向战略是指企业在现有经营领域不能完成原油产销规模和市场规模，不得不将其缩小；或者企业有了新的发展机会，压缩原有领域的投资，控制成本支出以改善现金流为其他业务领域提供资金的战略方案。

5. 【答案】B

【解析】根据企业内部资源条件和外部环境，确定企业的经营范围是公司层战略要解决的主要问题。

6. 【答案】C

【解析】企业职能战略主要解决资源利用效率问题，是企业资源利用效率最大化的战略。

7. 【答案】A

【解析】差异化战略是指通过提供与众不同的产品与服务，满足顾客的特殊需求，从而形成一种独特的优势。

8. 【答案】A

【解析】敏感性分析是指评估备选战略的成功对这个战略的主要假设条件依赖程度的一种十分有用的分析技术。

9. 【答案】B

【解析】集中控制是指战略控制权由企业最高层掌握，对企业进行总体考虑，关注长期绩效和基本的战略方向。

10. 【答案】A

【解析】企业战略管理的对象包括战略要素、战略管理模式和管理过程中的各环节。

11. 【答案】B

【解析】公司财产权能的第一次分离是指原始所有权与法人产权的分离。

12. 【答案】D

【解析】企业领导体制的核心是制度规范。

13. 【答案】B

【解析】公司制企业有明晰的产权管理，其中对全部法人财产依法拥有独立支配权力的主体是公司。

14.【答案】A

【解析】能够满足公司领导者个人发展需要和尊重需要的激励机制是声誉激励机制。

15.【答案】B

【解析】企业领导机制是企业自主建立的、通过企业领导权限划分而形成的组织结构和规章制度的总和，其基础是权力划分。

16.【答案】B

【解析】市场调研是调研者对商品及服务市场相关问题的全部数据，有计划、有组织地进行系统的收集、记录、分析的过程。

17.【答案】B

【解析】市场细分是指营销者通过市场调研，依据消费者的需要和欲望、购买行为和购买习惯等方面的差异，把某一产品的市场整体划分为若干消费者群的市场分类过程。

18.【答案】D

【解析】市场调研程序的起点是确定调研性质。

19.【答案】D

【解析】结论与建议是撰写综合分析报告的主要目的。

20.【答案】A

【解析】全部市场占有率是指以企业的销售额占全行业销售额的百分比来表示。

21.【答案】A

【解析】在网络调研系统中，通过网站，使用者可以随时在屏幕上对回答数据进行整体统计或图表统计。

22.【答案】A

【解析】整群抽样的最大缺点是样本分布不均匀，样本的代表性差。整群抽样的主要优点是易于取得抽样框，便于组织，可以节省人力、物力和财力。

23.【答案】B

【解析】中位数是一组数据排序后处于中间位置的变量值，是一组数据的中点，即高于和低于它的数据各占一半。本题中中位数是 1500。

24.【答案】A

【解析】众数是一组数据中出现次数最多的变量值。

25.【答案】C

【解析】方差与标准差是反映数值型数据离散程度最主要、最常用的方法。

26.【答案】A

【解析】单一品种生产条件下，设备组生产能力的计算公式是 $M=F \cdot S \cdot P$。

27.【答案】A

【解析】生产控制的核心是进度管理。

28.【答案】A

【解析】生产周期法适用于单件小批生产类型企业的生产作业计划编制。

29.【答案】B

【解析】生产计划编制的第一步是调查研究。

30. 【答案】C

【解析】Q=F/（P−V）=5500000/（300−100）=27500。

31. 【答案】B

【解析】成品储存包括仓储作业、物品养护和库存控制。本题考核销售物流中的成品储存。

32. 【答案】D

【解析】过程的浪费是指附加值不高的工序造成的浪费。本题考核准时制生产方式定义的浪费类型。

33. 【答案】D

【解析】考查现代物流的发展趋势。

34. 【答案】D

【解析】回收物流与废弃物流的特点有：小型化、专用化的装运设备，简易的储存、包装要求，多样化的流通加工，低成本的要求。

35. 【答案】C

【解析】准确掌握物流信息是搞好物流管理的先决条件。

36. 【答案】A

【解析】采购是供应物流与社会物流的衔接点。

37. 【答案】B

【解析】企业物流是以企业经营为核心的物流活动。

38. 【答案】B

【解析】内企业家与企业家的根本不同在于，内企业家的活动局限在企业内部，其活动受到企业的规定、政策和制度，以及其他因素的限制。

39. 【答案】C

【解析】我国《专利法》规定，发明专利权的保护期为20年。

40. 【答案】B

【解析】本题考查产品创新与工艺创新之间的关系。产品创新频率由高到低递减，工艺创新频率呈峰状延伸。

41. 【答案】A

【解析】技术创新不是技术行为，而是一种经济行为。

42. 【答案】B

【解析】企业联盟的主要形式是技术联盟。

43. 【答案】B

【解析】委托开发合同是指当事人之间共同就新技术、新产品、新工艺或者新材料及其系统的研究开发所订立的合同。

44. 【答案】B

【解析】技术创新过程中各未知因素往往难以预测，其努力的结果普遍呈随机现象，再加上未来市场的不确定性，给创新带来了极大的风险。

45. 【答案】B

【解析】绿色物流是经济可持续发展的一个重要组成部分。

46. 【答案】A

【解析】短期规划是指 1 年或 1 年内的规划，长期规划是指时间跨度为 5 年或 5 年以上的规划，中期规划一般为 1~5 年的时间跨度。

47.【答案】D

【解析】本题考查福利的作用。福利的提供与员工的工作绩效及贡献无关。

48.【答案】C

【解析】考查马尔可夫模型法的基本思路。它是主要用来预测具有时间间隔（如一年）的时间点上，各类人员分布状况的方法。

49.【答案】D

【解析】影响企业外部人力资源供给的因素：①本地区的人口总量与人力资源供给率。②本地区的人力资源的总体构成。③宏观经济形势和失业率预期。④本地区劳动力市场的供求状况。⑤行业劳动力市场供求状况

50.【答案】D

【解析】本题对外部招聘形式进行考查。

51.【答案】C

【解析】本题考查员工流动的类型。根据 A 项通常划分为自愿性流动和非自愿性流动。根据 B 项可以分为人事不适流动、人际不适流动和生活不适流动。按 D 项则可以分为个体流动、批量流动和集团流动。

52.【答案】C

【解析】员工分红制度使员工得到的奖励与个人绩效之间可能缺少必要的联系，容易使工作绩效和激励之间的关系减弱。

53.【答案】D

【解析】以股抵债是指公司以其股东"侵占"的资金作为对价，冲减股东持有的本公司股份，被冲减的股份依法注销。以股抵债为缺乏现金清偿能力的股东解决侵占公司资金问题，提供了现实选择的途径。

54.【答案】A

【解析】个别资本成本率是企业选择筹资方式的依据；综合资本成本率是企业进行资本结构和追加筹资决策的依据。

55.【答案】D

【解析】公司净营业收益的确会影响公司价值，但公司价值不仅仅取决于净营业收益。

56.【答案】B

【解析】纵向并购可以是向前并购，也可以是向后并购，所谓向后并购，是指向其供应商的并购。

57.【答案】B

【解析】考查用资费用的含义。

58.【答案】B

【解析】本题考查财务杠杆系数。财务杠杆系数 = 息税前利润 /（息税前利润 – 债务利息）=50/（50–10）=1.25。

59.【答案】C

【解析】资本结构的啄序理论认为，公司倾向于首先采用内部筹资，因而不会传递任何可能对股价不利的信息，如果需要外部筹资，公司将先选择债权筹资，再选择其他外部股权筹资。

60.【答案】C

【解析】按照并购双方的业务性质来划分，企业并购可分为纵向并购、横向并购、混合并购，按并购双方是否友好协商来划分，企业并购可分为善意并购、敌意并购两种。

二、多项选择题

61.【答案】ABD

【解析】在企业经营战略体系中，企业战略一般可以分为业务战略、总体战略、职能战略。

62.【答案】ABDE

【解析】进行产业竞争性分析时除了要考虑产业内现有企业间的竞争程度外，还要考虑潜在进入者的威胁；替代品的威胁；供方讨价还价能力；买方讨价还价能力。

63.【答案】ABC

【解析】实施差异化竞争战略应具备的条件有较强的研究与开发能力；产品质量好或技术领先的声望；强大的市场营销能力。

64.【答案】ABC

【解析】评价和确定企业战略方案时，需遵循的基本原则有择优原则、民主协调原则、综合平衡原则。

65.【答案】BCD

【解析】企业审计按技术手段可分为审阅法、盘存法、分析法。

66.【答案】ABDE

【解析】市场调研的基本特点之一是客观性，所以选项 C 不选。

67.【答案】ACE

【解析】与原始数据采集相比，二手数据调研成本较低、资料容易获取、收集资料时间较短。

68.【答案】CDE

【解析】选项 AB 属于非概率抽样方式。

69.【答案】ACDE

【解析】编制生产计划的步骤：调查研究→统筹安排，初步提出生产计划指标→综合平衡，编制计划草案→生产计划大纲定稿与报批。

70.【答案】BC

【解析】对生产调度工作的基本要求是快速和准确。

71.【答案】AD

【解析】选项 BCE 属于收集集货物流系统的内容，而废玻璃瓶、包装箱属于可采用回送复用物流系统进行回收的范畴。

72.【答案】ADE

【解析】考查库存的目标。

73.【答案】ABC

【解析】单纯的技术贸易形式有许可贸易、专有技术转让、技术协助。

74.【答案】BCDE

【解析】企业内部的技术创新组织模式有内企业家、技术创新小组、新事业发展部、企业技术中心。

75.【答案】ABCD

【解析】较为重要的技术转移机制包括技术许可证；产、学、研联盟；设备和软件购置；信息传播。

76.【答案】AB

【解析】招聘信息的发布应遵循广泛原则、及时原则、层次原则、真实原则、全面原则。应与企业招聘原则加以区分。

77.【答案】ABCE

【解析】外部招聘能够使企业快速招聘到所需要的人才。

78.【答案】ABCDE

【解析】ABC是职务轮换的优点，DE项则是其缺点。

79.【答案】ABD

【解析】通常按项目期间，将现金流量分为初始现金流量、营业现金流量和终结现金流量。其中初始现金流量包括：固定资产投资、流动资产投资、其他投资费用和原有固定资产的变价收入。

80.【答案】ABC

【解析】出售的优点：出售不会面临股东与债权人的压力；可以直接获得现金或等量的证券收入，会计处理最为简单，无；可以直接产生利润；通过出售，企业可以把不良投资彻底处理掉，也可以把一项优良投资在合适的时机变现。

三、案例分析题

81.【答案】B

【解析】该企业原来一直只生产牙膏，产品质量卓越，顾客群体稳定，实施的战略属于稳定型战略。

82.【答案】D

【解析】牙刷产品生产采取大、中、小三种批量的，目前该企业实施的战略属于相关多元化。

83.【答案】B

【解析】本题中大、中、小三种批量的牙刷都有一定的概率出现不同后果，属于风险性决策。

84.【答案】A

【解析】大批量生产期望值 =35×0.3+30×0.4+20×0.3=28.5；中批量生产期望值=30×0.3+28×0.4+24×0.3=27.4；小批量生产期望值 =25×0.3+25×0.4+25×0.3=25。故选A。

85.【答案】BCD

【解析】战略控制的方法主要有预算控制、审计监控、财务控制和统计分析控制。所以B、C、D选项为正确答案。

86.【答案】B

【解析】消费者调研是根据购买的商品目的不同进行分类的。

87.【答案】ABCD

【解析】调研方案的步骤包括：（1）确定调研目标；（2）确定调查对象和调查单位；（3）制订调查提纲和调查表；（4）确定调查时间和调查工作期限；（5）确定调查地点；（6）确定调查方式和方法；（7）确定调查资料整理和分析方法；（8）调研经费预算；

(9) 确定提交报告的方式; (10) 制订调查的组织计划。

88.【答案】ABD

【解析】街头定点访问主要适合于比较烦琐的访问、2个小时以上的访问和比较敏感的话题。

89.【答案】ABC

【解析】根据市场调研的问题,市场调研可分为探索性调研、描述性调研和因果关系调研。

90.【答案】ABC

【解析】市场调研的内容包括:(1) 市场竞争调研;(2) 市场细分调研;(3) 产品定位调研;(4) 产品调研;(5) 广告调研;(6) 渠道调研;(7) 销售调研;(8) 用户满意度调研。

91.【答案】D

【解析】对该家具厂生产过程中产生的废弃木料,应回收利用。

92.【答案】BD

【解析】在运输家具过程中,为防止加具损坏,对其包装的时候使用了大量纸箱,这些纸箱在家具到达目的地拆除包装后,可以直接回收使用、可以进入物资大循环再生利用。

93.【答案】ABC

【解析】回收物流的物流方式主要有以废玻璃瓶为代表的回送复用物流系统、以废纸为代表的收集集货物流系统、以粉煤灰为代表的联产供应物流系统。

94.【答案】B

【解析】该家具厂生产过程中产生的废弃物属于可回收使用废弃物。

95.【答案】A

【解析】造纸厂排出的废水产生于生产过程。

96.【答案】ACD

【解析】投资中的现金流量是指一定时间内由投资引起各项现金流入量、现金流出量及现金净流量的统称。通常按项目期间,将现金流量分为初始现金流量、营业现金流量和终结现金流量。

97.【答案】D

【解析】根据已知条件,初始现金流量 =80+80+50=210 (万元)。

98.【答案】C

【解析】终结现金流量 =40+50=90 (万元)

99.【答案】AD

【解析】内部报酬率和投资回收期的主要缺点是没有考虑资金的时间价值。

100.【答案】A

【解析】估算投资方案的现金流量应遵循的最基本的原则是:只有营业现金流量才是与项目相关的现金流量。

2011 年题库版过关练习（二）

一、单项选择题（共 60 题，每题 1 分。每题的备选项中，只有 1 个最符合题意）。

1. 在决策小组中，小组成员互不通气，也不在一起讨论，各自独立思考，并写出自己的意见并陈述，然后小组成员对提出的备选方案进行投票，这种方法是（　　）。

    A. 头脑风暴法　　　　B. 德尔菲法　　　　　C. 名义小组法　　　　D. 淘汰法

2. 在行业生命周期的投入期，为刺激需求，抢占市场，防止潜在进入者的进入，企业应采用（　　）。

    A. 成本领先战略　　　B. 无差异战略　　　　C. 集中战略　　　　　D. 差异化战略

3. 以审查企业财务活动为内容，来判断企业财务活动的合法性和合规性的审计，指的是（　　）。

    A. 财务审计　　　　　B. 业务经营审计　　　C. 经济效益审计　　　D. 管理审计

4. 根据"BCG 矩阵法"，对企业"金牛"类业务应采取的经营战略是（　　）。

    A. 稳定战略　　　　　B. 紧缩战略　　　　　C. 发展战略　　　　　D. 成本领先战略

5. 在企业战略实施中，将战略决策范围扩大到企业高层管理集体中，调动高层管理人员的积极性和创造性的战略实施模式是（　　）模式。

    A. 指挥型　　　　　　B. 转化型　　　　　　C. 合作型　　　　　　D. 增长型

6. 将成本分为固定成本和可变成本，然后与总收益进行对比，以确定盈亏平衡时的产量或某一盈利水平的产量的分析方法是（　　）。

    A. 线性规划法　　　　B. 回归分析法　　　　C. 盈亏平衡点法　　　D. 决策收益表法

7. 通过有关专家的信息交流，引起思维共振，产生组合效应，从而形成创造性思维的决策方法是（　　）。

    A. 德尔菲法　　　　　B. 淘汰法　　　　　　C. 名义小组发　　　　D. 头脑风暴法

8. 当无法确定某种自然状态发生的可能性大小及其顺序时，可以假定每一自然状态具有相等的概率，并以此计算各方案的损益值，进行方案选择，此种决策方法遵循的原则是（　　）。

    A. 后悔值原则　　　　B. 等概率原则　　　　C. 悲观原则　　　　　D. 乐观原则

9. 监事会由（　　）选举产生。

    A. 股东会　　　　　　B. 董事会　　　　　　C. 经理人员　　　　　D. 财务部门

10. 禁止损害公司利益，考虑其他股东利益，并谨慎负责地行使股东权利及其影响力，指的是股东的（　　）。

    A. 忠诚义务　　　　　B. 平等义务　　　　　C. 守则义务　　　　　D. 高尚义务

11. 我国《公司法》规定，有限责任公司董事会成员人数为（　　）。

    A. 2~10 人　　　　　B. 3~13 人　　　　　C. 4~14 人　　　　　D. 5~15 人

12. 根据《公司法》，有限责任公司中监事的任期为每届（　　）年。

A. 2　　　　　　　B. 3　　　　　　　C. 4　　　　　　　D. 5

13. 我国公司法规定，监事会一年至少召开（　　）次会议。

A. 1　　　　　　　B. 2　　　　　　　C. 4　　　　　　　D. 12

14. 企业集团是一种机构相当稳定的企业联合组织形式，但企业集团本身并不是（　　）。

A. 投资者　　　　　B. 经济主体　　　　C. 企业　　　　　　D. 法人

15. 有关企业集团的界定，下述哪项是正确的（　　）。

A. 企业集团是由母公司与子公司及分公司组成的企业

B. 企业集团是由众多的跨国公司组成的企业

C. 企业集团是以资产为纽带形成的企业联合组织

D. 企业集团是一个独立的经济实体

16. 市场调研必须采用科学的方法，不带偏见、不受感情的影响，对事实、证据的阐述必须排除主观性，进行合乎逻辑的推断，这体现了市场调研的（　　）特点。

A. 客观性　　　　　B. 系统性　　　　　C. 确定性　　　　　D. 时效性

17. 市场调研分为商品类别的市场调研和商品品种类的市场调研的依据是（　　）。

A. 商品流通环节不同　　　　　　　　B. 市场调研的方式不同

C. 产品层次不同　　　　　　　　　　D. 时间层次不同

18. 设计调研方案时，首先要（　　）。

A. 确定调查范围　　B. 确定调查方法　　C. 明确调研目标　　D. 明确调研人员

19. 二手数据是指已经（　　）好的各种数据和信息。

A. 记录、分析、判断　　　　　　　　B. 记录、分析、整理

C. 收集、记录、分析　　　　　　　　D. 收集、记录、整理

20. 原始资料的收集方法中，每次访谈的成本是所有调查方法中最高的是（　　）。

A. 邮寄调查　　　　B. 电话调查　　　　C. 人员访问　　　　D. 观察法

21. 问卷设计程序中的第一步是（　　）。

A. 问卷的布局　　　　　　　　　　　B. 回答问题的方式

C. 问题的内容　　　　　　　　　　　D. 明确所要收集的信息

22. 下列数据分析方法属于描述统计分析的是（　　）。

A. 相关分析　　　　B. 方差分析　　　　C. 聚类分析　　　　D. 因子分析

23. 下列关于描述统计分析方法的表述错误的是（　　）。

A. 众数不受极端数值的影响

B. 极差由两端数值所决定，不能反映中间数据的分布离散状况

C. 平均差越小，说明数据离散程度越小

D. 离散程度大代表性就好

24. 集中趋势的主要测度值是（　　）。

A. 均值　　　　　　B. 众数　　　　　　C. 极差　　　　　　D. 中位数

25. 某车间单一生产某产品，单位面积有效工作时间为每日 8 小时，车间生产面积 2000 平方米，每件产品占用生产面积 3 平方米，每生产一件产品占用时间为 1.5 小时，则该车间的生产能力是（　　）件。

A. 3556　　　　　　B. 5333　　　　　　C. 8000　　　　　　D. 32000

26. 直接决定了近期所做生产计划的生产能力是（　　）。

　　A. 设计生产能力　　B. 查定生产能力　　C. 计划生产能力　　D. 解决生产能力

27. 通过获取作业现场信息，实时地进行作业核算，并把结果与作业计划有关指标进行对比分析，及时提出控制措施。这种生产控制方式是（　　）。

　　A. 事前控制　　B. 事中控制　　C. 事后控制　　D. 全员控制

28. 编制生产作业计划的重要依据是（　　）。

　　A. 期量标准　　B. 生产指标　　C. 产量指标　　D. 产品指标

29. 某企业今年计划生产一种产品，该产品单价为 400 元，单位产品的变动费用为 150 元，其固定成本为 780 万元，根据以上资料确定该企业今年产销量不赔的最低量是（　　）。

　　A. 14182　　B. 19500　　C. 31200　　D. 5200

30. 企业年度经营计划的核心是（　　）。

　　A. 中长期生产计划　　B. 生产作业计划　　C. 年度生产计划　　D. 执行性计划

31.（　　）具有保管、调解、配送、节约方面的功能。

　　A. 储存　　B. 调配　　C. 流通　　D. 物流

32. 只考虑保管费用和采购费用的订购指的是（　　）。

　　A. 最大经济订购批量　　　　　　B. 最小经济订购批量

　　C. 最优经济订购批量　　　　　　D. 经济订购批量

33.（　　）是流通领域中的一种物流技术，主要解决分销物资的供应计划和调度问题。

　　A. ERP　　B. DRP　　C. CRP　　D. ARP

34. 生产过程和流通过程产生的废弃物称为（　　），处理费用计入生产成本。

　　A. 生产废物　　B. 工业废物　　C. 作业废物　　D. 生活废物

35. 进度管理的目标是（　　）。

　　A. 准时生产　　B. 延迟生产　　C. 连续生产　　D. 间断生产

36. 在下列市场调研内容中，属于战略调研的是（　　）。

　　A. 市场细分调研　　B. 产品调研　　C. 广告调研　　D. 渠道调研

37. 站在企业长远发展的立场上，就企业物流的发展目标，物流在企业经营中的战略定位，以及物流服务水准和物流服务内容等做出总体规划，指的是（　　）。

　　A. 物流运营管理　　B. 物流战略管理　　C. 物流系统设计　　D. 物流作业管理

38. 在企业技术创新的组织类型中，被称为"开放的灵活反应组织"的组织形式是（　　）。

　　A. 技术创新小组　　B. 新事业发展部　　C. 技术中心　　D. 动态联盟

39. 在产品随生命周期的成长变化中，产品创新和工艺创新频率的变化规律是（　　）

　　A. 产品创新频率由低到高递增，工艺创新频率呈谷状延伸

　　B. 产品创新频率由高到低递减，工艺创新频率呈峰状延伸

　　C. 产品创新频率呈峰状延伸，工艺创新频率由高到低递减

　　D. 产品创新频率呈谷状延伸，工艺创新频率由低到高递增

40. 拥有技术的一方通过某种方式将其技术出让给另一方使用的行为是指（　　）。

　　A. 技术转移　　B. 技术转让　　C. 技术交易　　D. 技术许可

41. 下列关于产品创新与工艺创新关系的表述中，正确的是（　　）。

　　A. 工艺创新是企业创新的核心活动

B. 产品创新相对系统，工艺创新更为独立

C. 产品创新、工艺创新相互依赖和交互

D. 产品创新成本费用与工艺创新成本费用主要补偿途径是一样的

42. 企业家的行为特征表现为（　　　），技术创新活动在企业内往往以 R&D 项目的形式展开。

A. 创新　　　　　　B. 管理　　　　　　C. 效率　　　　　　D. 控制

43. 一个大公司为了获取 R&D 资源，通过一定的渠道和支付手段，将另一个创新公司的整个资产或足以行使经营控制权的股份买下来的行为指的是（　　　）。

A. 技术并购　　　　B. 技术转移　　　　C. 技术转让　　　　D. 技术贸易

44. 产业发展链的开端是（　　　），也是自主知识产权产业化的前提。

A. 知识创新　　　　B. 管理创新　　　　C. 工艺创新　　　　D. 技术创新

45. 技术推动创新过程模型的缺陷之一是（　　　）。

A. 对于技术转化和市场的作用不够重视

B. 忽视长期研发项目

C. 没有考虑技术、需求等要素因时间变化所发生的改变

D. 会计和金融问题

46. 企业人力资源规划制订过程中首先要做的是（　　　）。

A. 人力资源规划实施与效果评价

B. 进行人力资源需求与供给预测

C. 收集信息，分析企业经营战略对人力资源的要求

D. 制订人力资源总体规划和各项具体计划

47. 适用于短期的人力资源预测方法是（　　　）。

A. 德尔菲法　　B. 转换比率分析法　C. 一元回归分析法　　D. 管理人员判断法

48. 根据历史数据，把企业未来的业务活动量转化为人力资源需求的预测方法是（　　　）。

A. 管理人员判断法　B. 德尔菲法　　　　C. 转换比率分析法　　D. 一元回归分析法

49. 适用于对管理人员和工程技术人员的供给预测方法是（　　　）。

A. 人员核查法　　　　　　　　　　B. 管理人员接续计划法

C. 马尔克夫模型法　　　　　　　　D. 一元回归分析法

50. 企业在招聘员工时，要充分尊重求职者的选择权，以与求职者平等的姿态对待求职者体现的是（　　　）原则。

A. 信息公开　　B. 公正平等　　　　C. 效率优先　　　　D. 双向选择

51. 员工内部流动的（　　　）能增强培训对象对各部门管理工作的了解并增进各部门之间合作。

A. 内部调动　　B. 职位轮换　　　　C. 晋升　　　　　　D. 降职

52. 计点法与因素比较法的共同之处是（　　　）。

A. 需要首先找出各类职位共同的"付酬因素"

B. 舍弃了大半职位相对价值的抽象分手

C. 直接用相应的具体薪金值来表示各职务的价值

D. 方法复杂且难度大

53. （　　）认为工作满意度和调换工作的机会是员工流失和其决定因素之间的中介变量。
    A. 卡兹的组织寿命学说　　　　　　　　B. 库克曲线
    C. 目标一致理论　　　　　　　　　　　D. 普莱斯模型

54. 试图尽可能全面地捕捉影响员工流出的各类复杂因素的是（　　）。
    A. 卡兹的组织寿命学说　　　　　　　　B. 库克曲线
    C. 目标一致理论　　　　　　　　　　　D. 扩展的莫布雷模型

55. 营业杠杆度越高，表示经营风险也越（　　）。
    A. 大　　　　　　　B. 小　　　　　　　C. 不变　　　　　　D. 二者没有关系

56. 关于净收益理论不正确的是（　　）。
    A. 债权资本的比例越大，公司的净收益或税后利润就越多
    B. 公司的净收益或税后利润就越多，公司的价值就越高
    C. 公司的债权资本越多，债权资本比例就越高，综合资本成本率就越高，从而公司的价值就越大
    D. 忽略了财务风险

57. 一家纺织公司并购使用其产品的客户印刷厂在企业并购中属于（　　）。
    A. 横向并购　　　　B. 纵向并购　　　　C. 混合并购　　　　D. 单独并购

58. 在其他条件不变的情况下，公司所得税税率下降，会使公司发行债券的资本成本（　　）。
    A. 上升　　　　　　B. 下降　　　　　　C. 不变　　　　　　D. 无法确定

59. 某公司 2010 年股本为 1000 万元，息税前盈余为 30 万元，债务利息为 5 万元，则该公司的财务杠杆系数为（　　）。
    A. 1.2　　　　　　　B. 1.25　　　　　　C. 1.5　　　　　　　D. 2.5

60. 认为随着公司债权资本的增加，债权人的监督成本随之提升，债权人会要求更高的利率的是（　　）。
    A. 代理成本理论　　B. 信号传递理论　　C. 啄序理论　　　　D. 早期资本结构理论

二、多项选择题（共 20 题，每题 2 分。每题的备选项中，有 2 个或 2 个以上符合题意，至少有 1 个错项。错选，本题不得分；少选，所选的每个选项得 0.5 分）。

61. 宏观环境分析包括（　　）。
    A. 政治因素　　　B. 法律因素　　　　C. 经济因素　　　　D. 人文因素
    E. 社会文化因素

62. 宏观环境中的社会文化因素主要包括（　　）。
    A. 人口统计因素　　B. 文化方面的因素　C. 社会科技力量　　D. 社会科技水平
    E. 国家立法政策

63. 按控制的阶段性，可将战略控制划分为（　　）。
    A. 反馈控制　　　　B. 分散控制　　　　C. 集中控制　　　　D. 实时控制
    E. 前馈控制

64. 企业在实施相关多元化战略时应符合的条件是（　　）。
    A. 企业可以将技术、生产能力从一种业务转移到另一种业务
    B. 企业具有进入新产业所需的资金和人才
    C. 企业在新的业务中可以借用公司品牌的信誉

　　D. 企业能够创建有价值的竞争能力的协作方式实施相关的价值链活动

　　E. 企业可以将不同业务的相关活动合并

65. 战略选择方法中的财务指标分析法主要包括（　　）。

　　A. 投资收益分析法　　　　　　　　　B. 资金流分析法

　　C. 组合分析法　　　　　　　　　　　D. 生命周期分析法

　　E. 价值系统分析法

66. 广告调研的内容主要包括（　　）。

　　A. 广告媒体调研　　B. 广告环境调研　　C. 广告主体调研　　D. 目标市场调研

　　E. 市场细分调研

67. 根据调研方式，可以把问卷设计分为（　　）。

　　A. 邮寄调查问卷　　B. 派员访问问卷　　C. 代填式问卷　　D. 座谈会调查问卷

　　E. 自填式问卷

68. 下列属于多元统计分析方法的有（　　）。

　　A. 相关分析　　　　B. 集中趋势测度　　C. 多元回归分析　　D. 列联表分析

　　E. 方差分析

69. 在企业确定生产规模，编制长远规划和确定扩建、改建方案，采取重大技术措施时，以（　　）为依据。

　　A. 设备生产能力　　B. 查定生产能力　　C. 修订生产能力　　D. 设计生产能力

　　E. 计划生产能力

70. 在制品管理的工作内容包括（　　）。

　　A. 合理确定在制品管理任务和组织分工

　　B. 合理存放和妥善保管在制品

　　C. 建立、健全在制品的收、发与领用制度

　　D. 在制品的库存管理

　　E. 认真确定在制品定额，加强在制品控制，做好统计与核查工作

71. 第三方物流企业的类型有（　　）。

　　A. 资产型　　　　　B. 管理型　　　　　C. 文化型　　　　　D. 整合型

　　E. 组织型

72. 按主体物流活动区别，可将企业物流分为（　　）具体的物流活动。

　　A. 供应物流　　　　B. 销售物流　　　　C. 生产物流　　　　D. 回收物流

　　E. 废弃物物流

73. 准时性采购的主要策略有（　　）。

　　A. 减少供货商的数量　　　　　　　　B. 小批量采购

　　C. 保证采购的质量　　　　　　　　　D. 合理选择供货方

　　E. 可靠的送货和特定的包装要求

74. 技术创新的特点有（　　）。

　　A. 时间差异性　　　B. 技术性　　　　　C. 低风险性　　　　D. 外部性

　　E. 一体化和国际化

75. 产学研联盟是一种重要的技术转移方式，其优点主要有（　　）。

　　A. 联盟中各组织的目标高度一致

B. 能充分利用合作伙伴的知识、技能和资源

C. 利益分配关系不会出现矛盾

D. 有利于发挥各自的优势、弥补各自的不足

E. 可以减少成本和降低风险

76. 内部招聘将会 （   ）。

A. 给员工提供晋升的机会和空间　　　B. 为企业带来新鲜空气，注入新鲜血液

C. 降低误用或错用率　　　D. 不利于公正创新

77. 影响企业外部人力资源供给的因素是 （   ）。

A. 宏观经济形势　　　B. 该企业的组织制度

C. 该企业的人才流失率　　　D. 该企业所在地区的人口总量

78. 下列属于初始现金流量的有 （   ）。

A. 固定资产投资　　　B. 流动资产投资

C. 其他投资费用　　　D. 固定资产的残值收入或变价收入

E. 停止使用的土地的变价收入

79. 债转股的积极意义有 （   ）。

A. 使债权人获得收回全额投资的机会

B. 为更多的人提供就业机会，稳定社会秩序

C. 可以改善公司的股本结构，降低控股股东的持股比例

D. 避免了"以资抵债"给企业带来的包袱，有利于企业轻装上阵

E. 使原债权人解脱赖账困扰，提高资产质量，改善运营状况

80. 企业重组有利于 （   ）。

A. 优化企业资产结构　　　B. 优化负债结构和产权结构

C. 充分利用现有资源　　　D. 实现资源优化配置

三、案例分析题（共20题，每题2分。由单选和多选组成。错选，本题不得分；少选，所选的每个选项得0.5分）。

（一）

董事会是兼有进行一般经营决策和执行股东大会重要决策的双重职能。2005年某公司董事会在执行决策的系统内，董事会则成为决策机构（限于一般决策），董事会处于公司决策系统和执行系统的交叉点，是公司运转的核心。对于该企业的董事会，该企业必须作出科学的决策。根据以上资料，回答下列问题：

81. 董事会会议有 （   ）。

A. 定期会议　　　B. 临时会议　　　C. 长期会议　　　D. 短期会议

82. 董事会定期召开的会议。每年度至少召开 （   ）。

A. 一次　　　B. 两次　　　C. 三次　　　D. 四次

83. 董事长应当自接到提议后 （   ）日内，召集和主持董事会会议。

A. 5　　　B. 10　　　C. 15　　　D. 20

84. 股份有限公司董事会会议应由 （   ）以上的董事出席方可举行；董事会作出决议须经全体董事的 （   ）通过。

    A. 二分之一；过半   B. 三分之一；过半

    C. 四分之一；过半   D. 五分之一；过半

85. 有限责任公司董事会的任期由公司章程规定，但每届任期不得超过（   ）年，任期届满，连选可以连任。

    A. 1   B. 2   C. 3   D. 4

（二）

下列一组数据是某一次抽统计后得到的。

12   14   17   19   10   12   16   28   24   15   16   23   16   20   22

根据上述资料，回答下列问题：

86. 该组数据中众数是（   ）。

    A. 16   B. 28   C. 17.6   D. 10

87. 该组数据的算术平均值是（   ）。

    A. 16   B. 28   C. 17.6   D. 10

88. 该组数据的极差是（   ）。

    A. 16   B. 18   C. 17.6   D. 10

89. 反映数值型数据离散程度最主要、最常用的方法是（   ）。

    A. 极差   B. 平均差   C. 方差   D. 标准差

90.（   ）越小说明数据离散程度越小。

    A. 极差   B. 平均差   C. 方差   D. 标准差

（三）

某建筑工地每月水泥的需求量是 35 吨，每次订货的订购费用为 1500 元，每吨水泥的保管费用为单价的 10%。假设每吨水泥的单价为 550 吨。

根据以上资料，回答下列问题：

91. 该建筑工地订购水泥的经济订购批量为（   ）吨。

    A. 107   B. 44   C. 151.4   D. 150

92. 如果该企业采用准时制采购，可以采取的策略有（   ）。

    A. 增加供货商的数量   B. 保证采购的质量

    C. 合理选择供货方   D. 大批量采购

93. 最优经济订购批量考虑的因素有（   ）。

    A. 采购费用   B. 保管费用   C. 进货时间间隔   D. 进货数量

94. 下列关于经济订购批量说法正确的是（   ）。

    A. 经济订购批量，实际上就是两次进货间隔的合理库存量

    B. 经济订购批量，又可称为经常库存定额

    C. 根据经常库存定额和安全库存量，就可确定最高库存量和最低库存量这两个数量的界限

D. EOQ 模型是由不确定性存储模型推出的，进货时间间隔和进货数量是两个最主要的变量

95. 下列关于经济订货批量公式正确的是（　　）。

A. $Q=\dfrac{2C_2}{C_1}$　　　　B. $Q=\sqrt{\dfrac{2C_2U}{C_1}}$　　　　C. $Q=\dfrac{2C_2U}{C_1}$　　　　D. $Q=\sqrt{\dfrac{2C_2}{C_1}}$

（四）

经过调查研究与分析，某公司的销售额（单位：万元）和所需销售人员数（单位：人）成一元线性正相关关系，并根据统计资料建立了一元线性回归预测模型 Y=a+bX，其中：x 代表销售额，Y 代表销售人员数，回归系数 a=15，b=0.02。同时，该企业预计 2010 年销售额将达到 1000 万元，2011 年销售额将达到 2000 万元。通过统计研究发现，销售额每增加 1000 万元，需增加管理人员、销售人员和客服人员共 40 人；新增人员中，管理人员、销售人员和客服人员的比例是 1：7：2。

96. 根据以上材料，该企业 2010 年需要销售人员（　　）人。

A. 20　　　　　　B. 28　　　　　　C. 30　　　　　　D. 35

97. 根据转换比率分析法计算，该企业 2011 年需要增加管理人员（　　）人。

A. 4　　　　　　B. 12　　　　　　C. 24　　　　　　D. 32

98. 为了招聘到高级管理人员企业决定在全球范围内进行选拔，则可以采取（　　）方法。

A. 媒体招聘会招聘　　　　　　　　B. 申请人自荐

C. 校园招聘　　　　　　　　　　　D. 海外招聘

99. 该企业进行人力资源供给预测时可以采用的方法是（　　）。

A. 转换比率法　　B. 因素比较法　　C. 管理人员接续计划法　　D. 马尔可夫模型

100. 企业对普通员工进行招聘时可采用的测试方法有（　　）。

A. 心理测试　　　B. 人格测试　　　C. 知识考试　　　　D. 面试

2011 年题库版过关练习（二）参考答案及解析

一、单项选择题

1.【答案】C

【解析】在决策小组中，小组成员互不通气，也不在一起讨论，各自独立思考，并写出自己的意见并陈述，然后小组成员对提出的备选方案进行投票，这种方法是名义小组法。

2.【答案】A

【解析】在行业生命周期的投入期，为刺激需求，抢占市场，防止潜在进入者的进入，企业应采用成本领先战略。

3.【答案】A

【解析】财务审计是指以审查企业财务活动为内容，来判断企业财务活动的合法性和合规性的审计。

4.【答案】A

【解析】根据"BCG 矩阵法"，对企业"金牛"类业务应采取的经营战略是稳定战略。

5.【答案】C

【解析】在企业战略实施中，将战略决策范围扩大到企业高层管理集体中，调动高层管理人员的积极性和创造性的战略实施模式是合作型模式。

6.【答案】C

【解析】将成本分为固定成本和可变成本，然后与总收益进行对比，以确定盈亏平衡时的产量或某一盈利水平的产量的分析方法是盈亏平衡点法。

7.【答案】D

【解析】头脑风暴法是通过有关专家的信息交流，引起思维共振，产生组合效应，从而形成创造性思维的决策方法。

8.【答案】B

【解析】等概率原则是指当无法确定某种自然状态发生的可能性大小及其顺序时，可以假定每一自然状态具有相等的概率，并以此计算各方案的损益值，进行方案选择。

9.【答案】A

【解析】监事会由股东会选举产生。

10.【答案】A

【解析】忠诚义务是指禁止损害公司利益，考虑其他股东利益，并谨慎负责地行使股东权利及其影响力。

11.【答案】B

【解析】我国《公司法》规定，有限责任公司董事会成员人数为 3~13 人。

12.【答案】B

【解析】根据《公司法》，有限责任公司中监事的任期为每届 3 年。

13.【答案】A

【解析】我国公司法规定，监事会一年至少召开 1 次会议。

14.【答案】D

【解析】企业集团是一种机构相当稳定的企业联合组织形式，但企业集团本身并不是法人。

15.【答案】C

【解析】企业集团是以资产为纽带形成的企业联合组织。

16.【答案】A

【解析】市场调研必须采用科学的方法，不带偏见、不受感情的影响，对事实、证据的阐述必须排除主观性，进行合乎逻辑的推断，这体现了市场调研的客观性特点。

17.【答案】C

【解析】根据产品层次不同，市场调研分为商品类别的市场调研和商品品种类的市场调研。

18.【答案】C

【解析】设计市场调研方案，首先要明确调研目标。

19.【答案】D

【解析】二手数据是指已经收集、记录、整理好的各种数据和信息。

20.【答案】C

【解析】人员访问每次访谈的成本是所有调查方法中最高的。

21.【答案】D

【解析】明确所要收集的信息是问卷设计的第一步。

22.【答案】A

【解析】选项 BCD 都属于多元统计分析。

23.【答案】D

【解析】离散程度小代表性就好。

24.【答案】A

【解析】均值是集中趋势的主要测度值。

25.【答案】A

【解析】$M=(F \cdot A)/(a \cdot t)=(8 \times 2000)/(3 \times 1.5)=3556$ 件。

26.【答案】C

【解析】本题主要考查生产能力的种类。计划生产能力直接决定了近期所做生产计划。

27.【答案】B

【解析】事中控制是通过对作业现场获取信息，实时地进行作业核算，并把结果与作业计划有关指标进行对比分析。

28.【答案】A

【解析】期量标准是编制生产作业计划的重要依据。

29.【答案】C

【解析】$Q=F/(P-V)=7800000/(400-150)=31200$。

30.【答案】C

【解析】年度生产计划是企业年度经营计划的核心。

31.【答案】A

【解析】储存具有保管、调解、配送、节约方面的功能。

32.【答案】C

【解析】最优经济订购批量是只考虑保管费用和采购费用的订购。

33.【答案】B

【解析】DRP 是流通领域中的一种物流技术，主要解决分销物资的供应计划和调度问题。

34.【答案】B

【解析】生产过程和流通过程产生的废弃物称为工业废物，处理费用计入生产成本。

35.【答案】A

【解析】准时生产是进度管理的目标。

36.【答案】A

【解析】市场细分调研属于战略调研。

37.【答案】B

【解析】物流战略管理是指站在企业长远发展的立场上，就企业物流的发展目标，物流在企业经营中的战略定位，以及物流服务水准和物流服务内容等做出总体规划。

38.【答案】A

【解析】技术创新小组被称为"开放的灵活反应组织"的组织形式。

39.【答案】B

【解析】本题考查产品创新与工艺创新之间的关系。产品创新频率由高到低递减，工艺创新频率呈峰状延伸。

40.【答案】B

【解析】技术转让是指拥有技术的一方通过某种方式将其技术出让给另一方使用的行为。

41.【答案】C

【解析】本题考查产品创新与工艺创新的相关内容。产品创新是企业创新的核心活动，所以选项 A 错误。工艺创新相对系统，而产品创新相对更独立，所以选项 B 错误。产品创新成本费用与工艺创新成本费用主要补偿途径是不一样的，所以选项 D 错误。

42.【答案】A

【解析】企业家的行为特征表现为创新，技术创新活动在企业内往往以 R&D 项目的形式展开。

43.【答案】A

【解析】技术并购是指一个大公司为了获取 R&D 资源，通过一定的渠道和支付手段，将另一个创新公司的整个资产或足以行使经营控制权的股份买下来的行为。

44.【答案】D

【解析】技术创新是产业发展链的开端，也是自主知识产权产业化的前提。

45.【答案】A

【解析】技术推动创新过程模型的缺陷之一是对于技术转化和市场的作用不够重视。

46.【答案】C

【解析】人力资源规划的制订程序是：(1) 收集信息，分析企业经营战略对人力资源的要求。(2) 进行人力资源需求与供给预测。(3) 制订人力资源总体规划和各项具体计划。（4）人力资源规划实施与效果评价。

47.【答案】D

【解析】管理人员判断法是一种粗略的、简便易行的方法，主要只用于短期预测。

48.【答案】C

【解析】考查人力资源需求预测方法的定义。

49.【答案】B

【解析】管理人员接续计划法。这种预测技术主要是对某一职务可能的人员流入量和流出量进行估计。适用于对管理人员和工程技术人员的供给预测。

50.【答案】D

【解析】公正平等原则是指企业要对所有应聘者一视同仁，使应聘者能公平地参与竞争。双向选择原则是指企业在招聘员工时，要充分尊重求职者的选择权，以与求职者平等的姿态对待求职者。

51.【答案】B

【解析】员工内部流动的职位轮换能增强培训对象对各部门管理工作的了解并增进各部门之间合作。

52.【答案】A

【解析】因素比较法与计点法有相同之处，也是需要首先找出各类职位共同的"付酬因素"。

53.【答案】D

【解析】普莱斯是美国对员工流失问题研究卓有成就的专家。他建立了有关员工流出的决定因素和干扰变量的模型。

54.【答案】D

【解析】本题考查员工流动的基本理论。扩展的莫布雷模型结合了前面几种模型的内容，试图尽可能全面地捕捉影响员工流出的各类复杂因素。

55.【答案】A

【解析】营业杠杆度越高，表示企业息税前利润对销售量变化的敏感程度越高，经营风险也越大。

56.【答案】C

【解析】由于债权资本成本率一般低于股权资本成本率，因此，公司的债权资本越多，债权资本比例就越高，综合资本成本率就越低，从而公司的价值就越大。

57.【答案】B

【解析】纵向并购可以是向前并购，也可以是向后并购，所谓向前并购，是指向其最终客户的并购。

58.【答案】A

【解析】K=R2（1−T）由公式知二者呈负相关。

59.【答案】B

【解析】本题考查财务杠杆系数。财务杠杆系数 = 息税前利润／（息税前利润 − 债务利息）=30／（30−5）=1.5。

60.【答案】A

【解析】考查新资本结构理论中的代理成本理论的基本观点，代理成本理论指出，公公司债务的违约风险是财务杠杆系数的增函数；随着公司债权资本的增加，债权人的监督成本随之提升，债权人会要求更高的利率。

二、多项选择题

61.【答案】ABCE

【解析】宏观环境分析包括政治因素、法律因素、经济因素、社会文化因素。

62.【答案】AB

【解析】宏观环境中的社会文化因素主要包括人口统计因素、文化方面的因素。

63.【答案】ACE

【解析】按控制的阶段性，可将战略控制划分为反馈控制、集中控制、前馈控制。

64.【答案】ACDE

【解析】企业在实施相关多元化战略时应符合的条件是企业可以将技术、生产能力从一种业务转移到另一种业务；企业在新的业务中可以借用公司品牌的信誉；企业能够创建有价值的竞争能力的协作方式实施相关的价值链活动；企业可以将不同业务的相关活动合并。

65.【答案】AB

【解析】战略选择方法中的财务指标分析法主要包括投资收益分析法；资金流分析法。

66.【答案】ABCD

【解析】广告调研的内容主要包括广告环境调研、广告主体调研、目标市场调研、市场竞争调研、广告媒体调研、广告效果调研、国际广告调研等。

67.【答案】ABD

【解析】本题考查问卷设计的类型。选项CE是按照问卷的填答方式划分的。

68.【答案】CDE

【解析】选项AB属于基础统计分析。

69.【答案】BD

【解析】在企业确定生产规模，编制长远规划和确定扩建、改建方案，采取重大技术措施时，以设计生产能力或查定生产能力为依据。

70.【答案】ABCE

【解析】在制品管理的工作内容共有四部分，即选项ABCE。

71.【答案】ABD

【解析】第三方物流企业的类型有资产型、管理型、整合型。

72.【答案】ABCDE

【解析】企业物流的分类。

73.【答案】ABCDE

【解析】准时制采购的策略主要包括：减少供货商的数量、小批量采购、保证采购的质量、合理选择供货方、可靠的送货和特定的包装要求。

74.【答案】ADE

【解析】本题技术创新的特点。技术创新不是技术行为而是经济行为，同时是一项高风险活动，所以选项BC不选。

75.【答案】BDE

【解析】产学研联盟的主要缺点是组织之间的目标不同，有时难以形成良好的合作关系，管理过程和利益分配有时会出现矛盾。所以选项AC错误。

76.【答案】ACD

【解析】本题考查企业招聘的内容。内部招聘是当企业出现职位空缺时，从企业内部正在任职的员工中选择人员填补职位空缺的一种方法。A 项与 C 项是其优点，D 项是其缺点，而 B 项则是外部招聘的优点。

77.【答案】AD

【解析】本题考查影响企业外部人力资源供给的因素。选项 BC 属于影响企业内部人力资源供给的因素。

78.【答案】ABC

【解析】初始现金流量是指开始投资时发生的现金流量。包括固定资产投资、流动资产投资、其他投资费用和原有固定资产的变价收入。

79.【答案】ABE

【解析】C 和 D 是以股抵债的意义，不能混淆。

80.【答案】ABCD

【解析】考查企业重组的狭义含义的内容。

三、案例分析题

81.【答案】AB

【解析】董事会会议有定期会议和临时会议。

82.【答案】B

【解析】董事会定期召开的会议。每年度至少召开两次。

83.【答案】B

【解析】董事长应当自接到提议后 10 日内，召集和主持董事会会议。

84.【答案】A

【解析】股份有限公司董事会会议应由二分之一以上的董事出席方可举行；董事会作出决议须经全体董事的过半通过。

85.【答案】C

【解析】有限责任公司董事会的任期由公司章程规定，但每届任期不得超过 3 年，任期届满，连选可以连任。

86.【答案】A

【解析】众数是一组数据中出现次数最多的变量值。

87.【答案】C

【解析】算数平均值的算法为 $X=\dfrac{x_1+x_2+\cdots+x_n}{n}$。带入本题数据算得算数平均数为 17.6。

88.【答案】B

【解析】极差是一组数据的最大值和最小值之差。题中最大数为 28，最小数为 10，所以极差为 18。

89.【答案】CD

【解析】对一组数据离散程度的测度最常用的方法是方差和标准差。

90.【答案】B

【解析】平均差越小说明数据离散程度越小。

91.【答案】C

【解析】本题考查经济订购批量的计算。经济订购批量 =151.4 吨。

92.【答案】BC

【解析】本题考查准时制采购的策略。准时制采购的策略有减少供货商的数量、小批量采购，所以选项 AD 不选。

93.【答案】AB

【解析】最优经济订购批量只考虑保管费用和采购费用两个因素。

94.【答案】ABC

【解析】经济订购批量，实际上就是两次进货间隔的合理库存量，即经常库存定额。根据经常库存定额和安全库存量，就可确定最高库存量和最低库存量这两个数量的界限。EOQ 模型是由确定性存储模型推出的，进货时间间隔和进货数量是两个最主要的变量。库存物资的成本包含了物资价格、采购费用和保管费用，其中采购成本和保管成本可能会高于物资的价格。

95.【答案】B

【解析】考查经济订购批量的公式。

96.【答案】D

【解析】该企业预计 2010 年销售额将达到 1000 万元，所以 2010 年需要销售人员 $y=15+0.02x=15+0.02 \times 1000=35$ 人。

97.【答案】A

【解析】销售额每增加 1000 万元，需增加管理人员、销售人员和客服人员共 40 人，该企业预计 2010 年销售额将达到 1000 万元，2011 年销售额将达到 2000 万元，2011 年的销售额比 2010 年的增加 1000 万元，所以需增加管理人员、销售人员和客服人员共 40 人。在新增人员中，管理人员、销售人员和客服人员的比例是 1：7：2。根据转换比率分析法，第一步计算分配比率 40/（1+7+2）=4，第二步分配：管理人员为 $1 \times 4=4$ 人。

98.【答案】D

【解析】本题对外部招聘形式进行考查。

99.【答案】CD

【解析】选项 A 属于人力资源需求预测方法。选项 B 属于薪酬制度设计方法。

100.【答案】ABCD

【解析】员工招聘常用的测试方法有心理测试、知识考试、情景模拟考试、面试，其中人格测试属于心理测试的内容。

第 三 部 分

2010年《工商管理专业知识与实务》(中级)考试真题

一、单项选择题 (共60题,每题1分。每题的备选项中,只有1个最符合题意)。

1. 某家电企业为拓展经营领域,决定进军医药行业。从战略层次角度分析,该企业的此项战略属于 ( )。
    A. 企业总体战略 　　B. 企业业务战略 　　C. 企业部门战略 　　D. 企业职能战略

2. 当企业面临经营困境时常常选择紧缩战略,紧缩战略的主要类型包括转向战略、清算战略和 ( )。
    A. 无变化战略 　　B. 暂停战略 　　C. 维持战略 　　D. 放弃战略

3. 在各种战略控制方法中,具有前馈控制和反馈控制双重功能的方法是 ( )。
    A. 预算控制方法 　　B. 审计控制方法 　　C. 现场控制方法 　　D. 统计控制方法

4. 企业对非常规的、无法预估结果发生概率的业务活动进行经营决策时,通常采用的决策方法是 ( )。
    A. 确定型决策方法 　　　　　　　B. 不确定型决策方法
    C. 风险型决策方法 　　　　　　　D. 离散型决策方法

5. 企业进行科学经营决策的前提是 ( )。
    A. 确定决策目标 　　　　　　　　B. 调查分析决策条件
    C. 确定决策标准 　　　　　　　　D. 评估决策备选方案

6. 企业领导系统的核心是 ( )。
    A. 信息系统 　　B. 决策系统 　　C. 执行系统 　　D. 监控系统

7. 代理人可能利用其信息优势与职务便利损害企业利益、谋取私利。企业所面临的这种风险属于 ( )。
    A. 法律风险 　　B. 技术风险 　　C. 政治风险 　　D. 道德风险

8. 国有独资公司不设股东会,行使股东会职权的机构是 ( )。
    A. 国有资产监督管理机构 　　　　B. 董事会
    C. 监事会 　　　　　　　　　　　D. 职工代表大会

9. 根据我国公司法,董事会的表决实行 ( ) 的原则。
    A. 一人一票 　　B. 一股一票 　　C. 累计投票 　　D. 资本多数决

10. 在现代企业中,董事会是股东大会决议的 ( )。
    A. 权力机构 　　B. 决策机构 　　C. 执行机构 　　D. 监督机构

11. 在现代公司组织结构中,董事会与经理的关系是 ( )。
    A. 以经理对董事会分权为基础的制衡关系
    B. 以董事会对经理实施控制为基础的合作关系
    C. 分工协作关系
    D. 合作与竞争关系

12. 根据我国公司法，在有限责任公司和股份有限公司监事会组成中，职工代表的比例不得低于（　　）。

    A. 1/5   B. 1/4   C. 1/3   D. 1/2

13. 根据商品流通环节的不同，可以将市场调研分为（　　）。

    A. 消费者市场调研和产业市场调研   B. 批发市场调研和零售市场调研

    C. 全面调研和非全面调研   D. 国内市场调研和国际市场调研

14. 当调研者对研究对象缺乏了解时，为了界定调研问题的性质以及更好地了解问题的环境，一般要进行（　　）。

    A. 探索性调研   B. 预测性调研   C. 描述性调研   D. 因果关系调研

15. 用某企业的销售额与该企业最大的三个竞争者的销售额总和的百分比来表示的指标是（　　）。

    A. 市场覆盖率   B. 全部市场占有率   C. 可达市场占有率   D. 相对市场占有率

16. 调查者通过与被调查者面对面交谈以获取市场信息的调查方法是（　　）。

    A. 电话调查   B. 人员访问   C. 观察法   D. 网上访问

17. 在进行抽样调查时，由于被调查人员对主题缺乏了解而形成的误差属于（　　）。

    A. 抽样误差   B. 抽样框误差   C. 应答误差   D. 无应答误差

18. 根据一定研究目的而规定的所要调查对象的全体组成的集合称为（　　）。

    A. 总体   B. 总体单位   C. 样本   D. 样本单位

19. 用样本均值估计总体均值，在总体方差已知的情况下，应使用（　　）。

    A. Z 检验   B. t 检验   C. F 检验   D. R 检验

20. 下列反映数据离散程度的指标中，（　　）是所有数据与均值离差平方的平均数。

    A. 极差   B. 平均差   C. 标准差   D. 方差

21. 下列企业计划中，属于生产作业计划的是（　　）。

    A. 企业的 1 周生产计划   B. 企业年度生产运营计划

    C. 企业的 3 年发展计划   D. 企业的 10 年发展计划

22. 作为生产企业的一种期量标准，节拍适用于（　　）生产类型的企业。

    A. 单件   B. 小批量   C. 成批轮番   D. 大批量流水线

23. 某企业在生产过程中，发现生产效率降低，查明原因是工序问题，随后进行工序优化，从而保证生产目标的实现。该企业的这些活动属于（　　）。

    A. 生产计划制定   B. 生产控制   C. 生产调度   D. 生产能力核算

24. 下列生产控制方式中，具有实时控制特点的是（　　）。

    A. 事后控制方式   B. 事前控制方式   C. 事中控制方式   D. 全员控制方式

25. 生产进度控制的目标是（　　）。

    A. 降低能耗   B. 缩短生产周期   C. 准时生产   D. 提高产品质量

26. 在物料需求计划（MRP）系统中，主生产计划是指（　　）。

    A. 在制品净生产计划   B. 生产调度计划

    C. 产品出产计划   D. 车间生产作业计划

27. 丰田生产方式的最基本的理念是（　　）。

    A. 以人为本   B. 从需求出发，杜绝浪费

    C. 更短的生产周期   D. 零缺陷

28. 根据我国国家标准物流术语,关于物流的说法,正确的是 ( )。

 A. 物流是一个物品的虚拟流动过程

 B. 物流在流通过程中不创造价值

 C. 物流满足客户需求,但不满足社会性需求

 D. 物流的本质是服务

29. 下列物流活动的功能要素中,具有连接运输、存储、装卸、包装各环节功能的要素是 ( )。

 A. 配送　　　　　　 B. 流通加工　　　　　　 C. 搬运　　　　　　 D. 物流信息

30. 关于准时制采购的说法,正确的是 ( )。

 A. 准时制采购可增加原材料与外购件的库存

 B. 准时制采购的极限目标是原材料和外购件的库存为零

 C. 准时制采购提高了所采购的原材料与外购件的价格

 D. 准时制采购提高了产品的销量

31. 准时制生产方式总目标下的配套目标是 ( )。

 A. 降低库存、增加换产时间与生产提前期、消除浪费

 B. 提高库存、减少换产时间与生产提前期、消除浪费

 C. 提高库存、增加换产时间与生产提前期、消除浪费

 D. 降低库存、减少换产时间与生产提前期、消除浪费

32. 在准时制生产方式定义的浪费类型中,等待的浪费是指 ( )。

 A. 由于工序相互分离,发生搬运和临时堆放而造成的浪费

 B. 附加值不高的工序造成的浪费

 C. 不合格产品本身的浪费

 D. 在设备自动加工或工作量不足时的设备闲置浪费

33. 关于生产同步化的说法,错误的是 ( )。

 A. 装配线与机加工几乎平行进行

 B. 生产同步化是为了实现适时适量生产

 C. 工序间设仓库,前一工序为后一工序提供原料储备

 D. 生产计划只下达给总装配线

34. 在企业物流的诸环节中,既是生产物流系统的终点,也是销售物流系统起点的是 ( )。

 A. 产品包装　　　　 B. 成品储存　　　　　 C. 产品发送　　　　 D. 原料采购

35. 分销需求计划输出的两个计划是 ( )。

 A. 订货进货计划和生产计划　　　　　　 B. 订货进货计划和库存计划

 C. 送货计划和订货进货计划　　　　　　 D. 生产计划和送货计划

36. 作为一种废弃物流的物流方式,关于垃圾焚烧的说法,错误的是 ( )。

 A. 科学的垃圾焚烧可防止污染　　　　　 B. 垃圾焚烧适用于有机物含量高的垃圾

 C. 垃圾焚烧适用于所有可燃垃圾　　　　 D. 垃圾焚烧可防止病菌、虫害滋生

37. 下列废弃物中,适合进行净化处理的是 ( )。

 A. 对地下水无害的固体垃圾　　　　　　 B. 固体生活垃圾

 C. 化工厂排出的含重金属元素的废水　　 D. 废纸

38. 20 世纪 60 年代以来，国际上出现了若干种具有代表性的技术创新过程模型，下图表示的是 (　　) 的技术创新过程模型。

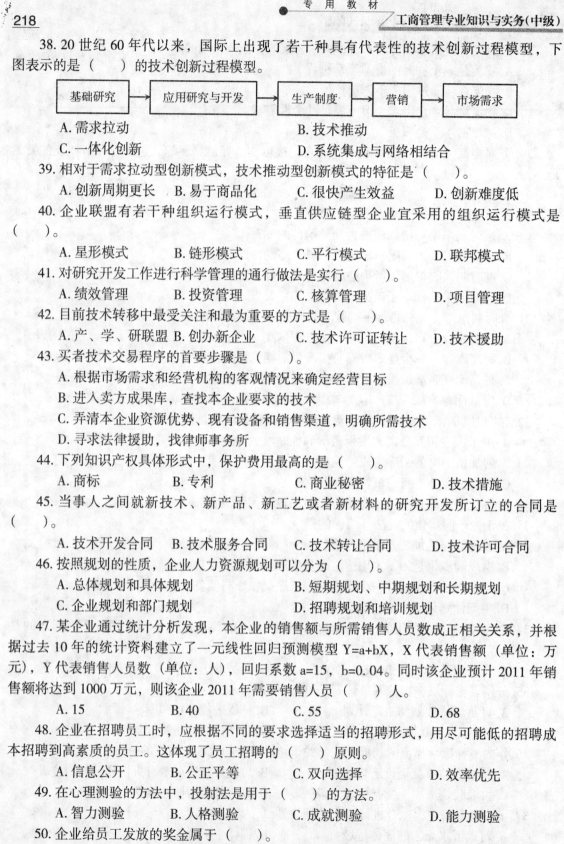

| 基础研究 → 应用研究与开发 → 生产制度 → 营销 → 市场需求 |

    A. 需求拉动　　　　　　　　　　B. 技术推动

    C. 一体化创新　　　　　　　　　D. 系统集成与网络相结合

39. 相对于需求拉动型创新模式，技术推动型创新模式的特征是 (　　)。

    A. 创新周期更长　　B. 易于商品化　　　C. 很快产生效益　　　D. 创新难度低

40. 企业联盟有若干种组织运行模式，垂直供应链型企业宜采用的组织运行模式是 (　　)。

    A. 星形模式　　　　B. 链形模式　　　　C. 平行模式　　　　D. 联邦模式

41. 对研究开发工作进行科学管理的通行做法是实行 (　　)。

    A. 绩效管理　　　　B. 投资管理　　　　C. 核算管理　　　　D. 项目管理

42. 目前技术转移中最受关注和最为重要的方式是 (　　)。

    A. 产、学、研联盟　B. 创办新企业　　　C. 技术许可证转让　D. 技术援助

43. 买者技术交易程序的首要步骤是 (　　)。

    A. 根据市场需求和经营机构的客观情况来确定经营目标

    B. 进入卖方成果库，查找本企业要求的技术

    C. 弄清本企业资源优势、现有设备和销售渠道，明确所需技术

    D. 寻求法律援助，找律师事务所

44. 下列知识产权具体形式中，保护费用最高的是 (　　)。

    A. 商标　　　　　　B. 专利　　　　　　C. 商业秘密　　　　D. 技术措施

45. 当事人之间就新技术、新产品、新工艺或者新材料的研究开发所订立的合同是 (　　)。

    A. 技术开发合同　　B. 技术服务合同　　C. 技术转让合同　　D. 技术许可合同

46. 按照规划的性质，企业人力资源规划可以分为 (　　)。

    A. 总体规划和具体规划　　　　　　B. 短期规划、中期规划和长期规划

    C. 企业规划和部门规划　　　　　　D. 招聘规划和培训规划

47. 某企业通过统计分析发现，本企业的销售额与所需销售人员数成正相关关系，并根据过去 10 年的统计资料建立了一元线性回归预测模型 $Y=a+bX$，X 代表销售额 (单位：万元)，Y 代表销售人员数 (单位：人)，回归系数 $a=15$，$b=0.04$。同时该企业预计 2011 年销售额将达到 1000 万元，则该企业 2011 年需要销售人员 (　　) 人。

    A. 15　　　　　　　B. 40　　　　　　　C. 55　　　　　　　D. 68

48. 企业在招聘员工时，应根据不同的要求选择适当的招聘形式，用尽可能低的招聘成本招聘到高素质的员工。这体现了员工招聘的 (　　) 原则。

    A. 信息公开　　　　B. 公正平等　　　　C. 双向选择　　　　D. 效率优先

49. 在心理测验的方法中，投射法是用于 (　　) 的方法。

    A. 智力测验　　　　B. 人格测验　　　　C. 成就测验　　　　D. 能力测验

50. 企业给员工发放的奖金属于 (　　)。

    A. 基本薪酬　　　　B. 补偿薪酬　　　　C. 激励薪酬　　　　D. 间接薪酬

51. 李某是某公司的销售员，今年完成销售额 1000 万元，公司按规定给其发放 10 万元奖金，该笔奖金属于（　　）。

    A. 特殊津贴　　　　　B. 绩效奖金　　　　　C. 节约奖金　　　　　D. 利润分享计划

52. 在关于员工流动的理论模型中，称为"参与者决定"模型的是（　　）。

    A. 库克曲线　　　B. 普莱斯模型　　　C. 莫布雷中介链模型　　D. 马奇和西蒙模型

53. 某企业受金融危机的影响，经营状况不佳，因此决定让 5 名员工提前退休。这属于（　　）。

    A. 员工自然流出　　B. 员工非自愿流出　　C. 员工自愿流出　　　D. 员工内部流动

54. 财务杠杆系数是指（　　）的变动率与息税前利润变动率的比值。

    A. 产销量　　　　　　　　　　　　B. 营业额

    C. 普通股每股税后利润　　　　　　D. 销售毛利

55. 综合资本成本率的高低由个别资本成本率和（　　）决定。

    A. 所得税率　　　B. 筹资总量　　　C. 筹资费用　　　D. 资本结构

56. 某公司准备购置一条新的生产线。新生产线使公司年利润总额增加 400 万元，每年折旧增加 20 万元，假定所得税率为 25%，则该生产线项目的年净营业现金流量为（　　）万元。

    A. 300　　　　　B. 320　　　　　C. 380　　　　　D. 420

57. 公司在对互斥的投资方案选择决策中，当使用不同的决策指标所选的方案不一致时，在无资本限量的情况下，应以（　　）指标为选择依据。

    A. 投资回收期　　　B. 获利指数　　　C. 内部报酬率　　　D. 净现值

58. 某房地产企业使用自有资金并购另一家房地产企业，这种并购属于（　　）。

    A. 横向并购　　　B. 纵向并购　　　C. 混合并购　　　D. 杠杆并购

59. A 公司以其持有的对 B 公司 20% 的股权，与 C 公司的 10 万平方米房地产进行交易，此项交易为（　　）。

    A. 以资抵债　　　B. 资产置换　　　C. 股权置换　　　D. 以股抵债

60. 股票市值与企业净资产价值的比率称为（　　）。

    A. 市盈率　　　B. 权益乘数　　　C. 市净率　　　D. 权益比率

二、多项选择题（共 20 题，每题 2 分。每题的备选项中，有 2 个或 2 个以上符合题意，至少有 1 个错项。错选，本题不得分；少选，所选的每个选项得 0.5 分）

61. 企业进行内部战略环境分析的方法有（　　）。

    A. 量本利分析法　　B. 价值链分析法　　C. 核心竞争力分析法　　D. SWOT 分析法

    E. 五种竞争力分析法

62. 关于经营决策的说法，正确的有（　　）。

    A. 经营决策要有明确的目标

    B. 经营决策要有多个备选方案供选择

    C. 经营决策均是有关企业未来发展的全局性、整体性的重大决策

    D. 决策者是企业经营决策的主体

    E. 经营决策必须在有关活动尚未进行、环境条件并未受到影响的情况下进行

63. 股份有限公司内部监控系统主要包括（　　）。

    A. 监事会　　　B. 财会部门　　　C. 外部审计部门　　　D. 司法机关

　　E. 政府管理部门

64. 现代公司股东大会、董事会、监事会和经营人员之间的相互制衡关系主要表现在（　　）。

　　A. 股东掌握着最终的控制权　　　　　B. 董事会必须对股东负责

　　C. 监事会必须向董事会负责　　　　　D. 经营人员的管理权限由董事会授予

　　E. 经营人员受聘于股东大会

65. 根据我国公司法，股东基于股东资格而对公司享有的权利有（　　）。

　　A. 股份的无条件转让、退出权　　　　B. 董事、监事的选举权、被选举权

　　C. 经理人员的聘任权　　　　　　　　D. 公司股利的分配权

　　E. 股东会的出席权、表决权

66. 根据我国公司法，国有独资公司的董事会成员产生的形式包括（　　）。

　　A. 股东大会选举　　　　　　　　　　B. 职工代表大会选举

　　C. 国有资产监督管理机构委派　　　　D. 独立董事聘任

　　E. 现任公司领导委派

67. 在企业进行市场调研时，通过互联网进行网上访问的缺点主要表现为（　　）。

　　A. 获得信息的准确性程度难以判断

　　B. 信息反馈不及时

　　C. 覆盖面窄，只能对本地区人员进行调查

　　D. 样本对象具有局限性

　　E. 费用高昂

68. 在市场调研过程中，非概率抽样方式包括（　　）。

　　A. 偶遇抽样　　　　B. 滚雪球抽样　　　　C. 主观抽样　　　　D. 多阶段抽样

　　E. 等距抽样

69. 在市场调研中，研究对象的总体必须具备（　　）等特性。

　　A. 大量性　　　　B. 典型性　　　　C. 同质性　　　　D. 异质性

　　E. 变异性

70. 为保证生产计划目标的实现，按照生产计划的要求，生产控制过程包括的步骤有（　　）。

　　A. 设计生产能力　　B. 工艺流程的优化　　C. 测量比较　　　　D. 控制决策

　　E. 实施执行

71. 物料需求计划（MRP）的主要输入信息包括（　　）。

　　A. 在制品净生产计划　　　　　　　　B. 库存处理信息

　　C. 物料清单　　　　　　　　　　　　D. 主生产计划

　　E. 车间的生产作业计划

72. 影响生产物流的主要因素有（　　）。

　　A. 顾客对产品的认可程度　　　　　　B. 生产的类型

　　C. 市场占有率　　　　　　　　　　　D. 生产的规模

　　E. 企业的专业化与协作水平

73. 与分销需求计划（DRP）相比，DRPII 增加的内容有（　　）。

　　A. 车辆管理　　　　B. 仓储管理　　　　C. 物流能力计划　　　　D. 安全生产管理

E. 成本核算系统

74. 一体化技术创新过程模型将创新看做是同时涉及市场营销、研究开发、原型开发、制造等因素的并行过程。这一过程模型的特点主要包括（　　）。

　　A. 重视信息系统的作用　　　　　　　B. 加强供应商与企业内部的横向合作
　　C. 实行全球战略，联合供应商及用户　　D. 适用于复杂产品系统
　　E. 投资的侧重点是核心业务和核心技术

75. 关于技术转移与技术扩散的说法，正确的有（　　）。

　　A. 技术扩散强调技术在一国范围内的流动
　　B. 技术转移是一个纯技术的概念
　　C. 技术转移是一种知识的传播与扩散
　　D. 技术扩散是一个纯技术的概念
　　E. 技术转移所适用的技术往往是新技术

76. 创办新企业是技术转移的一种重要方式，其优点主要有（　　）。

　　A. 容易形成规模经济　　　　　　　　B. 风险小，容易获得风险投资
　　C. 技术成果转化速度快　　　　　　　D. 容易获得成功
　　E. 技术拥有单位可能获取更大利益

77. 关于内部招聘和外部招聘优缺点的说法，正确的有（　　）。

　　A. 内部招聘可以提高员工对企业的忠诚度
　　B. 内部招聘容易导致"近亲繁殖"
　　C. 内部招聘可以减少招聘的宣传费和差旅费用
　　D. 外部招聘能为企业带来新的思想和理念
　　E. 外部招聘容易导致内部部门之间或员工之间的矛盾

78. 员工的非经济性薪酬包括（　　）。

　　A. 工作本身　　　B. 工作环境　　　C. 企业文化　　　　D. 班车服务
　　E. 带薪休假

79. 在进行投资项目的营业现金流量估算时，现金流出量包括（　　）。

　　A. 付现成本　　　B. 所得税　　　　C. 折旧　　　　　　D. 非付现成本
　　E. 营业收入

80. 如果控股股东以其对子公司的股权抵偿对子公司的债务，则会使子公司（　　）。

　　A. 其他应收款增加　　　　　　　　　B. 股东权益增加　　　C. 资产负债率提高
　　D. 负债减少　　　　　　　　　　　　E. 总股本减少

三、案例分析题（共20题，每题2分。由单选和多选组成。错选，本题不得分；少选，所选的每个选项得0.5分）

(一)

　　某知名啤酒生产企业，为满足市场需求，不断研发啤酒新品种，开发适合不同顾客群体的啤酒，走差异化战略道路。2010年该企业在市场调研的基础上，推出一款专门针对年轻人口味的啤酒。生产该品种啤酒年固定成本为600万元，单位变动成本为2.5元，产品售价为4元/瓶。该企业采用盈亏平衡点法进行产量决策。同时，在战略实施的进程中，管理人员

及时比较、分析实际绩效与目标的差距，并据此采取恰当的控制行动。

81. 该企业实施的战略适用于（　　）。
    A. 具有很强研发能力的企业　　　　B. 市场营销能力较弱的企业
    C. 产品或服务具有领先声望的企业　D. 具有很强市场营销能力的企业

82. 该企业进行的战略控制属于（　　）。
    A. 事后控制　　　B. 回避控制　　　C. 事先控制　　　D. 实时控制

83. 该企业生产该品种啤酒的盈亏平衡点产量为（　　）万瓶。
    A. 90　　　　　B. 150　　　　　C. 240　　　　　D. 400

84. 该企业所进行的产量决策属于（　　）。
    A. 确定型决策　B. 不确定型决策　C. 风险型决策　D. 离散型决策

85. 如果该品种啤酒的产量增加到 500 万瓶，固定成本增加到 650 万元，单位变动成本不变，则盈亏平衡时的产品售价为（　　）元／瓶。
    A. 1.2　　　　　B. 1.3　　　　　C. 3.8　　　　　D. 5.3

（二）

某企业大批量生产某种单一产品，该企业为了编制下年度的年度、季度计划，正进行生产能力核算工作。该企业全年制度工作日为 250 天，两班制，每班有效工作时间 7.5 小时。已知：某车工车间共有车床 20 台，该车间单件产品时间定额为 1 小时；某钳工车间生产面积 145 平方米，每件产品占用生产面积 5 平方米，该车间单件产品时间定额为 1.5 小时。

86. 该企业所核算生产能力的类型是（　　）。
    A. 计划生产能力　B. 查定生产能力　C. 设计生产能力　D. 混合生产能力

87. 影响该企业生产能力的因素是（　　）。
    A. 固定资产的折旧率　　　　　B. 固定资产的生产效率
    C. 固定资产的工作时间　　　　D. 固定资产的数量

88. 该车工车间的年生产能力是（　　）件。
    A. 60000　　　B. 70000　　　C. 72500　　　D. 75000

89. 该钳工车间的年生产能力是（　　）件。
    A. 60000　　　B. 62500　　　C. 65000　　　D. 72500

90. 该企业应采用（　　）类指标为编制生产计划的主要内容。
    A. 产品价格　　B. 产品质量　　C. 产品产量　　D. 产品产值

（三）

2010 年某企业进行人力资源需求与供给预测。该企业现有业务员 100 人，业务主管 10 人，销售经理 4 人，销售总监 1 人，该企业人员变动矩阵如下表。通过统计研究发现，销售额每增加 1000 万元，需增加管理人员、销售人员和客服人员共 40 名，新增人员中，管理人员、销售人员和客服人员的比例是 1：5：2。该企业预计 2011 年销售额比 2010 年销售额增加 1000 万元。

职务	人员调动概率				离职率
	销售总监	销售经理	业务主管	业务员	
销售总监	0.8				0.2
销售经理	0.1	0.7			0.2
业务主管		0.2	0.7		0.1
业务员			0.1	0.7	0.2

91. 该企业可采用的人力资源内部供给预测的方法是（   ）。

    A. 因素比较法　　　　B. 人员核查法　　　　C. 管理人员接续计划法　　D. 量本利法

92. 影响该企业外部人力资源供给的因素是（   ）。

    A. 企业人员调动率　　　　　　　　　　B. 行业劳动力市场供求状况

    C. 本地区的人力资源供给率　　　　　　D. 企业人才流失率

93. 根据转换比率分析法计算，该企业 2011 年需要增加管理人员（   ）人。

    A. 5　　　　　　　　B. 10　　　　　　　　C. 20　　　　　　　　D. 25

94. 根据马尔可夫模型法计算，该企业 2011 年业务主管的内部供给量为（   ）人。

    A. 10　　　　　　　B. 17　　　　　　　　C. 20　　　　　　　　D. 70

95. 该企业计划 2011 年从现有业务员中选出 3 人担任业务主管，这种招聘方法是
（   ）。

    A. 晋升　　　　　　B. 职位轮换　　　　　C. 外部招聘　　　　　D. 职位转换

（四）

某上市公司已上市 5 年，至 2009 年 12 月 31 日，公司的总资产已达 15 亿元，公司的负债合计为 9 亿元。公司正考虑上一条新的生产线，总投资 5 亿元，计划全部通过外部融资来解决。经测算，2009 年无风险报酬率为 4.5%，市场平均报酬率为 12.5%，该公司股票的风险系数为 1.1，公司债务的资本成本率为 6%。公司维持现有资本结构不变，初步决定总融资额中 2 亿元使用债务融资方式，3 亿元使用公开增发新股的方式。

96. 该公司进行筹资决策时，应权衡的因素是（   ）。

    A. 资本成本　　　　B. 管理费用　　　　　C. 财务风险　　　　　D. 每股利润无差别点

97. 根据资本资产定价模型，该公司的股权资本成本率为（   ）。

    A. 9.9%　　　　　　B. 13.0%　　　　　　C. 13.3%　　　　　　D. 15.9%

98. 假设该公司股权资本成本率为 16%，则该公司的综合资本成本率为（   ）。

    A. 9.90%　　　　　　B. 10.38%　　　　　　C. 11.8%　　　　　　D. 12.0%

99. 如果 5 亿元的外部融资全部使用公开增发新股的融资方式，则该公司（   ）。

    A. 每股收益会被摊薄　　　　　　　　　B. 大股东控股权会被稀释

    C. 资产负债率会提高　　　　　　　　　D. 综合资本成本率会提高

100. 如果该公司所得税率提高，则该公司（   ）的资本成本率会降低。

    A. 贷款　　　　　　B. 债券　　　　　　　C. 增发新股　　　　　D. 留存收益

2010 年《工商管理专业知识与实务》(中级)答案解析

一、单项选择题

1.【答案】A

【解析】某家电企业为拓展经营领域，决定进军医药行业。从战略层次角度分析，该企业的此项战略属于企业总体战略。

2.【答案】D

【解析】当企业面临经营困境时常常选择紧缩战略，紧缩战略的主要类型包括转向战略、清算战略和放弃战略。

3.【答案】A

【解析】在各种战略控制方法中，具有前馈控制和反馈控制双重功能的方法是预算控制方法。

4.【答案】B

【解析】企业对非常规的、无法预估结果发生概率的业务活动进行经营决策时，通常采用的决策方法是不确定型决策方法。

5.【答案】A

【解析】企业进行科学经营决策的前提是确定决策目标。

6.【答案】B

【解析】企业领导系统的核心是决策系统。

7.【答案】D

【解析】代理人可能利用其信息优势与职务便利损害企业利益、谋取私利。企业所面临的这种风险属于道德风险。

8.【答案】A

【解析】国有独资公司不设股东会，行使股东会职权的机构是国有资产监督管理机构。

9.【答案】A

【解析】根据我国公司法，董事会的表决实行一人一票的原则。

10.【答案】C

【解析】在现代企业中，董事会是股东大会决议的执行机构。

11.【答案】B

【解析】在现代公司组织结构中，董事会与经理的关系是以董事会对经理实施控制为基础的合作关系。

12.【答案】C

【解析】根据我国公司法，在有限责任公司和股份有限公司监事会组成中，职工代表的比例不得低于1/3。

13.【答案】B

【解析】根据商品流通环节的不同，可以将市场调研分为批发市场调研和零售市场调研。

14.【答案】A

【解析】探索性调研适用于当调研者对问题理解不够深或难以准确定义问题的时候，或者在正式调研之前，通常运用探索性调研确定调研的问题。

15.【答案】D

【解析】用某企业的销售额与该企业最大的三个竞争者的销售额总和的百分比来表示的指标是相对市场占有率。

16.【答案】B

【解析】人员访问是通过调查者与被调查者面对面交谈以获取市场信息的一种调查方法。

17.【答案】C

【解析】应答误差，主要表现为力图给出一个愉悦调查人员的答复、错误的记忆、疲劳或弄错了问题的性质、对主题缺乏了解、力图给出社会认同的答复、受到访问人员的影响等，这些误差都可能导致应答误差。

18.【答案】A

【解析】根据一定研究目的而规定的所要调查对象的全体组成的集合称为总体。

19.【答案】A

【解析】用样本均值估计总体均值，在总体方差已知的情况下，应使用Z检验。

20.【答案】D

【解析】下列反映数据离散程度的指标中，方差是所有数据与均值离差平方的平均数。

21.【答案】A

【解析】生产作业计划是生产计划工作的继续，是企业年度生产计划的具体执行计划。它根据年度生产计划规定的产品品种、数量及大致的交货期的要求，对每个生产单位在每个具体时期内（季度、周、日、时）的生产任务做出详细规定，使年度生产计划得到落实。

22.【答案】D

【解析】节拍是指大批量流水线上前后两个相邻加工对象投入或产出的时间间隔。

23.【答案】B

【解析】生产控制是指为保证生产计划目标的实现，按照生产计划的要求，对企业生产活动全过程的检查、监督、分析偏差和合理调节的系列活动。

24.【答案】C

【解析】事中控制是通过对作业现场获取信息，实时地进行作业核算，并把结果与作业计划有关指标进行对比分析。若有偏差，及时提出控制措施并实时地对生产活动实施控制，以确保生产活动沿着当期的计划目标而展开，控制的重点是当前的生产过程。

25.【答案】C

【解析】生产进度控制的目的在于依据生产作业计划，检查零部件的投入和产出数量、产出时间和配套性，保证产品能准时装配出厂。

26.【答案】C

【解析】主生产计划又称产品出产计划，它是物料需求计划（MRP）的最主要输入，表明企业向社会提供的最终产品数量，它由顾客订单和市场预测所决定。

27.【答案】B

【解析】丰田生产方式的最基本的理念就是从（顾客的）需求出发，杜绝浪费任何一点材料、人力、时间、空间、能量和运输等资源。

28.【答案】D

【解析】中华人民共和国国家标准《物流术语》于2001年8月1日开始实施。《物流术语》对物流定义如下：物品从供应地向接收地的实体流动过程。根据实际需要，将运输、储存、装卸、搬运、包装、流通加工、配送、信息处理等基本功能实施有机结合。

29.【答案】D

【解析】物流信息是连接运输、存储、装卸、包装各环节的纽带。

30.【答案】B

【解析】准时制采购是企业内部准时制系统的延伸，是实施准时制生产经营的必然要求和前提条件，是一种理想的物资采购方式。它的极限目标是原材料和外购件的库存为零、缺陷为零。

31.【答案】D

【解析】准时制生产方式将获取最大利润作为企业经营的最终目标，将降低成本作为基本目标。这些配套目标具体包括：降低库存、减少换产时间与生产提前期、消除浪费。

32.【答案】D

【解析】在设备自动加工时或工作量不足时的等工浪费。

33.【答案】D

【解析】生产计划并不是只下达给总装配线。

34.【答案】A

【解析】包装可视为生产物流系统的终点，也是销售物流系统的起点。

35.【答案】C

【解析】分销需求计划输出的两个计划是送货计划和订货进货计划。

36.【答案】C

【解析】垃圾焚烧并不是适用于所有可燃垃圾。

37.【答案】C

【解析】废水是液体，所以适合进行净化处理。

38.【答案】B

【解析】技术推动的创新过程模型。时期为1950~1960年。其基本观点：研究开发时创新构思的主要来源。它是一种简单的线性关系。其基本过程为：基础研究—应用研究与开发—生产制造—营销—市场需求。

39.【答案】A

【解析】需求拉动的创新过程模型。时期为1960—1970年。指明市场需求信息是技术创新活动的出发点。它对产品和技术提出了明确的要求，通过技术创新活动，创造出适合这一需求的适销产品或服务，这样的需求就会得到满足。

40.【答案】B

【解析】垂直供应链型企业宜采用的组织运行模式是链形模式。

41.【答案】

【解析】绩效管理。R&D的绩效指标应涵盖效率、质量、柔性、创新。质量功能部署、客户评价法、关键路径法、集成产品设计等大量的管理工具、技术和组织模式应用于企业的R&D活动，帮助改善企业R&D绩效水平。

42.【答案】C

【解析】技术许可证。以许可证转让方式（包括专利和非专利科技成果）所进行的技术转移，是目前技术转移中最受关注和最为重要的方式，这是一种有偿的转移方式。

43.【答案】C

【解析】在选择技术之前先弄清楚本企业的资源优势、现有设备和销售渠道，明白应该寻找什么样类型的技术。

44.【答案】B

【解析】保护费用最高的是专利。

45.【答案】A

【解析】技术开发合同。①委托开发合同。委托开发合同是指当事人之间共同就新技术、新产品、新工艺或者新材料及其系统的研究开发所订立的合同。委托开发技术合同的标的是订立合同时双方当事人尚未掌握的技术成果，风险责任一般由委托方承担。②合作开发合同。合作开发合同是指由两个或两个以上的公民、法人或其他组织，共同出资、共同参与、共同研究开发完成同一研究开发项目，共同享受效益、共同承担风险的合同。

46.【答案】A

【解析】按照规划时间的长短，企业的人力资源规划可以分为短期规划、中期规划和长期规划；按照规划的性质，企业的人力资源规划又可分为总体规划和具体计划。具体包括人员补充计划、配备计划、使用计划、培训开发计划、薪酬计划等。

47.【答案】C

【解析】将a=15 b=0.04 X=1000代入Y=a+bX中得Y=55即为需要的销售人员。

48.【答案】D

【解析】效率优先原则是指企业应根据不同的招聘要求灵活选择适当的招聘形式,用尽可能低的招聘成本吸引高素质的员工。

49.【答案】B

【解析】人格测验的主要方法有自陈量法和投射法。

50.【答案】C

【解析】激励薪酬是企业为激励员工更有成效地劳动或愿意为企业提供更长时间的服务支付给员工的报酬,主要指奖金、员工持股、员工分红、经营者年薪制与股权激励等形式。

51.【答案】B

【解析】绩效奖金是激励薪酬的一种形式,是企业为激励员工更有成效地劳动所支付的报酬。

52.【答案】D

【解析】马奇和西蒙模型可以被称为"参与者决定"模型。

53.【答案】B

【解析】提前退休是指员工在没有达到国家或企业规定的年龄或服务期限时就退休的行为。提前退休常常是由企业提出来的,以提高企业的运营效率,是员工非自愿流出的一种形式。

54.【答案】C

【解析】财务杠杆系数指普通股每股税后利润(EPS)变动率相当于息税前利润变动率的倍数。

55.【答案】D

【解析】综合资本成本率决定因素是个别资本成本率和各种资本结构。

56.【答案】B

【解析】每年净现金流量(NCF)= 净利 + 折旧 =400* (1−25%) +20=320。

57.【答案】D

【解析】公司在对互斥的投资方案选择决策中,当使用不同的决策指标所选的方案不一致时,在无资本限量的情况下,应以净现值指标为选择依据。

58.【答案】A

【解析】横向并购即处于同一行业的两个或多个企业所进行的并购。

59.【答案】D

【解析】以股抵债是指公司以其股东"侵占"的资金作为对价,冲减股东持有的本公司股份,被冲减的股份依法注销。

60.【答案】C

【解析】市净率指的是每股股价与每股净资产的比率。

二、多项选择题

61.【答案】BCD

【解析】企业进行内部战略环境分析的方法有价值链分析法、核心竞争力分析法、SWOT分析法。

62.【答案】ABD

【解析】C项经营决策并不都是有关企业未来发展的全局性、整体性的重大决策;E项有关活动尚未进行,从而在环境未受到影响的情况下做出的决策是初始决策。

63.【答案】ABC

【解析】DE属于股份有限公司外部监控系统。

64.【答案】ABD

【解析】C项监事会必须向股东会负责,E项经营人员受聘于董事会。

65.【答案】BDE

【解析】根据我国公司法,股东基于股东资格而对公司享有的权利有董事、监事的选举权、被选举权;公司股利的分配权;股东会的出席权、表决权。

66.【答案】BC

【解析】根据我国公司法,国有独资公司的董事会成员产生的形式包括职工代表大会选举;国有资产监督管理机构委派。

67.【答案】AD

【解析】互联网网上访问优点：（1）辐射范围广；（2）网上访问速度快，信息反馈及时；（3）匿名性很好，所以对于一些人们不愿在公开场合讨论的敏感性问题，在网上可以畅所欲言；（4）费用低。缺点：（1）样本对象的局限性，也就是说，网上访问仅局限于网民，这就可能造成因样本对象的阶层性或局限性问题带来调查误差；（2）所获信息的准确性和真实性程度难以判断。比如说调查女性对某化妆品的意见，并不排除"热心"该问题的男士出来讨论，而后者在某种意义上说并没有发言的权利；（3）网上访问需要一定的网页制作水平。

68.【答案】ABC

【解析】在市场调研过程中，非概率抽样方式包括偶遇抽样、主观抽样、滚雪球抽样和定额抽样。

69.【答案】ACE

【解析】研究对象总体必须具备大量性、同质性、变异性三个特性。

70.【答案】CDE

【解析】生产控制包括三个阶段，即测量比较、控制决策、实施执行。

71.【答案】BCD

【解析】物料需求计划（MRP）的主要依据是主生产计划、物料清单和库存处理信息三大部分，它们是物料需求计划（MRP）的主要输入信息。

72.【答案】BDE

【解析】影响生产物流的主要因素有：生产的类型、生产规模、企业的专业化与协作水平。

73.【答案】ABCE

【解析】在 DRP 的基础上，增加物流能力计划，就形成了一个集成、闭环的物资资源配置系统，称为 DRPII。在具体内容上，DRPII 增加了车辆管理、仓储管理、物流能力计划、物流优化辅助决策系统和成本核算系统。

74.【答案】BCE

【解析】一体化创新过程模型的特点，一是在过程中联合供应商及公司内部的横向合作，广泛进行交流与沟通；二是实行全球战略。这一模式所强调的是，创新模型内各要素应该具有平行且整合发展的特性。

75.【答案】ACD

【解析】①技术转移更强调国际间流动，而技术扩散主要强调在一国范围内；②技术转移不仅为技术创新提供技术资源上的保证，而且通过技术转移的桥梁和纽带作用使技术创新充满活力，而技术扩散作为技术创新中的一个阶段，使技术创新活动更为完整有效；③技术转移所适用的技术往往是已有技术而非新技术，这也正是技术创新与技术转移作为两大对应范畴的主要原因；④技术扩散是一个纯技术的概念，扩散的对象就是纯粹的新技术，而技术转移则不仅仅包括纯技术，而且还包括与技术有关的各种知识信息等。

76.【答案】CDE

【解析】创办新企业。由成果拥有单位或由科技人员自己创办企业，是技术转移最为直接的方式。其优点是：转化速度较快，易于成功，技术拥有单位或个人可能获取更大的收益。缺点是：风险大，难以获得风险投资，不易形成规模经济。

77.【答案】ABCD

【解析】本题考查内部招聘与外部招聘的优缺点。容易导致内部部门之间或员工之间的矛盾的是内部招聘。

78.【答案】ABC

【解析】非经济性薪酬是指无法用货币等手段衡量的由企业的工作特征、工作环境和企业文化带给员工的愉悦的心理效用。如工作本身的趣味性和挑战性、个人才能的发挥和发展的可能、团体的表扬、舒适的工作条件，以及团结和谐的同事关系等。

79.【答案】AB

【解析】现金流出指营业现金支出和缴纳的税金。

80.【答案】CDE

【解析】以股抵债是指公司以其股东"侵占"的资金作为对价，冲减股东持有的本公司股份，被冲减的股份依法注销。以股抵债的积极作用主要体现在以下几个方面：（1）可以改善公司的股本结构，降低控股股东的持股比例；（2）能有效提升上市公司的资产质量，提高每股收益水平，提高净资产收益率水平；（3）避免了"以资抵债"给企业带来的包袱，有利于企业轻装上阵，同时也为企业的进一步发展创造了条件。但以股抵债会提高公司的资产负债率水平，当公司缺少资金时，不是一种好方法。

三、案例分析题

81.【答案】AD

【解析】企业实施的战略适用于具有很强研发能力的企业；具有很强市场营销能力的企业。

82.【答案】D

【解析】管理人员及时比较、分析实际绩效与目标的差距，并据此采取恰当的控制行动，该企业进行的战略控制属于实时控制。

83.【答案】D

【解析】该企业生产该品种啤酒的盈亏平衡点产量假设为 X，$2.5 \times X + 600 = 4 \times X$，解得 X=400 万瓶。

84.【答案】A

【解析】该企业采用盈亏平衡点法进行产量决策，企业所进行的产量决策属于确定型决策。

85.【答案】C

【解析】盈亏平衡时的产品售价为 3.8 元／瓶。假设盈亏平衡时的产品售价为 X 元／瓶，$2.5*500+650=X*500$，解得 X=3.8 元／瓶。

86.【答案】B

【解析】查定生产能力为研究企业当前生产运作问题和今后的发展战略提供了依据

87.【答案】BCD

【解析】影响该企业生产能力的因素：（1）固定资产的数量；（2）固定资产的工作时间；（3）固定资产的生产效率。

88.【答案】D

【解析】车工车间的年生产能力 $M=\dfrac{F \cdot S}{t}=\dfrac{250 \times 7.5 \times 2 \times 20}{1}=75000$ 件。

89.【答案】D

【解析】钳工车间的年生产能力为 $M=\dfrac{F \cdot A}{a \cdot t}=\dfrac{250 \times 15 \times 145}{5 \times 1.5}=72500$ 件

90.【答案】C

【解析】产品产量指标是指企业在一定时期内生产的，并符合产品质量要求的实物数量。以实物量计算的产品产量，反映企业生产的发展水平，是制定和检查产量完成情况，分析各种产品之间比例关系和进行产品平衡分配，计算实物量生产指数的依据。

91.【答案】B

【解析】当企业规模较小时，进行人员核查相对容易，它是一种静态的方法。

92.【答案】BC

【解析】影响企业外部人力资源供给的因素：①本地区的人口总量与人力资源供给率；②本地区的人力资源的总体构成；③宏观经济形势和失业率预期；④本地区劳动力市场的供求状况；⑤行业劳动力市场供求状况；⑥职业市场状况。

93.【答案】A

【解析】销售额每增加 1000 万元，需增加管理人员、销售人员和客服人员共 40 名，新增人员中，管理人员、销售人员和客服人员的比例是 1：5：2，所以需要新增的管理人员为 40*1/8=5。

94.【答案】B

【解析】根据马尔可夫模型法计算，该企业 2011 年业务主管的内部供给量为 $10 \times 0.7+100 \times 0.1=17$ 人。

95.【答案】A

【解析】晋升是指企业中有些比较重要的职位出现空缺时，从企业内部挑选较为适宜的人员补充职位空缺，挑选的人员一般是从一个较低职位晋升到一个较高的职位。

96.【答案】A

　　【解析】在以利润最大化作为企业财务目标的情况下，企业应当在资本结构决策中，在财务风险适当的情况下合理地安排债权资本比例，尽可能地降低资本成本，以提高企业的净利润水平。

97.【答案】C

　　【解析】股权资本成本率=无风险报酬率+风险系数*(市场风险率—无风险报酬率)。

98.【答案】D

　　【解析】综合资本成本率=16%×0.6+6%×0.4=12%。

99.【答案】B

　　【解析】如果5亿元的外部融资全部使用公开增发新股的融资方式，则该公司大股东控股权会被稀释。

100.【答案】D

　　【解析】债券的资本成本率与税率呈反方向变动。